現代文學

湖魂藕情

柯美淮 著

LITERARY TIMES
博客思出版社

格言

人若賺得全世界，賠上自己的生命，有什麼益處？人還能拿什麼換生命呢？

——耶穌

何謂貴大梡若身？吾所以有大梡者，為吾有身也；及吾無身，有何梡？

——老子

善的理念是最大的知識問題，關於正義等等知識，只有從它演繹出來的，才是有用和有益的。正義，就是只做自己的事而不兼做別人的事；每一個人都不拿別人的東西，也不讓別人佔有自己的東西。正義就是有自己的東西、幹自己的事情。

——蘇格拉底

奇哉！奇哉！一切眾生皆俱如來智慧德相，只因妄想執著不能征得。若離妄想，無漏智、自然智，一切智，即現眼前。

——釋迦牟尼

善使得被思想的東西和思想的目標是同一的。

——巴門尼德

在很多情況下，善和美是認識和運動的本源。

——亞里斯多德

我從不懷疑，我們的靈魂是「普通神心」所分出來的。

——西塞羅

常識和良知可以彌補理論學識的不足，但理論學識無法填補常識和良知的空白。

——但丁

小議《湖魂藕情》

黃咸豐

《湖魂藕情》，是小說，又是啟示文；既有震撼人心靈的文學感染力量，又有啟示人透視人生真諦的光明。

一、人性是善還是惡？

人性本善，人心向善，人天生有求生存的「必要欲望」（自私），這種自私是一種生存權和生命權，是善而不是惡。「惡」，是在政治社會裡出現的社會現象，是男強人掌握了政權後，膨脹了人天生的「必要欲望」為「不必要欲望（貪欲）」，並且製造為「貪欲」辯護的理論，說人天生的自私（「必要欲望」）就是惡，混淆「必要欲望」與「不必要欲望」的界限；又把這種理論洗腦給被統治者，形成了惡習；後來出生的人就處在惡習環境了，接受惡理、惡習，誤以為人性有善有惡。《湖魂藕情》緊緊扣住這個主題思想，給以形象的刻劃。

為什麼李寡婦、趙月英、張愛清和柯和義是善人呢？因為她們保持了天生的善心，抗拒了惡理、惡習的污染。為什麼解放、李得紅、瞿思危、柯國慶、李紅、周春變為惡人呢？因為被惡理、惡習武裝了。最典型的由善而惡的轉化過程的形象描繪是尹苦海，始終處在善惡鬥爭之間，左右搖擺，時善時惡，所以他最終有恢復善性的條件。

二、人最寶貴的是什麼？

人生最寶貴的是保命和活命，錢財、功名、權力、宗教、道德、知識、制度、法律等等一切活動方式，都是為了這個最高、最終的生存目的。如果顛倒了目的和方式的關係，人生就亂套了，社會也就亂套了。保命和活命就是善，草菅人命就是惡，所以這是善惡觀裡的一個人生觀課題。《湖魂藕情》對這種人生觀給以生動的描繪，對草菅人命進行憤怒的抨擊。

趙月英、張愛清、柯和義在求生，是善；李得紅、瞿思危在求功名利祿，是惡。最典型的是李寡婦，看透了這一點。

三、愛情是什麼？

愛情，本是天神賦予人延續生命的一種天生本能和需求，是自然而然的，是任何人為的東西無法摧毀的。善性的婚姻法是節制強人的無度淫欲（不必要欲望），保護弱者的有度性欲（必要欲望）不受到侵犯；惡的婚姻法則與之相反。可是在具體事件中，真正的愛情劇是沒有腳本的。《湖魂藕情》裡描寫的愛情故事都從這一倫理學觀點發出。尹苦海與趙月英、柯和義與張愛清的愛情是自然而然的、純真的愛。

由此可見，作家具有高深的哲學思想，在居高臨下地俯視人生，探索人的心靈隱秘；具有高強的藝術手法，描繪形象逼真，勾勒栩栩如生；具有寬廣的生活閱歷，敘述身臨其境，如泣如訴；具有深厚的語言功底，字字如珠，句句如玉……

二〇一三年十二月十二日

序言

小說者，不入經史之邪說也，是閒暇無事的山野市井文人的冥思遐想的遊戲筆墨，非在職在位的正人君子的追功求名之雅頌大作。若在職在位的正人君子也去做小說，那做出的必定不是小說，乃是取寵於大雅之堂的遵命文學之奏摺文章也。

時至今日，朗朗乾坤，太平盛世，官享其成，民求其安，高樓林立，轎車橫流，商旅競走，貧富掙錢，少苦應試，老樂嫖賭……，是謂奔波逐流、與時俱進者也。

然而，在鬧市哄村之中，唯遺餘一個湖村閒散懶惰之老叟。他，置身於世外，散步於湖山，遊夢於童年，呻吟於舊跡，呆坐於殘牆，傻依於斷壁，仰笑於蒼天，低泣於人間，囈語於湖魂，連絲於藕情。他又自恃認得幾個大字，竟然邪念頓起，春情勃發，又哭又笑又狂歌，舞文弄墨作小說，歪歪斜斜，寫出十幾萬字來，自名《湖魂藕情》。

這真是——

詩云：

難分是非事，提筆起疑雲。
孤眠善惡夢，陷入陰陽門。
噴灑一腔血，染成滿紙文。
癡人說夢景，夢中囈靈魂。

詞曰：

真珠簾

處處戰場，爭功名富貴；天良昧，流血流淚。人忙我偷閒，種春桃秋桂；鋪紙揮筆飲杯水，自陶醉。睡時夢南柯，醒後參天地，且漫談那善惡真偽。

作者　柯美淮

二〇一〇年七月十五日

目錄

楔　子　祭野魂

卻說江南省有個下雉縣，人稱丘脈湖絡之縣。一支支山脈從西北向東南延伸，形成地貌骨架。高峰有七峰山、雅吉山、白浪山、皇姑山，名山有鳳凰山、白雲山、銀爐山、紫金山。

兩條山脈夾一壟畈，網來絡去。有山必有水。眾多溪河從北至南，從南至北，匯到雉水。溪河較大的有三溪河、沿鎮河、桂花河、白沙河。雉水從西往東，像一根腸子似的穿過下雉縣腹地，流入長江。雉水將全縣攔中劈斷，分成南河和北河。雉水沖積出一片寬闊的原野，叫雪洲平原。由於水災頻頻，雪洲平原不能種植莊稼，長出一望無邊的雪花花的蘆葦花。溪流多，湖泊就多。較大的湖泊有北煞湖、牧羊湖、牛湖、豬婆湖；最富饒的湖泊有八湘湖、南湖、東湖、牛湖、寶塔湖。一條鐵路從北到南，貫串下雉縣全境；一條公路從浮屠鎮向東南，經南柯村，過縣城，至鄰省。

本書要講述的人物故事，就發生在雉水北河岸的南湖畔南柯村。

卻說南湖，冬季水落，水面積有四千多畝，呈柴刀形。刀彎部分最寬闊，在正南方。南湖大壩就築在刀背彎處，連接東西兩岸山坡。堤壩外就是雪洲平原。刀尖部分在西北邊，接白沙河。刀把部分在東北邊，有條小溪流入。南湖的刀彎內是一片灘塗和草坪，有四千多畝，叫紮湖壢。夏天，湖水上漲，淹沒了湖壢和壟畈。紮湖壢不能種莊稼，長著一片蘆葦和湖草，是放牧的天然草場。

南湖風景優美，水產豐富，養育著周圍二萬多人口。繞湖大小村莊有七十二個，姓氏五十四家，最大的是南柯村。

南柯村在湖刀把的頂部，男人都姓柯，是中國典型的父系血統關係宗族自然村。村裡的房屋都建在後瑙山南坡的山窩裡，風水先生叫這山窩是金盆地。族中大堂前坐北朝南。村中的房屋，在大堂前東西兩側鋪開，大門都向大堂前。村中人口按房頭劃地聚住。因為風水的關係，村民們不願把房屋建到金盆地老龍筋的關外處。全村一千八百多人口，三百多戶，都擠在不足四十畝的金盆地內。六口之家，住在不足二十平方米的土木屋裡。大堂前大門外，有太屋場和一口大塘。

南柯村四面是一圈樹林。村西邊，樹林分為上頭林、下頭林，下頭林面積最大，樹木最茂密。下頭林的樹木都有幾合抱大，樹齡在八百年以上。這些大樹，四季長青，枝葉蔽天遮日。日本進攻時，向下頭林投了五顆炸彈，炸斷了兩棵大樹，但那兩棵大樹又長出了青枝綠葉。還有兩棵大樹被雷電打燒，沒了頂蓋，敞著黑口站著，半腰上也長出了粗大樹枝。族中長老規定：不準砍伐古樹。

下頭林是個快活林。樹上是鳥的天堂，樹下是人畜的樂園。參天的樹梢上棲息著喜鵲、白鷺、烏鴉、老鷹……這些攀高枝的大鳥，用枯枝敗葉建築鳥巢，一個接著一個，像一個個黑色大圓籃，掛在青枝綠葉間。再下一層，是小鳥的窩，有圓形的，錐形的，不規則形的……用野藤乾草編織而成，淡黃色。樹腰上，斷枝的節疤腐爛成許多大大小小的樹洞，大洞藏著貓頭鷹，小洞藏著八哥鳥。樹幹底部，被蟲蟻蛀空，大洞直上升到二、三丈高，像柱形房子，可以關豬羊。這些樹幹洞裡生活著王頭蛇、烏梢蛇、白花蛇、紅花蛇，這些蛇順洞向上爬到樹冠上，吞噬鳥蛋和小鳥。在樹洞下住著老鼠。貓頭鷹從樹上向下抓捕小蛇和老鼠。林中。大黃蜂，金銀蜂，飛來飛去；蜜蜂結成一堆堆，吊在樹枝上。由於樹齡太高，水土流失，第一、二、三層樹根都裸露在地面上，粗的有五六尺圍。樹根拱拱曲曲，縱橫交錯，像是滿地扭在一起的長蛇，編織成樹根網路。樹的枝葉從下向上，層層加密，遮著陽光，擋著雨露，林下長不出灌木雜草，在樹根網中，出現了各種形狀的平地。村里人就把牛羊豬拴在

林子西南角的樹根上，木船翻底拱放在中部。夏天，人們把竹床、門板放在東北角乘涼。林中，雖有牛騷氣，卻沒有蚊子，露水也漏不下來。

在下頭林的東南邊，有塊三十多畝的緩坡草坪，叫太荒坪。坡地上，墳墓從北往南，一排排的，每兩排間有塊長方形的大草坪。草坪上，長的盡是趴地草，厚絨絨的，綠茵茵的，像綠色地毯。小孩在草坪上摔跤、打滾、倒立、做遊戲，大人們不用擔心孩子們會跌傷。那些墳上石碑，大都是矩形磨面石架在墳頂上，是人們坐著閒聊的長石凳，走棋子的長石桌。太荒坪東盡頭有棵大神樹，樹下有石福神——惡神。

村北五里遠是橫山，山頂是個大圓窩，人稱羅盤頂。村南三里，有一條長堤，堤上樹木像一條青龍，既擋住湖水不淹沒莊稼，又擋住金盆地的風水不外洩。

堤內西邊有塊高地，建有一座湖神廟。湖神廟一共三重，第一重是漁場；第二重是漁民集會地；第三重是神龕，神座上是被南柯人稱之為湖神的南柯人落業祖柯太信公神像。南柯人每年春秋二祭（清明和七月十五）都要去祭祀湖神太信公，每每遇上災難都要去祈求湖神太信公，每每逢上族中大喜事都要去向湖神太信公道喜和謝恩。南柯人代代相傳說：「每個南柯人身上都附著湖神太信公的靈魂，那靈魂具有善良、正直、智慧、勇敢、敦厚、吃苦耐勞的美德。」可見，南柯人的信仰是典型的儒家崇拜祖先神的思想觀點。

堤中部有個土包，建有神堡，堡內供著土地公、土地婆神像。神堡隱蔽在刺樹刺藤裡，只有一條幽徑在荊棘裡，十分陰森恐怖。堤內是門前大畈，畈中一條溪港蜿蜒而過。村東有馬家壟，村西有石家壟。過了壟畈，有上好的山坡地。

南湖本是沿湖四周五十四姓共有的牧場，湖水自然漲落，關不住魚。在明末清初時，南柯村出了兩個人物：北河「一把耙」柯必夏和「一支筆」文舉人柯南仙。柯必夏帶領村裡四十八條根子，打敗了五十四姓聯軍，獨霸了湖場。柯南仙又到總督府弄來一紙判書，使湖的所有權歸了南柯村。南柯人就在湖的南邊築了壩，使南湖成了漁場。南柯村人從此以漁業為主、農業為副，糧魚富足，生活很好。在南柯村大堂前大門的石門楣匾上，刻有柯南仙一副對聯：

南湖水波浮日月　橫山羅盤定乾坤

南柯人不怕水災，水災能富湖；南柯人也不怕旱災，天旱湖裡菱蓮豐富。民國甲戌、乙亥年大旱，南柯人仍然生活得很好。還開湖救災沿湖別姓的人，使南湖周圍沒餓死一個人。但是，南柯人怕人禍，怕兵荒馬亂。自從長毛子起亂到日本鬼子侵犯，四十多年，一直戰亂。在戰亂裡，南柯人住在湖棚裡。日本鬼子投降了，南柯人以為天下太平了，搬回家來。誰知沒過一年，又打仗了，南柯人又回到湖棚裡。這次一住湖棚就是兩年多，不知道什麼時候天下能太平。

這一年的春節也不太平。飛機、槍聲、炮聲，嚇得大雁不敢飛翔，長江邊、九頂山、祥吉山等地不斷傳來打仗的消息。一隊隊帽沿上嵌著白日徽的軍隊整整齊齊地北上，又稀稀拉拉地退回來。一隊隊戴著灰色米箕帽的軍隊從北邊開過來，又折向西邊去。南柯人龜縮在湖裡不敢出來。白天怕起火煙，夜晚做好乾糧。眼看寒食節和清明節快到了，南柯人希望這兩天不打仗，好回家祭祖。

南湖實在是個安全地帶。南湖湖水開闊處離公路有十幾里遠，其間有六里遠的湖壢蘆葦林，有四里遠的港彎小路。湖路彎彎曲曲，高高低低，過港穿汊，是條泥濘路。壢上蘆葦密不透風。冬季蘆花霜落，枯葉卷纏在杆上，蘆杆硬硬地立著，淡黃淡黃的，遠看像一片黃蕩蕩的洪水，走進去就辨不出

方向。在蘆葦蕩的北邊和胡神廟的南邊，一條大港截斷了湖路，只有船渡；蘆葦蕩東、西是灘塗和湖水。南柯人的蘆棚就搭在蘆葦蕩南盡頭柳樹林裡，篷船就繫在湖中大木樁上。南柯人不敢在蘆葦蕩裡踩出路來，只是用木船往來。

已是春仲月。壢上解凍，湖水冰消。蘆葦叢裡擠出嫩翠的蘆筍，倒伏的灰白色枯草冒出青尖，柳條柔軟吐綠。湖中，波光熠熠，沙洲潔淨，魚甩浪花，蝦旁岸遊；氽水鳥時而潛入水裡幾丈遠，時而又浮出水面，鼓動翅膀，向前遊梭；魚鷹忽而撲向水面，忽而衝上高空；野鴨嘎叫在淺水上，鷺鷥漫步在泥灘上；鵪鶉撲騰一聲，竄入雲霄；野兔蹦跳著，在蘆林裡穿鑽；……自然界已是春意盎然，而住在蘆棚裡避亂的人還停留在寒冬的戰慄中。

在那些不成序列的許多又矮又小的蘆棚裡，住棚人雖然在避難中，卻和睦友愛，互幫互助，一村人像一家人一樣。他們不敢大聲說話。男人們有的躲在棚裡睡覺，有的聚在蘆葦裡小聲議論；女人們坐在門口做針線活，老人坐在棚牆南面曬太陽，孩子鑽進蘆葦蕩裡抽蘆筍，有的捉迷藏，有幾個小孩子赤腳在湖邊跑。

在湖邊赤腳跑的孩子們，把破褲腿勒到膝蓋上，小腿上黏滿了稀泥，稀泥裡透出凍紅的皮肉，手裡提著蘆葦編的小籃子，撿著淺泥裡的菱角。東邊壢嘴有個佈滿枯草的大土墩，墩南坡有個十四、五歲的大男孩，穿著灰色短襖和打滿補丁的夾布褲，蹲著，在折著蘆柴生火。他手裡捏著兩根粗蘆杆，撥動著火裡的菱角。那濕漉漉的帶著尖刺的淡黃菱角經火一燒，變成了無角的黑溜溜的果子。他用身旁的兩塊石頭，一個當砧板，一個當錘子，把果子一顆顆地打破。黑殼裂開，翻出白嫩的果肉，冒著熱氣。他一個勁地錘，一會兒，錘完了。他就一屁股坐在柴把上，用手握成話筒，向著湖邊的幾個小孩大聲叫：

「喂——，和丁、和貴——，你們快來吃菱角呀——。」

「呵——，聽見了——。」那個叫柯和丁的男孩應著。

那個叫柯和貴的小男孩對夥伴們說：「不撿了，去吃吧。」

小孩們提著小籃，向土墩跑去。到了土墩，孩子們把小籃交給大男孩，順著大男孩蹲成一排。柯和丁坐在最前頭，柯東山坐在第二，柯和貴蹲在最後頭。他們一個個冷得發抖，噘著烏紫的小嘴巴，睜著大黑眼睛，望著大男孩。

「好，我來分。」大男孩把燒熟捶破的菱角，一人一顆來回地分。分到每人十二顆時，地上只剩下五顆。

大男孩說：「趁熱吃，剩下五顆歸我。」

「不行，和仁哥，你大些，還吃那麼少。」柯和丁說。

「不要緊，我哥吃我這一份，我吃那五顆。」柯和貴說。

「不用勸啦，等我燒了第二次，再補上。」柯和仁說。

孩子們咯咯地咬起菱角來，嗒嗒地吃著。柯和仁又鋪柴燒菱角。孩子們吃完了，那烏紫色的小嘴巴變成了炭黑色，那用小手抹過的臉蛋，佈滿了黑白分明的花塊。大家你看我，我看你，哈哈大笑，在土墩上戲鬧起來。

柯和仁燒好了菱角，又錘了起來。

「你這烏臉賊！誰叫你生火煙的？想吃槍子嗎？」

柯和仁聽到身後有罵人聲，還沒來得及扭頭看，屁股上挨了一腳尖，向前撲去，臉壓在熱灰上。他立即翻身起來，臉上滿是黑灰，手上還抓著錘菱角的磨菇石頭。他看見，打他的是大他八歲的柯鐵牛。柯鐵牛身後還站著柯太仁、瞿習遠。柯鐵牛頭上戴著嵌有白日徽的兵帽，柯太仁和瞿習遠都戴著灰色米箕兵帽。他們腰上都緊束著軍皮條，瞿習遠右手臂還挽著幾件軍衣。原來，他們划隻小船從土墩北邊上岸，柯和仁專心錘菱角，沒看見他們。

「我生火煙，得到了族長柯啟文大哥同意，干你屁事！」柯和仁辯解著。

「入你娘的，你還敢對老子強嘴，老子打死你！」柯鐵牛趕上前，扇柯和仁耳光。

「老子跟你拚了！」柯和仁叫著，把手中石頭向柯鐵牛甩去。

柯鐵牛躲過石頭，跨上一步，抓住柯和仁的右手，反扭著，用力一推，把柯和仁丟出一丈遠。

「給老子都滾開！」柯太仁向立著看打架的孩子們吼道。他上前，把那錘好的菱角捧給柯鐵牛，自己去錘灰中的菱角。

「鐵牛打死人啦！」柯和丁大聲叫喊。

「打死人啦！」孩子們一窩蜂地邊跑邊喊。

「你為啥打我哥？」柯和貴沒跑，去扶哥哥，睜眼質問柯鐵牛。

「老子就是要打死你這兩個崽子，讓你爹絕後！」柯鐵牛惡狠狠地說。

「和仁，帶你弟弟快回來。」和仁、和貴的母親李寡婦在喊，快步向土墩走來。李寡婦聽到孩子們叫聲，猜到柯鐵牛在打和仁、和貴。她沒問情由，拉著兒子就走。

「鐵牛打我哥。」柯和貴對母親說。

「我知道。」李氏說，「和仁，你不要惹事。」

「我沒惹他，他就打我。」柯和仁委屈地哭著說。

李氏牽著兒子走了幾丈遠，小聲對兒子說：「七年前，你父親在湖神廟為族中守魚，鐵牛偷了兩條魚，被你父親捉住，打了兩巴掌，奪下了魚。後來族中要整柯鐵牛的家規，你父親為鐵牛討情，說鐵牛家窮，整不得家規。我還把家中的魚送了兩條給鐵牛老娘，勸解了鐵牛一番話。沒想到，鐵牛不記恩，反記仇，今日來報復你兄弟倆。以後，你倆看見他，就彎著路走，避開他。」

「鐵牛，你怎麼用那重的手腳打和仁呀？我老遠就看見了。」

李寡婦聽到身後有人在教訓柯鐵牛，就轉頭看去，說話的是尹懷德。土墩旁又停泊了一隻小木船。

那尹懷德身材高大，穿著一件破舊的蒙胸粗布長棉襖，攔腰緊束一條白色粗棉布寬帶，那棉襖沒布扣了，敞著襟口。

「表侄呀，沒事了，算了。」李寡婦向尹懷德叫喊著。這尹懷德是李寡婦的遠房親戚。

「表嬸，你帶孩子回去吧。」尹懷德答應著。

「我是看在李婆婆的面子上，只打了那小子兩下。若是記著那小子父親的仇恨，老子要打得他吃三副中藥。」柯鐵牛說。

他又向尹懷德說了柯和仁父親打自己的事。

「我看現在拉平了，你再不要造事了。」尹懷德說。尹懷德把眼前的三個青年人打量了一番，說：「你們好大狗膽呀，偷起軍衣軍帽了，不怕槍斃嗎？」

「大哥，這是從死兵身上剝下來的，不是偷的。」瞿習遠說。

柯鐵牛、柯太仁低了頭，沒作聲。他們對尹懷德很敬畏。尹懷德力氣大，他們打不過。尹懷德讀過書，又是牛經紀，能說會道，見多識廣。尹懷德還給他們吃的。所以三人拜尹懷德為大哥。

「剝死兵的衣服，太沒良心了！」尹懷德搖頭歎息。突然他大聲訓斥說：「你們立即把衣帽脫下，拆開，重新縫衣。你們知道嗎？這衣帽是兩種互為敵人的兵穿的，你們不管碰上那種部隊，都認為你們打死了他們的戰友，都要你們吃『花生米』。」

「花生米，好吃呀。」柯太仁傻裡傻氣地說。

「傻瓜，花生米就是子彈，子彈像不像花生米？你去吃呀，挨子彈呀！」尹懷德提著柯太仁的耳朵，笑著，罵著。

「好險呀！多虧大哥指點。」柯太仁被嚇住了，連忙摘下兵帽，解下軍皮條。

柯鐵牛、瞿習遠也照著做了。

「我告訴你們，去撿些炸彈片，賣錢買東西吃，可千萬別胡來。」尹懷德教育著三人，說完，就走了。

尹懷德徑直走到李寡婦的棚，低頭彎腰進去，坐在一捆蘆柴上。

李寡婦已經給兒子洗了熱水澡，拿出炒米當午飯。她見了尹懷德，連忙盛了一碗炒米，叫尹懷德吃。

「表嬸，我教訓了鐵牛，他再也不敢打和仁了。」尹懷德邊吃邊說，「我特地來告訴你一個好消息：仗打完了，雙方死了好多人。國民黨軍隊輸了，向南邊逃跑了。共產黨在縣城還開大會，成立人民政府，天下太平，我們可以回家過安定日子了。」

「真的？」李寡婦驚喜地問。她頓了一下，說：「搬回家的事，我要去問你叔父。」

「我叔父不大出門，得不到消息。我還要去告訴他哩。」尹懷德說，「你去告訴他，問他搬不搬家，他有腦筋些。」

李寡婦出門去找尹懷德的叔父尹安定。

尹安定是個私塾老師，又是鄉紳，在地方極肯幫人，盡做好事，方圓幾十里的人都很尊重他。尹安定的老婆趙月英，聰明賢慧，得人心。到南湖避亂，別姓是不能來的，唯獨這尹安定例外。南柯村族中管事的柯啟文、柯丹青親自去接尹安定來，還給尹安定搭了蘆棚。尹懷德也就跟著來了。

李寡婦來到尹安定棚門口，看到尹安定、趙月英在忙著收拾東西，就問：「表弟呀，真的能搬回家嗎？」

「是的，表嫂，我叫小毛去通知大家去了。你還沒聽說嗎？」尹安定停下手中的活兒，直起腰，對李寡婦說，「柯和義托人帶信來了，說不打仗了，可以回家了。」

「我聽到懷德表侄說了，我怕他消息不真，就來問你。」李寡婦說。

「這兩年打的是大仗，先是在東北打，後在江北打。國民黨退守到江南，守不住。共產黨過江了，正在追擊國民黨。國民黨徹底垮台了，共產黨勝利了，改朝換代了，大赦天下了，天下太平了。我們這些老百姓可以回家過安定日子了。」尹安定很興奮，說了一大陣子。

「那就好了。」李寡婦聽了很高興，急忙轉回去。

李寡婦回到棚裡，就收拾起東西。尹懷德幫著收拾。尹懷德是個單身漢，沒棚子，也沒東西，

東借一宿，西混一夜。李寡婦家的東西也不多，裝了一個竹籃，用被單包了個包裹，兩隻篾絲籮沒裝滿。尹懷德把被子裝在一隻籮上面，把柯和貴放在另一隻籮裡，挑著就走了。李寡婦提著籃子，柯和仁背著包裹，跟在尹懷德後頭。這時，蘆棚裡的人，都挑的挑，提的提，從旱路穿蘆葦叢，沿泥路，向村裡走去。

李寡婦等人到了家。尹懷德放下擔子，從籮裡抱出柯和貴，揉了揉柯和貴的手腳，讓柯和貴消去了痲木，能在地上走動。他謝絕了李寡婦留住吃飯，走了。李寡婦母子三人忙著打掃房屋，挖出埋在地下裝著糧油的罈罈罐罐，在灶臺上按上耳鍋、鐵罐，生火做飯。

南柯村的瓦楞冒煙了，田地上還出現了幹活的人。

李寡婦回家的第二天是寒食節，第三天是清明節。俗話說：寒食添土，清明祭祖。這兩天，是中國人對祖人敬畏、虔誠的日子。

寒食節這天，李寡婦一大早就起來了，切好紅薯塊，放進鐵罐裡。她在一隻碗裡放了一塊乾魚和幾片臘肉，在一個瓦缽裡放了三把稻米，把碗缽嵌在薯塊上，加了水，燒火煮起來。她看到鐵罐上冒蒸汽，就用火鉗把炭火撥攏在鐵罐底下，讓食物焖一焖。她利用這個空隙時間，去樓上找出一疊打了銅錢印的火紙，一把香，一盒百響爆竹，裝進小竹籃。

開飯了，李寡婦先把一碗一缽取出來，把乾魚臘肉分裝在兩隻小碗裡，又用兩隻小碗各盛了小半碗米飯，算是有了三牲祭品，都放進竹籃裡。李寡婦幹完了這些，才叫兩個兒子吃飯，先吃薯塊，再分吃缽裡的米飯。李寡婦自己只吃薯塊。

吃飯的時候，柯和貴的眼光偷偷去瞄那籃子裡的魚肉。

「那是祭品，讓祖人吃的。」李寡婦覺察到小兒子嘴饞饞，嚴肅地教訓著。

「每次祭祖，祖人沒吃呀。」柯和貴天真地說。

「祖人吃時，你是看不見的。先讓祖人吃，是孝心，再給後人吃，是愛心。祖人就會保佑後人。」李寡婦語氣溫和，諄諄教導。

柯和貴睜著大眼睛認真地聽著，似懂非懂地點點頭。柯和仁咧著嘴笑，笑弟弟不懂事彷彿自己是大人，什麼都懂。

吃完飯，李寡婦提著小竹籃，拿著鐵鍬。柯和仁背著挖鋤跟隨在母親後面。柯和貴蹦蹦跳跳，走在前頭，一起向祖墳山走去。母子三人走進瞿家獨屋後背山，來到兩座並排的墳墩前。一座墳墩上面蓋滿了枯草，枯草上長出了密密的淡黃色草針，墳頭有三護石碑，這是李氏公婆的合墓墳。另一座枯草稀疏，新草尖稀少，草叢中露出新黃土，草中有些老鼠洞、蛇洞。這是李氏去年亡故的丈夫的墳。

李氏站在墳前，一陣心酸，淚水撲簌簌的。柯和貴看到母親哭了，也流著淚。柯和仁對著新墳哭喊：「爹呀，爹呀。」李氏傷心了一會，叫柯和仁挖土，教柯和貴捧土填洞。她用鐵鍬把土掀到墳頭上，兩面墳墩上都加了些新土。李氏擺開祭品，柯和貴放了爆竹，柯和仁燒了火紙錢，跪下，作揖，磕頭。

李氏又帶著兒子走過一塊地，來到三個墳墩旁，她對兒子說：「這三座墳埋的是三個兵，不知道是哪裡人。你們祖父、父親行善，給他們收屍。這座四十多年了，這座三十多年了，這座十多年了。你們今後，不能忘了祭拜，那是可憐的亡魂呀。」李寡婦說完，放了爆竹，照樣祭起來了。

祭完了祖墳，母子三人拿著工具、籃子往回走。這時，一陣陰風從山坡上吹來，傳來老鼠吱吱叫

聲；山頭大樹上有一群老鴉哇哇地叫，撲撲地拍打著翅膀。墳山上顯得陰慘恐怖起來。李氏向山上望去。在墳墩後有一條山坎，坎上長著刺篷，刺篷沿山坎連絡著。過了刺篷是柴山，柴草有一人多高。李氏心裡發憷，柯和仁拉著母親的後衣，柯和貴抱著母親的腰。

「孩子，不用怕。我家幾代人行善，鬼神不會害我們的。這裡還有你祖父母、父親保佑我們。」李氏摸著兩個兒子的頭，安慰著說，「和仁，你帶著和貴，我上山去看一下。」

李氏憑自己的經驗，直覺到柴草裡可能有動物的死屍，決定去看個究竟。她用挖鋤分開刺篷，在坎上挖了踏坑，爬上山。柯和仁帶著柯和貴悄悄地跟隨上去。李氏發現，在一處柴草中有一個空氹。顯然，這柴草經過了動物的打滾，亂亂地倒伏著。李氏走到空氹邊，一群老鼠亂竄著逃跑，樹上的烏鴉叫得更慘了。在空氹中，躺著兩具屍體，是兩個穿軍服的人。一個頭上歪戴著灰色米箕兵帽，另一個戴著白日徽兵帽。米箕兵帽的雙手卡住白日徽帽的脖子，白日徽帽的咬著米箕帽的耳朵；兩人的手腳扭結在一起，軍衣被撕裂了，破爛處裸露著一塊塊紫紅，皮肉被老鼠、烏鴉咬啄爛了，眼睛沒了。從毛髮、面皮、身段、手腳上判斷，兩個軍人都只有二十歲左右，是剛涉世的血氣方剛的青年人。兩個人軍衣肩上、胸上都有閃光的牌子，看來都是各自軍隊的戰鬥英雄。李氏猜測：兩個兵是在離這裡三里遠的箭山埱戰役中遇上廝殺，追擊到這裡，又進行了一場生死肉搏後都死了。現在，這兩位戰鬥英雄都沒有氣力了。他倆的長官和戰友們一心去打仗立功，或逃命去了，丟下了他倆的屍體，成了老鼠和烏鴉的食物。李氏看到怵目驚心的場景，全身顫抖。柯和仁、柯和貴被嚇得抱在一起，不敢哭。

李氏面對著這目不忍睹的慘景，眼前掠過了去當兵的大兒子柯和禮的身影，淚如湧泉，放聲痛哭起來：「孩子們呀，多可憐呀！你們是為了那一樁啊？作孽呀，作孽呀！」

李氏哭泣了一陣，沒有恐懼了，只有慈母悲傷之情，行善之心。她對兩個兒子說：「孩子，不用怕，他倆是可憐人，不懂事的娃娃，是你倆的兄弟，我們來給他倆收屍吧。」

李氏走到屍體前，蹲下身子，雙手用力去掰動兩具屍體的手腳，費了好大勁，才把兩具屍體分開。李氏叫柯和仁去拿來挖鋤、鐵鍬，在屍體旁挖坑。母子三人勞累了兩多時辰，挖好了兩個土坑。李氏帶著兒子回家，挑了兩大捆稻草，柯和仁挑了兩籮筐草木灰，柯和貴提著重新裝了爆竹、火紙、香、祭品的小竹籃，轉身來到新挖的坑邊。三人把屍體用稻草裹紮好，在坑底鋪上草木灰，把屍體分別放進兩個坑內，又蓋上草木灰，掩上新土，做了兩個墳墩，還在墳墩前壘上石頭。三人重新放爆竹，燒紙錢，擺祭品，下跪，作揖，磕頭。

李氏對著新墳祝願：「孩子們，聽我勸告。你倆在陽間聽人教唆，成了對頭冤家，我現在給你倆化解了。你倆到了陰間，再不要聽別人教唆了，不要到閻王殿去告狀，要去湖神廟，湖神會教導你們怎麼想、怎麼做。你們聽了湖神的教導，就要自己拿定主意，一同上路，像一對好兄弟；又一同去投胎，作來世的孿生兄弟吧。湖神呀，您保佑這兩個孩子吧！」

李氏向死去的人祝願完了，又告訴兒子，每年清明節和七月十五節的春秋二祭，不要忘記給這兩個可憐的陰魂祭祀，燒包袱錢。傍晚了，母子三人回到家裡。李氏把祭飯熱了，讓兒子吃。她又燒了熱水給兒子洗了臉腳，讓兒子們去睡。

李氏沒吃飯，洗沐了，關上前後門。她進房裡，端出一個麥草盤子，盤子裡放的是針線和各色各樣的布塊。她把盤子放在灶台邊的一個木凳上，自己坐在灶前草墩上，把菜油燈盞拉近，從盤子裡拿出小兒子和貴的一件破褂子，找出相配的布塊，縫補起來。她縫補了一會兒，那針不聽使喚，刺著

了她左手大姆指，出了血。她伸手到鍋底，讓傷口塗了些炭灰，又縫補起來。那針又不聽使喚，刺著了她左手中指。李氏感到自己特別疲乏，精神恍惚。她坐定，在淡黃色的燈光裡，眼前晃動著一幅幅的又不連續的悲慘夢幻景象。這是勞累了嗎？不是的。往日，她白天幹的活比今天重多了，時間也長多了，她習慣在晚上做針線活到子時，也沒打瞌睡。李氏分析不出這種心理現象。今日，她親眼看到了那兩個兵的慘事，又親手埋了那兩個兵。那兩個兵的陰魂闖開了她善良的心扉，在她善良的心房裡遊蕩。於是，那些她耳聞目睹過的悲慘事也跟著遊進了她善良的心房，夢幻般地浮現出來。憐憫、悲傷、痛苦一齊來折磨著她的天性。她的喉嚨哽咽了，鼻子促響，淚水不由自主地流，那夢幻一幕接一幕地放映著：

……在娘家的堂屋裡，小方桌上放著燈盞，兩根燈草亮著兩顆黃豆般大的亮，滿屋的人影在晃動。桌旁攤著一扇門板，父親躺在上面，胸口的棉襖有個大口子，渾身是血。母親哭著給父親脫衣服。她只七歲，懂事了，聽到大人們在說，父親給一個軍官姨太太治病，沒治好，那軍官就用刺刀向父親的背心刺了兩刀。她跪在父親的頭部，哭著……

……上午，縣城母親住的房子已成一堆瓦礫，是日本的飛機炸的。她和丈夫在瓦礫堆中翻出六十七歲的母親屍體。母親的頭腦被砸破了，磚瓦上有白糊糊的漿髓，胸肋腿骨都被打斷了。她把腦髓捧進母親的頭腦裡，抱著母親痛哭……

……深夜，月黑頭。公公來到她的床邊，打醒她和丈夫，小聲說：「遊雞隊（遊擊隊）來了。」公公和丈夫鑽到夏布帳裡，貼牆站著。她睡在床上。聽到外屋巷裡有「噓——噓——」的口哨聲，有「嘿喲——嘿喲——」的叫喊聲。接著，有男人喊「救命」，有女人喊「放開我」。她家的大門被踢開了，婆婆在說：「我丈夫、兒子去縣城沒回來。」有火把進了房，兩個大漢在喝問她：「你公公、丈夫呢？」她像婆婆一樣答話。火把上樓了，抄去了糧油。屋外又發出了「噓——噓——」、「嘿喲——」聲，還有拉豬牽牛聲。村子裡有人啼哭。卯時，村裡才安靜下來。可是，李氏家不安靜了，公公被嚇得昏厥了，一口痰閉住了，死了。公公是個勤勞吃苦、善良膽小的莊稼人。她跪在公公屍體前，大哭起來……

……臘月二十七日卯時，丈夫推醒她，說：「我一輩子做好事，不會死在三十夜、年初一的。我現在要走了。」她連忙起身，點亮了油燈。久病丈夫瘦骨嶙嶙，鼻樑顯得很高，眼窩很深，但那眼光特別明亮，聲音清晰。他說：「你反對我賣田地給大兒子買兵役，現在看來，我對了。共產黨要坐天下了，有田地是地主，沒田地是貧農。你和兒子不會受階級苦了。和仁讀了三年書，要記著尹安定先生沒收學費的恩德。和仁十四歲了，讀書只一般，回家和你一起幹活。和貴絕頂聰明，要讓他讀書，讀書有用。我這一輩子只有做過一件遺憾事，打了偷魚的柯鐵牛兩巴掌。那鐵牛是個又窮又惡的潑皮漢，你和兒子以後要讓著他，躲著他。我家窮了，我死後，你明後天就草草把我給埋了，不要等和禮回家，和禮可能回不來了。你帶著兩個兒子熬下去吧。」丈夫說完這些，喝了一口水，就說不出話了。她抱著丈夫悲泣起來……

……太陽快落山了，屋瓦上還有殘光。十九歲的大兒子柯和禮在家裡第三次無錢買兵時，只好去當兵。她在大堂前看著和禮穿了軍衣，戴上有白日徽的兵帽，走了。頭年來封信，以後就沒音信了。現在仗打完了，和禮還沒回。她彷彿看到和禮滿身血痕，倒在草林中，老鼠、烏鴉趴在他身上……她嗚嗚哭起來……。

……在湖壢墩上，柯鐵牛把和仁、和貴往死裡打，可憐的和貴被柯鐵牛提起小腿，丟到了湖裡……她大聲哭起來。

這一夜，李氏就這樣心神不定，做幾針針線後就打盹；一打盹，就出現令她擔憂傷心的夢幻，然後就哭一陣，向湖神祈禱一陣。

二十年後成為教師的柯和貴，為母親悲天憫人的善軟心腸寫了兩曲一詩。

曲曰：

金字經

詠善二首

其一

（你是）爬山長青藤，莖韌葉兒榮，（給那）瘠土懸岩送青春。

藤：毒毒陽光曬，利刀鏰，（你）心田有水源。

其二

（你是）穿泥蘆葦根，筍甜竿作薪，（把那）汙水險灘變秋金。

根：洶洶洪水淹，風雪烈，（你）善性藏芽茵。

注：《金字經》，曲牌名，又名閱金經、西番經，南呂曲調，有感歎世事、人物的情緒。定格句式為：五五七，一，五，三五。本書的詞句內容，盡可能符合曲牌的曲調所表達的情緒；在字句上，也盡可能符合原來的定格句式；不過有時也不得不有所變動，而字數和節奏保持一致。凡是「襯字」都用（）標明。如果有副題，則在下一行。凡是常見的曲牌名，不作注釋，比較生僻的就注釋。

集錦詩云：

早是傷風夢雨天（韋　莊），寒鴻過盡殘陽裡（耿　緯）。
處處風波處處愁（唐　寅），手披荒草看孤墳（劉長卿）。
憂心炳炳發我哀（曹雪芹），新啼痕間舊啼痕（王實甫）。
不受塵埃半點侵（王　淇），平生自是箇中人（蘇　軾）。

李氏是四十歲的人了。在家庭生活上，她真是中國人所說的「三悲人」：少年喪父，中年喪夫（婦），老年喪子。在社會生活上，她是生在亂世，長在亂世，活在亂世：生在辛亥革命，經過袁世凱稱帝，軍閥混戰，共產革命，日本進攻，國共大戰。她沒有沒見過的惡人，沒有沒見過的怪事。通常的理，她能想通；通常的事，她能看透。現在，她還有一點理沒想通，還有一件事沒看透。

那沒想通的一點理是：為什麼人總是打仗？為什麼人與人總是相仇恨？為什麼那兩個兵鬥得你死我活？有人說：「那是天意。」李氏不同意這個說法。她按自己的本性想：天意是好的。人一生下來，一樣的天真可愛，不懂事理，沒有惡性。按天意，人是善性的，人與人應該互相友善，和睦，通情達理。於是，她就自己想出了一個答案：人與人之所以仇鬥，那是有妖精在作怪。那些妖情從山洞裡跑出來，幻化成人，造亂人心，造亂人世。但是，她不知道哪些人是妖精變幻成的，只是隱隱約約感到湖神太信公對那些魔頭無可奈何，只是希望湖神太信公能夠保佑自己族中南柯人平安無事。

那沒看透的一件事是：共產是什麼樣子？她丈夫說：「你和兒子不會受階級苦。」階級是什麼呢？丈夫沒說清楚。尹安定先生說：「共產黨贏了，改朝換代了，大赦天下了，天下太平了。」但也沒說清楚共產是個什麼樣的情景。原來聽國民黨說共產黨是「赤匪」；現在，共產黨又說國民黨是

「蔣匪」。她知道：贏了天下的就說輸了天下的是「匪」。她憑自己的經驗和聽丈夫、尹安定等人講的歷史故事，相信這樣一個理：不管誰得了天下，就要大赦天下，天下就要太平，人與人就要和睦相處，皇帝就要定法律來懲罰惡人，保護善人。但那共產社會是個什麼樣子的呢？她從來沒見過，她的丈夫和尹安定先生也沒見過。沒見過的事，是沒法看透的。

現在，李氏開始生活在共產社會裡了。

欲知那共產社會怎樣，且聽正文分解。

第一回　功名情

卻說李寡婦痛哭了一整夜，又想了一陣子家事國事。她渴望著天下太平，能過上與人為善的安寧日子。她不知道「共產天下」是怎樣的，但她開始生活在共產天下了。

一個月後，李氏聽說縣城發生了大變化。她娘家在縣城。雖然娘家沒親人了，但有親房，還有兩個姐姐住在縣城。她決定回娘家一趟，就揀了個晴天，天濛亮，邁開兩隻小腳，向縣城走去。

她走了三十多里，到了縣城。縣城一片破敗景象，到處都是被炸彈轟塌的房屋，磚頭瓦片一堆連一堆，殘牆斷壁一垛接一垛；燒焦的屋柱聳立著，掀翻的街石亂躺著；城門洞的大石磚有子彈痕跡，木板門面有子彈穿過的孔；牆壁上有大紅紙寫的大字。大人們在忙著修繕房子，小孩子在玩子彈殼，還吹出「噓噓」的聲音。在熱鬧處五馬坊，店鋪、飯館開業了，戰後的人們眉開眼笑，在街上擁擠著。人流中，時時有胸襟上掛著紅布條的人，還有戴米箕帽的兵背著槍在巡邏。李氏走到五馬坊轉角處，看到一個熟悉的背影，連忙追上，高叫：「安定表弟。」

那尹安定聽到身後有人喊，站住，轉頭看。他見李氏，說：「表嫂，你走娘家呀？」

「是呀。」李氏答應著走上前。她看見尹安定的胸前也掛個紅布條子，就問：「這是什麼呀？」

「是人民代表證呀。」尹安定說，「表嫂，我說太平了吧。現在共產黨成立縣人民政府，保長以上的官和地方有名氣的人都來縣開會，商討治國大事。我也被請來了。」

「會上說怎麼共產了嗎？」李氏急著要解開心上疑團，就問。

「只說眼前要辦的緊急事，一件是維護地方治安，一件是減租退押。」

「什麼是減租退押？」李氏問。

「地主租給窮人的地，不能收那麼多租，要減一半。借給別人的錢不能討債了，寫了字押的，要退給借錢的人。」尹安定解釋說。

「少收地租是件好事。借錢還債，千古一理，怎麼能退字押不還債呢？」李氏不解，反問。

「共產黨是為窮人的。窮人之所以窮，是因為有富人剝削。現在要消滅剝削。」

「話可不能說得那麼絕。」李氏又不同意這種說法，「窮人不全是富人收地租和借錢收利搞窮的。我南柯村的窮人，大多數是好吃懶做、不會打算才窮的。富人也不全是剝削才富的，柯啟文就是辛苦勤勞起家的。」

「你說的也有些理。我家那孽障就是不務正業搞窮的。」尹安定說。

「懷德表侄人窮，心地善良。我們村有許多窮人可窮得惡黑了心呀。」李氏知道尹安定說的孽障是懷德，就為尹懷德辯護。

「尹先生走呀，開會時間要到了。」前面有人叫喊。

尹安定告別了李氏，匆忙走了。李氏也找親戚去了。

卻說尹安定從縣城裡開會回家，已是掌燈時分。妻子趙月英服侍他吃飯，洗沐。尹安定把縣裡開會的內容對趙月英說了。

「我家沒字押可退，只有減租一條。我家出租的田地也不多，收的租比別人少。再減，就不如不收算了，免得背收租的惡名。」趙月英說。

「你說的和我想的一樣。那五斗水田和四升麥子地就不收租了，只保有地權。我教書有些收入，能養家糊口。如果我不能教書，再把田地收回來自己做。」尹安定說。

「好，我現在就去跟佃戶們說。」趙月英說。

「真是家有賢妻，夫不遭殃呀。」尹安定凝視著趙月英漂亮的臉蛋，讚賞著。他又說：「我看這減租退押是共產黨的第一步，後面還有文章。不過，我們不怕。我只教書，沒作官；我只行善沒作惡。家產也不多，田地不多，夠不上地主。」

「我們肯定沒事。心中無虧，不怕半夜鬼敲門。」趙月英說完，出門去了。

縣城開會後，共產黨向各地派了軍隊工作組，一方面領導保長和尹安定這類人公開開展維護治安和減租退押工作，另一方面秘密組織窮人中的骨幹分子建立黨支部、民兵和籌備會、貧協會，準備進行清匪反霸工作。還向各地派出了剿匪部隊。

在南柯村，先是成立了以尹懷德為主席的貧協會，籌備會，成員有柯鐵牛、柯鐘月，後來發展為黨支部、村委會。在黨支部領導下的民兵連由柯太仁為正連長，瞿習遠為副連長。接著尹懷德等人由秘密工作轉為公開工作，成立了南湖鄉黨委會、人民政府，紅石區黨委會、人民政府。尹懷德為南湖鄉黨委書記兼鄉人民政府主席。尹安定這些第一批人民代表的資格自然被取消了。轟轟烈烈的清匪反霸運動開展起來，南柯村接連不斷的出現了驚心動魄的大事件。

尹懷德突然成了名震一方的大人物，這其中大有文章可寫。

尹懷德，本來家庭殷實，是尹東莊第一大戶。他父親尹安生是個精明能幹的農民，從祖人那裡接過了七斗水田、六升麥子地、一棟連三間土木結構房子。尹安生和老婆樂氏靠辛勤勞動和精打細算，添買了水田一擔，麥子地七升，撤了舊宅，建造了一棟一進兩重的青磚瓦屋。尹安生有一個小他二十

歲的弟弟尹安定，還有個獨子尹懷德，比安定小四歲。尹安生讓弟弟帶兒子一起讀書。尹安定讀書很用功，讀完了私塾，還考上了國立縣中學。尹安定讀到中學三上時，尹安生得暴病去世了。尹安定輟學回家務農，還教了一個館子，當私塾先生。

尹安定結婚了，媳婦叫趙月英。趙月英小尹安定五歲，小尹懷德一歲，是尹安定塾師的女兒。女子雖然不能上學，但趙月英父親還是教女兒讀了《三字經》、《女兒經》、《勸學》、《千家詩》。趙月英自己還喜歡看《三國演義》、《紅樓夢》之類的小說。趙月英就成了貌美賢良、知書識理的女子了。她進了尹家門後，敬嫂母，愛丈夫，疼侄兒，睦鄉鄰，很得人歡喜。尹安定夫婦要侄兒尹懷德用功讀書。尹安定對懷德說：「我沒有讀完中學，很不甘心，你可要收回玩心，讀完私塾，再讀縣中學，考省城專科學校。如果你爭氣，我還送你出洋留學。我很羡慕那些留洋回國的讀書人。」

那尹懷德聽著叔父的話如耳邊風，從這邊耳朵進，從那邊耳朵出了。他根本不是讀書的材料。他是父母的獨生子，又是晚子，早被寵慣了，只知玩耍。讀到二十歲，還只讀完《三字經》、《幼學》，讀了《四書》、《五經》，也背不來，只知皮毛。他十幾歲時，只向母親討錢進茶館餐館，逛街等。到了二十歲，就從家裡偷錢去賭博、嫖窯子。尹懷德長得牛長馬高，性子也成了，樂氏管不了，尹安定也拿他沒法子。樂氏就和尹安定、趙月英商量，給尹懷德成親，讓媳婦來管他。接連說好幾門親，花了不少錢，尹懷德都嫌女人沒長好，不活潑。一日，尹懷德到趙月英娘家鳳凰街，看到了趙月英的侄女趙來鳳，一見鍾情，就央求嬸娘去說媒。趙來鳳小尹懷德三歲，跟著母親在鳳凰街開豆腐鋪，是鳳凰街有名的「豆腐西施」，也是嬌生慣養的人。她知道姑娘家生活好，看那尹懷德身材魁梧，堂堂一表，也就滿心同意了。尹懷德成親了，頭兩、三個月還好，每天在家裡陪著媳婦，也下田地去幹些農活。三個月過去了，尹懷德感到生活不新鮮，就偷著出門去玩，慢慢地，恢復了原樣了，日夜不歸，押寶賭博，尋花問柳，晾著趙來鳳。趙來鳳並不計較尹懷德，也樂得借了口實出門玩，抹紙牌，偷漢子。不到一年時間，尹安定就賣了七斗水田、五升麥子地為尹懷德夫婦還賭債。尹安定就與嫂子樂氏商量，與尹懷德分家。尹安定把全部房產和田產的三分之二都給了尹懷德，自己住進學校。尹懷德夫婦安定生活了一個多月，又老病復發了，兩年時間，把田產賣光了。樂氏要求尹安定用族規來整治尹懷德夫婦。尹安定就請族中長老喝酒，在族中祖宗堂，趙來鳳被卷了篾席，倒立在牆邊；尹懷德上了繩子，吊在梁上。尹懷德夫婦對著祖宗神位發誓好好務農，勤儉持家。尹懷德夫婦好了半年，又我行我素，將一棟一進兩重的青磚瓦屋全賣了。趙來鳳卷了賣屋錢逃跑了，嫁給了紫金山村一個富戶作小老婆。尹懷德的母親樂氏一氣之下上吊了，尹安定在族中宣佈與尹懷德斷絕叔侄關係。過了一年，尹安定又把青磚瓦屋贖買回來了。

尹懷德孓然一生，無田地屋宇，還欠著賭債，成了真正的無產者。他沒固定的住宿地，到處遊蕩求食。後來，他遇上了幾個牛經紀（牛販子），央求讓他牽牛，弄碗飯吃。那些牛經紀都不識字，見尹懷德能寫能算，就答應了。一日，尹懷德牽著一隻水牯過紅石街，被討債的兩個潑皮碰上，抓了懷德，打了一頓，奪了牛。尹懷德牽的牛是牛經紀的，沒了牛，是要賠的，他無牛賠，也就沒了活路。尹懷德走投無路了。他在絕望中不想死，就厚著臉皮去找叔父和嬸娘。尹安定恨尹懷德不爭氣，但看到侄兒到了這步田地，起了憐憫心，就出面找到債主，還清賭債，牽回水牯。尹懷德有生路了，就在尹東莊後塪林中搭了一間大牛棚，隔出一小間當自己住房。

尹懷德雖然不爭氣，遊手好閒，愛賭愛嫖，但他聰明，有勇氣，而且良心未滅，不偷不搶，不

與人毆鬥，待人隨和，有時還抱打不平，幫助善弱人。所以，周圍的人不討厭他，與他來往，給他飯吃。尹懷德和著名的算命先生陳瞎子也相處得好。陳瞎子為他算了命，讚他是「落難英雄」，將來會成就偉業；還說他在第六個運頭（即三十歲）會遇貴人提攜，轉運為富貴。果然尹懷德「而立之年」的第一個初夏，貴人找上門來了。

卻說尹懷德幫助表嬸李寡婦從蘆棚搬回家，就回到他的牛棚。牛棚裡有兩個牛經紀在等著。大家議論：沒戰亂了，農活恢復了，是販牛的好時機。尹懷德就忙著去販牛。

尹懷德在縣城，看見老衙堂的門牌換了，城牆上貼滿了紅色標語：

熱烈歡迎人民解放軍！

慶祝下雉縣人民政府成立！

中國共產黨萬歲！

毛主席萬歲！

他看到叔父尹安定成了縣人民代表，參加了大會，心裡很高興，想：「武安邦，文治國。像叔父這樣善良正直的文人應當出來治國了。」

他在江北看了農村成立了黨支部，貧協會，各級人民政府的頭頭是軍人，和國民黨時選舉出的鄉紳不一樣，心裡犯疑，對牛經紀們說：「難道共產黨是馬上打天下，又是馬上坐天下麼？」

「這是英明天子的事，是當官的事，與我們何干？我們只求生計。」經紀說。

端午節後的一日，尹懷德牽了兩頭大水牯，走了五十多里路，中午到了自己的牛棚。他把牛拴在棚外的大木樁上，進了牛棚，感到十分疲勞，不吃不洗，脫下衣褲，只穿條舊短褲，倒床便睡。

尹懷德正在熟睡中，突然他的肩頭被一隻大手抓住，驚醒了，霍地坐起，大叫：「誰呀？」

他在迷糊中看到一條大漢站在床邊，二十出頭，頭戴灰色米箕兵帽，腰束軍皮條，插著盒子炮。他被嚇得「撲通」一聲滾下床，跪在地上，雞啄米似地磕頭求饒：「軍官，我只做牛生意，沒作什麼壞事，你饒了我吧！」

「同志，不用怕，咱樣是一家人，快穿上衣服。」那軍官態度和藹，說著，坐在床上。

尹懷德穿好衣服後，外面又進來兩個兵，一個十八九歲的男兵，一個二十來歲的女兵。那女兵背個黃軍包，包帶穿過胸溝，兩乳高聳，黑髮齊肩。

「同志，你叫尹懷德吧？」那女兵問。

「是，是。」尹懷德連連答應。

「他是紅石區黨委書記兼區長，又是蹲點南柯村工作隊隊長，叫解放同志。」女兵指著那個軍官，向尹懷德介紹著。

尹懷德聽到稱呼「同志」，知道來人沒惡意，心裡平靜了。尹懷德不是普通老實的農民，喝過墨水，見過世面，知道共產黨和國民黨的一些情況，還聽說過「毛主席、朱總司令」的名字。他打量著眼前的人，猜著來意。

「懷德同志，我們在你家借火做飯行嗎？」解放書記問。

「行，行，行。我去借米借菜。」尹懷德連忙口裡答應，心裡卻在想：「讓他們做了飯走路。」

「你不用去借啦，我們自己帶了糧油。」解放說。他對那兩個兵命令道：「李得紅去挑水，溫小玲生火。」

那男兵李得紅解下肩上的條形米袋，放在地上，提水去了。女兵溫小玲點火。尹懷德出門去借些鹽和菜蔬。

飯很快熟了。尹懷德聞到白米飯的香氣，直流口水。他好久沒吃白米飯了。吃飯時，解放不斷給懷德夾菜。尹懷德沒顧慮了，狼吞虎嚥，一連吃了三大碗。解放看著尹懷德那吃飯的樣子，上下眼皮使勁擠了擠，用手背擦了擦，眼淚就出來了，嗚咽著說：「懷德同志，你吃了不少苦呀！」

尹懷德點了點頭。吃完飯，溫小玲刷洗炊具，李得紅打掃房子，解放和尹懷德說話。

「懷德同志，我們就住在你這裡了。」解放說。

「住不得，住不得！這是牛棚，不是你們住的地方。」尹懷德慌忙擺手，說。

這實在是牛棚。整個棚房用樹幹支起，水竹、山藤編織成牆，抹上田泥，上蓋茅草。中間一個攔牆隔成兩間，西頭大間關牛，東頭小間住人。大間裡，牛糞一堆堆的，牛尿一淌淌的，糞尿從牆腳下滲到小間這邊來。小間這邊牆腳下一條小溝，把糞尿引流到棚外。滿屋是牛騷氣。在小間裏，幾塊土磚壘起，攤上一張竹竿編的床，床上鋪著稻草，一床破爛棉被，一邊墊一邊蓋，黑色的棉絮露出印花破被套。四塊土磚豎起個灶孔，一個鐵罐，一個破耳鍋，幾隻缺口的陶碗，沒筷子，吃飯臨時用柴棒。沒有桌子和位子。

現在，解放這樣的大人物要住在牛棚裏怎麼行呢？他們到底來幹什麼呢？尹懷德在想。他清楚地記得民國十八年共產革命時黨內互相殘殺改組派的事。若是解放等人在這裡設立聯絡站那就不得了，自己還要丟掉生命。退一步說，解放等人住下，那些牛經紀就不敢來了，自己就斷了衣食，何況那頭大水牯急著要出賣哩。退一萬步說，解放等人不傷害自己，是自己的朋友，也萬不能讓他們這樣有體面的人住牛棚，使自己丟臉面。尹懷德想了這些，決定拒絕解放等人住下。

「同志，這牛棚是住不得的。我帶你們住我叔父家去。我叔父尹安定是縣人民代表，是個讀書人；嬸娘趙月英賢德、講禮，他家是青磚瓦屋，吃住好些。」尹懷德說。

「尹安定這個人，我瞭解。目前讓他當人民代表，是我們的革命策略，利用舊官吏和鄉紳穩定地方秩序。現在，尹安定這類人不起作用了。他和我們是兩個階級的人，是革命對象。共產黨人是無產階級的先鋒隊，是工人、農民利益的代表，是劫富濟貧的。儘管你尹懷德身上有牛糞，也比尹安定的思想乾淨。我們寧可住你的牛棚，也不願去住尹安定的高樓大廈。」解放說完這些革命道理，就向李得紅發命令：「小李，鋪草床」。

「那……小溫是個女同志呀？」尹懷德起疑問了。他雖然尋花問柳，但當熟人的面還裝正經的。今日男女混居，他還接受不了。他想：「難道真的共產共妻麼？」

「小溫睡在你的床上，我們三人睡地鋪。」解放說。

尹懷德只好依了。他出去給那兩頭水牯喂餵草，牽去喝水，又轉回棚裡。

「懷德同志，你不要去販牛了，要為革命幹大事。只有幹革命，才吃穿不愁。」解放說。

尹懷德聽了這話，心中不安起來。他想：「古話只說『書中自有黃金屋，書中自有顏如玉』。還沒聽說過：革命自有黃金屋，革命自有顏如玉。難道常理被翻過來了嗎？」尹懷德又想起民國十八年的共產革命，那革命內鬥外殺，使人恐怖，看不出對老百姓有什麼好處。「解放要我不販牛，跟他幹革命，幹革命真的有吃有穿嗎？」尹懷德猜不準。

解放看到了尹懷德有慌張疑慮神色，就送給尹懷德一支紙煙，宣傳起革命形勢來：「現在，蔣

介石反動派被徹底打垮了，全國解放了，無產階級和貧苦農民翻身作主了。這天下，是我們窮人的天下。我們工作隊是毛主席、黨中央派來的，是來發動勞苦大眾起來革命的，起來建立人民政權的。下雉縣縣區兩級人民政權建立了，馬上要建立鄉、村兩級人民政權。我們眼前的革命任務是：清匪反霸，劃分階級，土地改革。我們的長遠革命目標是：消滅剝削壓迫，實現共產主義。」

溫小玲接住解放的話頭，把共產主義的美好天堂作了一番繪聲繪色的描述。

「尹懷德同志，我們瞭解你的情況。你苦大仇深，還有點書識，能接受革命宣傳，能參加革命。我們今天是專為你來的。」解放說，「我問你，你為什麼那麼窮苦？」

「我窮苦是我自找的。我……」尹懷德不敢說謊。他沒說完，話頭被解放截住了。

「你無非是說自己沒有用呀，命運不好呀，風水不好呀，等等原因。不對！」解放說，「那麼天下為什麼窮苦人多而富貴人少呢？那是因為有剝削壓迫。」解放講起了三座大山壓迫和階級鬥爭、無產階級專政等革命道理。他還現身說法，介紹自己是如何參加革命的經歷。他說自己曾經給地主做長工，每年拿到一定的工錢，還稀裡糊塗地感激地主。後來他碰到一個搞地下工作的共產黨員，給他算了一筆賬，算出了他只拿到自己勞動應得的一半，另一半是剩餘價值，被地主剝削去了。他才恍然大悟，約兩個雇工找地主算賬。地主說，剩下的一半應該扣留，說上交稅多少，土地農具耕牛損耗多少，本錢多少，利息多少，地主自己勞心勞力應得多少。地主說得天花亂墜，合情合理。地主還勸他不要聽「共產」妖言。解放知道自己沒書識，說不過狡猾的地主，就又去請教那個地下共產黨員。那個共產黨員告訴了他一個大道理：「天下的土地是天下的勞苦人開墾出來的，天下的財富是天下的勞苦人創造的，土地和財富應該歸天下窮苦人。地主是不勞而獲的剝削壓迫者，和地主是沒理講的，只有打倒他們。要打倒地主，就要搞共產革命。革命成功了，天下土地和財富才能歸天下共產。地主也就被強迫變成勞動者了。」「這革命道理真說到窮苦人心坎上去了。」解放說。他就在那個地下共產黨員的教導下，在一個黑夜，殺了地主全家，投奔了共產革命。後來他參加了中國人民解放軍，找到了自己大有作為的革命道路，也找到了窮苦人翻身的出路。解放說：「你尹懷德早就應該參加革命。現在共產黨打下天下了，窮苦人開始享受革命的果實了，你還不站出來，就會損害自己，也損害革命。」

尹懷德聽懂了那革命的道理，心裡並不完全贊同。可是，解放那最後幾句話是肺腑之言，感動了他。他想：「共產革命再不會像民國十八年那樣革一陣就失敗了，而是打垮了國民黨，得了天下。叔父尹安定也去參加了。這次勝利是穩固的。陳瞎子說我三十歲時遇貴人，交好運，莫不是應在解放這人和共產革命這事上麼？我不能錯過這機會，命運就在此一搏。賭一把！」尹懷德是個敢賭的人。他想了一會，心裡定下了決心，鼓起勇氣說：「解放書記，與君一席話，勝讀十年書。聽你講的革命道理，我茅塞頓開，心裡亮堂了。我決心跟著你參加革命！」

「歡迎！」解放鼓掌了。溫小玲、李得紅都鼓掌了。

當夜，尹懷德就宣誓入黨了。解放又給他講了黨的組織原則。尹懷德接受黨組織的第一個革命任務是：在南柯村物色貧苦人入黨，成立南柯村黨支部。根據解放的指示，南柯村行政包括南柯、尹東莊、邱家塊、瞿家獨屋、黃鶯鐘等自然村莊。又根據解放定的標準，尹懷德提出，村黨支部由柯鐵牛、柯鐘月、邱遠乾、瞿習遠、柯太仁等人組成，邱遠乾為文書，柯太仁、瞿習遠管民兵工作。

第二天，尹懷德把兩頭水牯送給牛經紀們，自己一心一意為革命事業操勞奔波了。很快，南柯村

黨支部成立了，籌備會、民兵連成立了，村委會成立了，南湖鄉黨委會和人民政府成立了。尹懷德身兼五職：南柯村黨支部書記，村主席，南湖鄉黨委副書記，鄉主席，鄉人民武裝副部長。南湖鄉黨委書記、人民武裝部部長是李得紅。

紅石區鄉村兩級黨組織和新生政權誕生了，革命就深入下去了，「清匪反霸」運動開始了。解放親自蹲點南柯村。

南柯村村部設在南柯祖宗堂東側的兩間偏房。

一個初冬的夜晚，南柯村村部召開「清匪反霸」工作動員大會，全體黨員和革命幹部都參加了。解放作動員報告。

解放講了國內外大好革命形勢後，就講到南柯村如何開展「清匪反霸」、「肅清反革命分子」的工作。他說：「我們武裝奪取了政權，建立了政權，現在要鞏固政權。要鞏固政權，就要鎮壓反動派，剿滅國民黨匪徒和特務，肅清反革命分子，造成紅色恐怖，讓敵人膽顫心驚，不敢反對新生的紅色政權。所以我們要開展『清匪反霸』、『肅反』運動。在南柯村，至少要槍斃五個罪大惡極的反動派，鬥垮一批反動派。」解放接著要與會者揭發出敵人的名字和罪行來。

提到要槍斃人，那是要作惡送人命的大是大非，不是好玩的。再說，罪大惡極的敵人，在南柯村可找不到呀。所以與會者個個面面相覷，低頭不語。會場十分靜默。

解放看到這種場面，就站起來，大聲說：

「同志們，我知道你們心裡在想些什麼。你們有三種顧慮：一是有舊的反動地主階級的善惡觀念在作怪，認為揭發了反動派，是害人命，是作惡。善惡是有階級性的。地主階級在對他們之間友善，對窮苦人卻是作惡。我們相反，對待窮苦人友善，對待地主階級和反動派就是要作惡。二是講舊的反動地主階級的親戚、宗族關係，認為揭發了反動派，是無情無義，是背叛祖宗。世界上沒有宗族親，沒有父母、兄弟、叔伯親，只有階級親、階級仇。地主階級剝削壓迫窮苦人就不講什麼親戚、宗族。我們對地主階級和反動派，沒有什麼親，只有階級仇。我們只講階級兄弟姐妹親。一切親，不算親，階級親，才是親。天大地大不如黨的恩情大，爹親娘親不如毛主席親。三是害怕反動派會起來報復你們。我告訴你們，共產主義必然勝利，一切反動派必然滅亡！你們有了這三種顧慮，眼睛就被蒙蔽住了，看不到反動派就在你們身邊，就在你們的親戚中。你們要去掉這三種蒙眼的翳子，擦亮階級鬥爭的眼睛。」

解放這種嶄新的善惡觀點，與會者還一下子接受不了。會場仍然沉寂。

「同志們，你們想一想，我們推翻了反動政府，翻身作主了，反動派對我們服氣嗎？他們甘心嗎？他們讓你們安心地當黨員、當幹部嗎？服你們領導嗎？不！他們在仇恨你們，在時刻想搞掉你們，妄圖恢復他們的好日子。他們是我們不共戴天的敵人。武松和老虎，要麼是武松打死老虎，要麼是老虎吃掉武松。你們和反動派也是這樣。你們是鎮壓匪徒惡霸、肅清反革命分子呢？還是讓反動派來割下你們的腦袋呢？同志們，你死我活的階級鬥爭就擺在你們的面前，你們要驚醒過來，投入到清匪反霸、肅反運動中來，成為革命積極分子，成為革命幹部，絕不能對敵姑息，和敵人一鼻孔出氣，成為反動派。也不要同情敵人，不得罪敵人，就會成為落後分子。」

解放的這段話牽連到了與會者的個人生命和利益前途，在與會者腦海上激起了浪花，在與會者心中煽起了仇恨，鼓動起了「大義滅親、滅親立功」的念頭。會場上有了微小的議論。

「好，今天散會，大家回去做做思想準備，明天上午八點再開會。」會議主持人李得紅說。散會了，尹懷德被解放留了下來。

「懷德同志，你是南柯村的主要領導人，南柯村革命運動能不能搞上去，就看你的模範帶頭作用。尹東莊明擺著一個大惡霸，你視而不見，不揭發。」解放說。

尹懷德被解放批評得心裡發懵，連忙辯解：「尹東莊一共二十六戶，只有我叔父尹安定生活過得好點。尹安定也沒有作過壓迫人的事，一生只做好事。其餘的人都是很忠厚老實的。我想不出尹東莊有惡霸，叫我如何揭發呀？」

「我問你，尹安定怎麼富起來的？長期雇用小毛是什麼性質？」李得紅問。

「他教書收些學費，趙月英會針線活，給人家做裁縫收些工錢；她會織布，賣布有點收入。他還種些田地，農忙時雇短工，學生家長去幫忙。他出租六斗水田、四升麥子地，收租很低。他每年拿出的糧食救濟窮人也不少。小毛是外地討飯人丟下的三歲孤兒，無人收養，趙月英發慈悲，收下了。他還讓小毛念書。小毛下地幹活是應該的呀。就這些。」尹懷德說。

「就這些已經不少了。」解放說，「問題是我們怎樣來看待這些。尹安定每年收學費憑嘴一張，要多少，家長出多少。這就是勞心者治人，就是剝削。沒有剝削，他雇工、出租幹什麼？沒有壓迫，家長、學生願去幫忙嗎？趙月英是個十分狡猾的階級敵人，她織布、做裁縫就是搞資本家那套剝削行為。她表面仁慈，心裡黑毒，收養小毛，就是看中了小毛將來是條漢子，好役使，就像農民養小牛為了將來好耕地一樣。小毛是個孩子，就強迫小毛幹農活，這是長期雇用童工的剝削壓迫行為。」

「我再問你，這方圓幾十里誰的威望最高？」李得紅問。

「尹安定。」尹懷德回答。

「尹安定，不但在尹東莊說一不二，連大灣南柯人見了他也點頭哈腰。他是不是地方一霸？我再舉兩個例子。你是他嫡侄，他把你吊在祖宗堂梁上，把趙來鳳同志卷了篾席，逼得你們家破人亡。這是不是惡霸行為？柯鐵牛、柯太仁同志被地主剝削壓迫得沒吃沒穿，到宋家塆偷了兩隻雞和一些苧蔴。別人都不說話，唯獨尹安定仇恨窮苦人，冒充公道，說是地痞流氓行為，說是大灣欺小灣，逼得柯鐵牛、柯太仁同志退還東西不說，還要到祖宗堂下跪謝罪。這是不是惡霸行為？你說尹安定只做好事，沒壓迫人，我看他搞些小恩小惠，蒙蔽人心，壓迫窮苦才是他反動本質。」解放歷數了尹安定罪行後，緩了一口氣，深情地說：「懷德同志，尹安定已經和你斷絕了叔侄關係，不講親戚情，只講階級仇去了。你就不要被親情蒙了眼睛，要提高階級覺悟，用階級分析法來觀察人和事，來分析問題，你要站在無產階級立場上，對尹安定恨得起來，下得毒手。這是對敵鬥爭要狠的革命覺悟，不是作惡事。如果你與尹安定劃不清階級界限，不揭發尹安定的惡霸行徑，不與尹安定作階級鬥爭，那麼，你的立場就站到反動階級那邊去了，你就辜負了黨組織的期望，就不夠格做個共產黨員，也不合格做村支部、鄉主席，更談不上到區、縣去為革命挑重擔子。你從現在起，好好反省自己，黨在期待著你。」

解放說完，帶著李得紅、溫小玲走了。村部裡只留下尹懷德在反省自己。

解放的一席話再不會使尹懷德有「勝讀十年書」的美好感覺了，卻像是陡然從晴空上落下來的一陣暴雨，沒頭沒腦地打在赤膊的尹懷德身上，使他打冷顫。這陣暴雨中又夾有炸雷，轟得他兩耳嗡嗡，兩眼發黑。他過了一頓飯時間才恢復知覺。尹懷德發覺整個屋子裡只剩下他一個人了，那帶罩

的煤油燈冒著黑煙，像一盞鬼火。那通向祖宗堂神龕的側門開著，一股陰冷風吹來，黑黝黝的，好像有鬼神在抖抖索索地遊動。尹懷德感到一陣恐懼，連忙起身，也不吹熄燈，出門，摸黑走出祖宗堂。他的腳被門檻、雜物絆了好幾次，險些跌倒。尹懷德來到田野。月亮早下山了；銀河轉移了好些，從東北拱到西南。他借著寒冷的星光，憑著直覺，沿著熟悉的田埂路，高一腳，低一腳，走回自己的牛棚。

這牛棚又只剩下他一個人住了，解放、李得紅、溫小玲搬到區、鄉政府去了。牛棚像一座蓬滿蒿草的荒塚，裡面是黑洞洞的。尹懷德進棚，摸到床邊，坐在床沿上。他沒有點燈的習慣，也不想洗，頭腦發脹，只想睡。他蹬掉兩隻綠軍鞋，掀開一角新被子，和衣上床，背靠棚牆，半躺著。他合上眼，迷糊糊的，想睡又不能入睡。他拿出枕頭下的打火石、草紙、苧蔴骨，打燃草紙，點燃蔴骨，從後頸窩裡抽出旱煙袋，從上衣口袋裡掏出一包煙絲，吹起旱煙來。煙一袋接一袋地吹，將煙屎吹得遠遠的，一會兒，滿地火星。

他腦海裡兩種思想在打仗。尹懷德原來的善惡觀念是：押寶賭博，嫖娼賣淫，做賊為盜，好吃懶做，遊手好閒，不忠不孝，不仁不義，做地痞流氓，是惡劣的品質，錯誤的思想；而勤耕苦讀，精打細算，修橋補路，仁慈善良，尊老愛幼，和睦鄉鄰，以和為貴，主持公道，見義勇為，做善士仁人等等，是美好的品質，正確的思想；不與不三不四的人為伍是避害，拜訪有學問名望的人是學好。沒想到這些歷來的是非標準到現在不合階級鬥爭的理了，是不對的。按階級鬥爭的理作為是非標準來評判人事，卻完全翻了個底：凡是窮苦的人，不管你是壞是好，都是無產階級兄弟姐妹，即使偷盜，也是被反動階級剝削壓迫成的；凡是富有的人都是剝削壓迫階級，都是反動派；凡是合馬列主義、毛澤東思想的想法，不管想法怎麼樣壞，都是正確的；否則，不管想法怎麼好，都是反動思想。兩個階級是不共戴天的，是要不斷進行你死我活的階級鬥爭的。只有進行這種殘酷的階級鬥爭，才能建設社會主義，實現美好的共產主義天堂。

「看來，階級鬥爭的理是大道理，把複雜的人與人的關係一下子剖開為兩半，變得簡單明確了。」尹懷德想到這裡，點了點頭。他感到毛主席真偉大，發明出這個大道理來。他感到自己好愚蠢，沒有階級覺悟。

「那麼尹安定是惡霸嗎？是自己的仇人嗎？」尹懷德的思想從一般到個別了，他問自己。他痛苦起來。對尹安定，他確實太熟悉了。撇開尹安定是他的叔父，從良心上講，尹安定和趙月英確實是好人。他們不但救助過他這個侄兒，還救助別的窮苦人呀。就說小毛吧，一個被拋棄了的三歲男孩，在大路旁雪地裡凍餓得奄奄一息，過路人只看一眼，歎息一口氣，誰也不救。趙月英在家裡聽人說了，立即去把小毛抱回來。當時，趙來鳳就反對，抱怨不該弄張野嘴來白吃飯。尹懷德的母親樂氏表態，說這是「救人一命，勝造七級浮屠」，就留下了小毛。小毛是無產階級呀，為什麼柯鐵牛這些無產階級不去救小毛呢？現在倒說趙月英抱養小毛是有養牛犢子的黑毒心腸。尹懷德想不通。尹安定待小毛像待自己生的兒子一樣，讓小毛讀書，教小毛種地，「養子不教父之過」，教育是正當的呀，怎能說是壓迫剝削呢？尹懷德又想不通。再說，尹安定用族規整自己和趙來鳳，自己和趙來鳳都是敗家子，把祖業弄光了。國有國法，家有家規，整一下子是應該的，怎能說尹安定這是惡霸行為呢？至於整柯鐵牛、柯太仁，這兩個人是地痞流氓，偷雞摸狗，造得地方上不安寧。他倆到宋家塆去偷的東西，可不是「劫富濟貧」，偷的是幾戶窮人的東西。地方人都怕他倆。尹安定抓住這個機會，出於義憤整了

他倆，地方上都拍手叫好，這怎算得上是惡霸行為呢？難道共產黨自己是地痞流氓、專門做賊為盜的人麼？尹懷德想不通。他實在對尹安定、趙月英恨不起來。

「入他娘的十八代！」尹懷德叫罵起來。他不知道是罵誰。

他罵了一聲，就用力向旱煙袋裡猛吹了一口氣。那帶著火星的煙屎飛出一丈多遠，落在旮旯的稻草上。那稻草堆就紅起來，一會兒紅成碗口大一塊。尹懷德慌忙下床，赤腳奔過去，用雙手捧起紅的兩邊稻草，小心地把紅火卷起來，拿到光地上，用腳板去踩熄。他回到床上，腳板灼痛，用手一摸，腳板被燙起了幾個大泡。原來慌忙之中忘記了穿鞋。這點小痛不算什麼，他忍著，恢復了半躺姿勢。

「要說尹安定錯了，錯在不該有吃有穿，沒做窮苦人；錯在不該打抱不平，管地方上的事；按階級鬥爭的大道理，他就成了反動階級了。如果要在南柯村找出惡霸來，威望最高的人是尹安定，他是第一個惡霸。如果要槍斃惡霸，他當然又是第一個了。這階級鬥爭的大道理到底是怎麼回事呀？不是那麼簡單明瞭呀，玄得很、深奧得很哩。」尹懷德的思想複雜起來，在探索。

「唉，叔父完了。」尹懷德歎了一口氣，對具體問題作了結論。他又想：「要我去捉叔父坐牢，去殺叔父，呸！我沒有那大毒心！還沒喪盡天良！」

「叔父遇難了怎麼辦？」尹懷德的良心在問自己，「應該救叔父，叫他逃！」尹懷德動了動身子。「不行！」他否定了自己，「這是洩露黨的秘密，出賣黨組織，私通階級敵人。那樣作，不僅這村主席、鄉主席全沒了，升發沒指望了，而且自己成了反動派或匪徒，要陪去一條命。」尹懷德的身體被僵住了，思想也被僵住了，木然坐著，兩手下垂，旱煙袋被左手掌壓在床上，麻骨火從右手掉到地上。

可見，尹懷德還沒有從傳統文化中掙脫出來。那階級鬥爭和無產階級專政的道理，說起來還好聽，能接受；但做起來，就不近人性，不容易被普通人接受。那麼中國傳統思想文化中有沒有與階級鬥爭、無產階級專政相吻合的思想文化呢？有的，那就是帝王專制和儒家的道德傳統思想文化。尹懷德雖然是個只圖快樂而破了家產的敗家子，是個遊手好閒的浪蕩子，但是，他還沒有當英雄、當功臣的抱負，更沒有當皇帝的壯志，他沒有鬥人、害人、殺人的毒心和膽略。他是一個普通人，是一個靠自力求生存的平頭老百姓，他受著父母和叔父嬸娘的善美品質的影響。所以他在實踐上，一下子接受不了解放的觀點。現在，他面對著嚴酷的人生選擇了。他能找到中國傳統思想文化這個卯眼去吻合階級鬥爭、無產階級專政那個榫頭嗎？他能心安理得地逃過這一劫嗎？

尹懷德在昏睡中思想很亂，眼前晃動著各種幻景。漸漸地，有幾幅畫面在他眼前清晰起來：秦始皇坑殺趙國降卒四十萬，劉邦向項羽討吃親生父親的「一杯羹」，為了逃命把親生兒子從戰車上推下來；劉邦的將士們為獻功受賞，爭著去割已經死了的項羽屍體上的肉；劉備消滅諳弱的室弟劉璋；楊廣弒父，李世民射兄；宋江殺惜，岳飛陷子，朱成祖燒侄，解放殺地主……。

「這些都是為什麼？不就是為了爭皇帝位、為了建功立業、封官受爵成為功臣、英雄麼？」尹懷德在問自己。他這樣一問，就走出了思想迷宮，找到了卯眼和榫頭，把階級鬥爭、無產階級的榫頭合縫到帝王專制和功名利祿的傳統思想文化那個卯眼去了。

尹懷德有了新思想，他睜開眼皮，坐正，打火抽煙，要把新思想整理一下，連貫起來。他想：你死我活的鬥爭，早在中國古代就有了，並且接連不斷地發生著。進行這種鬥爭的人都是大丈夫。這種鬥爭是為了得天下，為了權力，為了功名利祿；擁有權力就擁有一切；權力自有黃金屋，權力自有

顏如玉。多麼誘人的權力！多麼值得人玩味和冒死鬥爭的權力啊！這種鬥爭是殘酷無情的，不能有兒女情長，不能怕殺人流血。別人死了幾個、幾十個、幾百個、幾千個、幾萬個、幾百萬個、幾千萬個算個球，只要老子一個人不死，就會爭得權力。這就是歷史！這就是中國幾千年大丈夫成就偉業的歷史！這歷史現在還在重演著，只不過換了個新說法：階級、階級鬥爭、無產階級專政。這不正是溫小玲說的「毛澤東思想是將馬列主義與中國革命實踐相結合的革命理論」麼？原來，這階級鬥爭、無產階級專政的大道理在中國自古以來就有的，是舊玩意兒；只不過換了幾個新詞兒，就變得眼花繚亂，迷人心竅了。革命理論的精髓就在這裡，革命實踐的玄機就在這裡，悟不出，就玄而又玄；一悟出，就通俗簡明。他情不自禁地吟唱起溫小玲教的一首毛主席詩詞：

北國風光，千里冰封，萬里雪飄。望長城內外，唯餘莽莽；大河上下，頓失滔滔；山舞銀蛇，原馳蠟象，欲與天公試比高。須晴日，看紅裝素裹，分外妖嬈。江山如此多嬌，引無數英雄競折腰。惜秦皇漢武，略輸文彩；唐宗宋祖，稍遜風騷；一代天驕，成吉思汗，只識彎弓射大雕。俱往矣，數風流人物，還看今朝。

尹懷德將玄妙無窮的革命大道理和革命實踐解剖了，剝去它的外衣，撕去它的皮肉，鑽過它的骨質層，窺破了它的精髓。能做到這一點實在不容易，這不是普通工人、農民和書呆子能完成的工作，這需要天分、悟性，這需要身臨其境的實踐。尹懷德，本來天分就高，悟性就強，特別是跟著解放幹革命後，他從一個平庸無為的人變成了一個有理想、有革命實踐經驗的革命者，才得天獨厚，悟出了這革命的玄機。尹懷德能悟出革命的玄機，還有一個重要的原因：解放把他引誘和推到他人生最危險的地方和時刻。打個比方說吧。這次會議，把尹懷德逼到兩塊向前突出的懸崖的某一邊的尖石頭上，兩崖之間是萬丈深淵。尹懷德後面有持槍的李得紅，前面是深淵。他後退就被李得紅殺死；他向前就落到深淵中去。他只有一條路，就是奮力飛躍，跳到對面那塊懸崖尖上。在這生死關頭，尹懷德體內的潛在天分、悟性、智慧、力量都本能地一齊湧出了，使他飛躍過去。現在尹懷德立在對面懸崖的尖頭了。他又向前走了一段山路，來到了開闊地。他平安了！他的思想發生了「質」的飛躍。

尹懷德自言自語起來：「革命要我作大丈夫，我身為男子漢，也應該作大丈夫。尹安定，你的性質已經被上級定了，怪不得我。與其讓我和你一起倒下去讓尹家家破人亡，斷子絕孫，不如讓我去革命，提著你的頭顱去獻功請賞，讓我發跡，保尹家香火，光耀祖宗。人總是要死的，遲死早死都是死，別人揭發你是死，我揭發你也是死，你就為我去死吧！我要揭發你了！」尹懷德的神經一陣緊張後，就鬆弛了。他身體向床上伸下去，由坐躺式成了平躺式，呼嚕嚕地睡熟了。

柯和貴給尹懷德的心理和行為變化寫了兩首詩和一首詞：

詠解放

線大長江扇大天（譚山啟），龍鬥雌雄勢已分（常　建）。
軍營人學內嫁妝（司空圖），無奈政治重武夫（杜　牧）。
隴山鸚鵡能高語（岑　參），亂向金籠說是非（僧子蘭）。
臨行贈汝繞朝鞭（李　白），鬥爭謬論煽仇恨（柯美淮）。

詠尹懷德

天造萬物我身貴，必求養生食色全。
千年山怪今又至，億民劫難誰能免？
做人為鬼哭歧路，行善作惡歎絲染。
他日掙脫魔鬼掌，一縷清氣任自然。

注：楊子哭歧路，墨子歎絲染。

南柯子
詠尹懷德心變

榮華本逡巡，貧薄把人灰。只因「功名」兩字牌，天良泯滅，爭富貴權威。
拋棄（了）傳統美，相信（了）惡理論。劉項原來不讀書：帝位迷途，那善性難歸。

注：逡巡，徘徊不定，轉換無常。「榮華本逡巡」是李商隱詩句，「貧薄把人灰」是湯顯祖詩句，「只因兩個功名字」是白樸詩句，「劉項原來不讀書」是章碣詩句。

欲知尹懷德如何揭發尹安定，且聽下回分解。

第二回 沉冤情

卻說尹懷德經過激烈的思想鬥爭後，悟透了階級鬥爭、無產階級專政這個大道理的玄機，對揭發叔父尹安定，認為是大丈夫的英雄行為，就心安理得地睡了一覺。

尹懷德醒來時，太陽升到棚東邊的大樹梢上了。陽光透過棚牆空洞，射到他床上。他知道離開會時間不多了，就急忙起床，洗了個臉，煮了兩碗麵條，吃得大飽。他披著解放書記贈送的軍大衣，走出牛棚。

地上有霜，水塘裡有閃光的冰。

他向尹東莊望去，他的那一進兩重青磚瓦屋顯得特別高大雄偉。但在八年前賣給了別家了，後又被尹安定贖回了。他又回頭看看自己住的牛棚，泥落草爛，搖搖欲墜。這種強烈的對比，使他心裡湧起了一股苦酸味。一時間，他又產生了一種僥倖的心理，慶倖地自語：「幸虧老子賣掉了房產田產，住進了這牛棚。不然就悲慘了，成了地主惡霸，這次就是槍斃對象了。搞家窮好，窮苦好啊！」

這時，那青磚瓦屋裡傳來了尹安定的講課聲。尹懷德心裡禁不住怦然一動，湧出一股離別的悲傷的情思。這情思又轉眼即逝，被一種殘忍的情緒淹沒了，那是一種老虎咬住肉豬的喜悅自豪的情緒：「沒想到當地顯赫的人物的生命掌控在我的手心裡，我在這裡坐天下了。」

尹懷德昂起頭，有力地甩動著兩臂，大步向村部走去。

尹懷德來到村部時，解放、李得紅、溫小玲已坐在方桌旁。解放招呼尹懷德坐在自己身旁。黨員和幹部們陸續地來了，坐了兩排。李得紅主持會議，解放照例講了開場白。

輪到黨員幹部揭發階級敵人時，尹懷德第一個站起來發言了。他以飽滿的無產階級感情，憤怒地揭發了反動分子尹安定的罪行，喊出了「尹安定是南柯村第一霸」的革命口號。尹懷德的「大義滅親」的模範革命行動，贏得了解放、李得紅的鼓掌歡迎。全場沸騰了。柯太仁結結巴巴地控訴了尹安定逼得他和柯鐵牛傾家蕩產的惡霸罪行。與會者，你一句，我一句，紛紛揭發、咒罵尹安定。

柯鐵牛見尹懷德搶了頭功，心裡很著急。昨夜，李得紅找他談了，問到他的房叔柯丹青有什麼反動行為和言論。他把聽到的柯丹青攻擊尹懷德等人的話說了。李得紅說這是典型的反革命言論，叫他明天開會第一個發言，沒想到被尹懷德搶了第一。他等眾人說過尹安定的罪行，就站起來揭發柯丹青。他說：「柯丹青攻擊南柯村革命幹部是一批地痞流氓，說尹懷德是不務正業的破落戶，柯鐵牛是頭兇狠的蠻牛，柯鐘月是叫娘也叫不清楚的瘋子，邱遠乾是個遊手好閒、一肚子壞水的文痞子。他說南柯村由這夥人當權作主，要遭殃了。這是典型的反革命言論。」

柯鐵牛語音剛一落，邱遠乾站起來說：「柯丹青和我是同學，讀書時就霸道。後來到國民黨首府南京去讀書，說是讀水利專科學校，學校裡有美國人教書。我看他讀的是英美特訓班，是國民黨專門培養特務分子的學校。南京被解放的頭一年，他回家了。說是回家結婚，我看是國民黨反動派派他到南柯村潛伏下來的特務分子。柯丹青是典型的國民黨反動匪徒，應該鎮壓！」邱遠乾畢竟是讀了私塾的人，懂得「清匪反霸」、「肅反」的真正內容，說的話就用革命的新詞，政策性強。

邱遠乾是宋家塊人，上過尹安定的私塾，和柯丹青同學。論讀書，邱遠乾是下腳貨，柯丹青是神童。後來，邱遠乾沒考上縣中學，回家務農。他哪裡肯幹農活？就和柯鐵牛等混在一起，做軍師，出壞點子。柯鐵牛、柯太仁去宋家塊偷東西，是他出的點子，做內應。沒想到今日翻身作主了，他對柯丹青的舊仇新恨就一齊爆發出來，要置柯丹青於死地。

柯丹青，南柯村人，是尹安定的得意門生，南柯村方圓二十里唯一到南京讀新學的青年人，是南柯村的驕傲。他在南京水利專科學校只讀完一年，江北發生戰亂，他岳父和恩師張有餘就要他回家避亂和結婚。他這年二十三歲，就和師妹張愛清結婚了。南柯村人要他幫柯啟文指揮南柯村人避亂。他臨危不懼，指揮若定，使南柯村無一人傷亡，無一物丟失。但是，柯丹青年少氣盛，恃才傲物。在地方上，他只尊重尹安定、柯啟文、李寡婦這類人，卻把尹懷德、邱遠乾不放在眼裡，經常嘲諷邱遠乾，把柯鐵牛、柯太仁、瞿習遠當作訓斥的對象。南柯村村委會成立後，他就公開攻擊尹懷德、邱遠乾、柯鐵牛這些人，說了柯鐵牛所揭發的那些話。他認為「人民政府」就是民權主義，批評個人不是攻擊革命。他正準備重上南京水利專科學校去複讀哩，萬萬沒料到災難會落到頭上。

會上，立即確定了南柯村第一批要鎮壓的兩個反動派：大惡霸尹安定，國民黨特務匪徒柯丹青。

為了不走漏風聲而不使尹安定、柯丹青逃跑，解放當機立斷，不準散會，派柯鐵牛、柯太仁、瞿習遠帶民兵把尹安定、柯丹青兩家人全部抓來。柯鐵牛等人去不到一個時辰，尹安定、柯丹青兩家八口都被抓來了，關在村部的一間小屋裡，由民兵輪流看守。解放當場指示把尹安定養子小毛放了，讓柯丹青嫂子抱走未滿周歲的柯丹青兒子。

過了一天，鬥爭惡霸匪徒大會在南柯村大堂前召開了。

這天，天剛濛亮，柯鐵牛、柯太仁、瞿習遠敲著銅鑼在南柯村大灣小灣巷道叫喊：「吃了早飯，到南柯村大堂前開鬥爭大會，男女老少都要去，不去的就是反動派！」

村民們聽到叫喊聲，感到十分稀奇新鮮，吃了早飯，都扶老攜幼，笑笑哈哈地湧到南柯村大堂

前。大堂前上下五重擠滿了人。李氏帶著柯和貴在第五重的一隻拱底船船背上坐著，能看清會場。

主席臺設在最高的第五重——祖宗堂。解放、李得紅、溫小玲、尹懷德、邱遠乾一字兒坐在兩張方桌後面。柯鐵牛、柯太仁、瞿習遠、柯業章等人拿著廣播筒在會場過道上來回維持秩序。大門、側門都有拿著大刀、長矛的民兵把守。柯和仁也是民兵，守在第二重的側門邊。

在人聲哄哄中，尹懷德主持大會，解放作報告。解放講完了，尹懷德拿起廣播筒高喊：

「把惡霸尹安定、匪徒柯丹青帶上來！」

從祖宗堂側門，兩個民兵壓著一個，進來了六個老小，個個都被新麻繩反手綁著，頭上戴著篾編綠紙糊的高帽子，在臺上站成一排。從左至右，帽上寫著：大惡霸尹安定，特務匪徒柯丹青，惡霸婆趙月英，匪徒婆張愛清，惡霸女文瓊，惡霸崽墨客。反動派都彎腰低頭，接受鬥爭。

李氏看了，一陣寒顫。柯和貴伸脖瞠目。

會場一下子鴉雀無聲了。

尹懷德第一個發言。他走到台前，一件又一件地揭發尹守定的惡霸行徑。他說到痛處時，哭喊起來；說到憤怒時，還打了尹安定兩巴掌，踢了柯丹青兩腳尖。

「懷德怎麼會變成這個樣子呢？」李氏心裏在說。她想不通。

第二個發言的是尹安定養子小毛。十五歲的小毛身子哆嗦。解書記不斷地給小毛鼓勇氣，叫小毛不用害怕惡霸分子。

小毛結結巴巴地說他不會說話，是解書記和懷德大哥教他說的。他說，有一次，他沒有認真寫字，尹安定用竹片打他手心，罰他不能吃中飯。他說還有一次，他抓麥子灰沒抓均勻，尹安定要他站在地頭，看著尹安定自己抓麥子灰。小毛說著，哭了，暈了，倒在地上。李得紅就高呼口號：

「不準虐待兒童！」「不準壓迫剝削孤兒！」「打倒惡霸尹安定！」「打倒匪徒柯丹青！」「無產階級專政萬歲！」「中國共產黨萬歲！」「毛主席萬歲！」

南柯村人聽口號還是頭一回，感到新奇，跟著一個勁地舉手喊。

李氏也舉起無力的手，嘴裡翕動，沒有聲音。

柯鐘月上臺了，他只說了一句話：「我被一個粑（大惡霸）、糞桶蛋（反動派）氣死了，說不出話。」他階級仇恨迸發，揮拳就打，提腳就踢，打踢得尹安定、柯丹青東倒西歪。柯鐘月打累了，就下臺了。

毛主席說：「人民大眾開心之日，就是反革命分子痛苦之時。」「人民，只有人民才是創造歷史的真正動力。」用毛澤東思想武裝起來的翻身作主了的南柯村革命積極分子現在開心了，他們的智慧得到充分發揮，開始發明對敵鬥爭方式，開始創造著南柯村共產天下的歷史。被人稱為傻瓜的柯太仁聰明起來了。他上臺，用塊瓦片盛著被捶碎的碗鋒，大聲說：「我恨死你們這些『黑粑』（惡霸）、糞桶（匪徒）！我要你們跪碗鋒。」柯太仁把碗鋒分為四份，放在尹安定、柯丹青的膝蓋下，把兩人的褲腿勒到膝蓋上，叫四個民兵，兩個提一個，把尹安定、柯丹青的膝蓋狠命地向碗鋒上壓。兩個人「哎喲哎喲」地慘叫，膝蓋血流如注。

李氏忙把柯和貴的頭摟住，不讓看。

這一恐怖的場面過後，綽號木腦袋的瞿習遠，從第二重側門挑著兩隻箢箢進會場，箢箢裡裝滿了青青的狗子刺。這狗子刺是江南一種常青灌木，每片葉子呈狗形，長有五角，每角都是堅硬的尖刺。

瞿習遠挑著擔子上了台。他放下擔子，叫柯太仁、柯業章幫著把狗子刺鋪在石板地上，剝去尹安定、柯丹青的衣服，只留一條褲衩。他先把尹安定拉倒在狗子刺上，像推石滾一樣，將尹安定來回翻滾一陣子。瞿習遠又把被壓平的狗子刺翻松，把柯丹青拉上去翻滾。那尹安定、柯丹青遍體鱗傷，成了血人，呻吟不已。瞿習遠、柯太仁、柯業章站著開心地笑。

尹懷德看著，不禁打寒噤，低下頭，不忍看。他心裡在罵瞿習遠、柯太仁不是人。他斜眼看解放書記。解放在悠閒地吹著煙捲，眉頭皺也不皺，面帶獰笑，怡然自樂。尹懷德想起了解書記經常說的一句說：「毛主席說：『與人鬥，其樂無窮』。我們死了那麼多好同志，要敵人以十倍、百倍的生命來償還。」尹懷德從心裡敬佩解書記「宰相肚裡能撐船」的胸懷，是個大男人。尹懷德這樣一想，心裡就安寧了，坐穩身子，正著面孔，欣賞著眼前的情景。

這時，人群騷動了，人頭在向第五重浮動，擁擠起來，叫喊起來，爭著去看那驚心動魄的階級鬥爭場面，滿足好奇心。

「快調民兵維護秩序，提防敵人破壞。」解放警惕起來，俯耳對尹懷德說。

「安靜下來，不准擁擠！」尹懷德拿起廣播筒高叫。他又叫柯鐵牛、柯鐘月帶民兵去堵住人群，不準上第五重來。

柯鐵牛、柯鐘月帶十幾個民兵守住了第五重大門。

「把敵人吊起來，讓大家看看。」人群中有人叫喊。繼續擠。李氏抱起柯和貴向屋角空處後退，害怕擠著。

「娘呀，別人向前，你為什麼向後呀？我要到那上面去看得清楚些。」柯和貴責怪著母親，指著屋樑上說。

在屋樑上，有幾隻翻底木船吊在梁上，船底上坐著七、八個孩子。

李氏把嘴貼著柯和貴的耳朵小聲說：「和貴，那是做惡事，小孩子看不得的，看了做惡夢。聽娘的話，不看。」

柯和貴點了點頭。

「把敵人吊起來，滿足革命群眾的革命需求。」李得紅說。

柯鐵牛沒有機會鬥敵人，心裡早發燒了，手發癢了，連忙奔上臺去，指揮幾個民兵拿繩子吊人。一會兒，梁上吊起四個人。按照柯鐵牛的設計，四個人體成了不同的造型：尹安定雙手反剪，兩腳分開，頭部側下，背腰上壓一扇石磨，成蜻蜓點水形；柯丹青的頭髮、右手、右腳被吊起，左手、左腳各繫兩塊土磚，成壁虎趴牆形；張愛清雙手伸過頭頂，十指用散麻捆紮，在兩掌間穿套粗繩，連同頭髮挽在一起，兩足各繫一塊土磚，成吊死鬼形；趙月英雙足併攏，繫繩倒吊，雙手各吊一塊土磚，成猴子撈月形。柯鐵牛要把兩個孩子吊起來，被尹懷德請示解放後制止了。在梁上，繩子都有活套，可升降。

人群中革命積極分子活躍起來，瘋狂起來，排隊去鬥敵人。他們隨便拿起什麼東西都可以作武器來虐待反動派，可以隨便用什麼骯髒的語言來辱罵反動派。有的揪著張愛清、趙月英的乳房、屁股取樂，有的故意追問性生活、隱私好玩。有人不斷拉升降繩子，弄得反動派發出陣陣慘絕人寰的哀嚎聲，樂得革命積極分子們哈哈嬉笑，輕蕩狂歡。群眾也不可名狀地跟著發笑。這真是：「與人鬥，其樂無窮。」

尹懷德學著解書記，面帶微笑，目光來回地遊移。他看到趙月英上衣倒掀，腹部白肉和兩乳可見，十分誘人。突然，他的目光和一道閃電光相觸了。那電光是從黑森森的樹林裡透出來的，那電光是趙月英的目光，從她紛亂的黑頭發中射出的，是充滿仇恨的靈魂的黑洞裡燃燒的一束光焰，雖然電光瞬間即逝，卻使尹懷德震顫起來，不安地低下頭來。

揭發控訴結束了，反動派對自己的罪行連連說「是」。鬥爭就深入了一步，要反動派交待黃金白銀等活動資產的藏匿地方。到了這一步，張愛清、趙月英就更吃苦頭了。她們遭打一頓，被辱一次，就說一些，抄家的革命積極分子就忙一陣子。開始時，抄家的革命積極分子有些收穫，什麼項圈、手鐲、銀元，銅錢總有些，不會空手。革命積極分子對她們的拷打逼供更起勁了。後來，她們實在沒什麼可說了，在嚴刑中就亂說，害得抄家的革命積極分子忙個不停：挖牆腳呀，掏糞窖呀，撬豬欄石板呀，翻紅薯洞呀，打牆斗呀，掘菜園樹樁呀……累得精疲力竭，卻一無所獲。革命積極分子就火冒三丈，打罵她們出氣。會場時時爆發出怒吼聲，叫罵聲，調笑聲，狂笑聲，起哄聲，呻吟聲，慘叫聲……沸反盈天。

每當這個時候，李氏就按著柯和貴蹲下，不讓看。她呼呼吸吸地喘著，喉嚨在悲泣。這悲泣聲很微弱含混，像深暗的涵洞壁上的滲水聲，像大山深谷下涓涓的流水聲，像黑夜裡從地底下發出的蟋蟲泣聲，像荒廢的古廟裡空隙來風的悲涼聲……這聲音在李氏的心靈深處喃喃著一個詞：「造孽，造孽呀！」

「娘呀，他們是壞人嗎？」柯和貴指著被吊者細聲問。

「不是。」

「為什麼要吊打他們呢？」柯和貴總愛問到底。

「我說不清楚。」李氏含糊了，說，「和貴呀，你將來讀書出來了，會弄清楚的。」鬥爭會開到傍晚，敵人被鬥得死去活來了，革命幹部，革命積極分子也餓了，沒精打采。解放才叫尹懷德宣佈散會。

李氏帶著柯和貴回到家裡時，天黑了。她做了晚飯。當民兵的柯和仁背著長矛回來了。李氏讓兒子吃飯，自坐在灶前，靠著牆壁，像患了感冒的人一樣：額發燒，頭發暈，眼流淚，鼻滴涕。

「難道共產天下是這樣子嗎？」李氏在問。那沒看透的一件事現在看到了，在經歷著。尹安定估計錯了，共產黨坐了天下，並沒有大赦天下，天下仍不太平。她也錯了，以為仗打完了，人與人和睦相處，沒有仇恨。現在看來，比打仗時人心更險惡，仇恨更大，鬥殺更狠。打仗是軍隊打，現在是老百姓互相打。人心不但沒有變好，反而變壞，尹懷德也沒良心了。李氏越想越傷心。

「娘呀，你是不是受了風寒呀？多穿些衣服吧。」柯和仁吃完了，關心母親說。他十六歲了，懂事了。他又說：「我們民兵開會了，今夜要輪流值班看管階級敵人。我在上半夜值班。我要走了。」

「和仁，還關著幾個人？」李氏問。

「只剩下尹安定、柯丹青，家屬都放回去了。」

「你和誰守上半夜？」

「我和善良，鐘月哥帶隊。下半夜是太仁、業章，鐵牛帶隊。尹主席查夜。」

「過一會兒，我給尹老師和丹青送飯去。」李氏說。

「那不行的，鐵牛說要和階級敵人劃清界限。你去送飯，會受連累的。」

「你甭急，娘會想好法子，不會受連累。你去值班吧。」

柯和仁走了。李氏叫柯和貴燒火，煮了一升米飯，幾塊乾魚，幾片臘肉，一碗蛋湯。李氏把食物用碗盛好，放進小籃裡；又在籃裡放了香、紙、紅蠟、爆竹，帶著柯和貴一起去祖宗堂。李氏在神龕上擺起祭品，放了爆竹，點起紅蠟。

「表嬸，這晚來祭祖呀？」尹懷德走上前問。

「是呀，你表叔生日。」李氏說。她又說：「表侄呀，自古罪人只犯死罪，沒犯餓罪。尹安定、柯丹青也應吃飯呀。」

「他們家裡人不能送飯，又沒別人敢送飯，只有餓呀。」尹懷德說，「反正過不了兩天要槍斃，吃與不吃都是一樣地死。」

「那可不一樣，吃了是飽鬼，不吃是餓鬼。」李氏說。她聽了尹懷德的話，心裡一驚，但鎮靜著，說：「應該派人送飯呀。」

「誰敢呢？派你，你敢嗎？」尹懷德開玩笑地說。

「那我現在就送。送飯不犯法吧？」李氏乘機說。

「你當真了？」

「主席說話能不當真嗎？」李氏邊說，邊收祭品，「我送去啦。」

「等一下，讓我去請示解書記。」尹懷德說。

「主席呀，這點小事還要請示？你沒權了？」李氏說著，從神龕上拔下點著的紅蠟，提著籃子，帶著柯和貴，向側門走去。

「表嬸，你不要和他們多說話，免惹禍呀。」尹懷德交待著。

李氏叫柯和仁、柯善良繼續守著門。

在紅蠟微光的走動中，屋裡黑影在移動；許多黑砣砣向四周滾去，那是老鼠在跑。李氏看見兩個人蜷在兩個屋角下，手腳、脖子、胸背都上了麻繩。李氏把紅蠟插在土地上，那地上的土潮濕稀爛。她放下籃子，走近尹安定，小聲說：「表弟，我給你送飯來了。」

「表嫂，我看著你進來的。你不該來呀。」尹安定聲音弱小清晰。他早就看清了李氏、柯和貴進來時的樣子和動作，因為李氏在光明那邊，而尹安定在黑暗這邊。

「你坐起來，我餵你。不管怎麼樣，吃飽了再說。」李氏把尹安定扶坐好，用調羹給尹安定餵飯。她又叫柯和貴端一碗飯去餵柯丹青。

柯丹青年輕強壯一些，自己坐起來了。

「表嫂，不忙吃飯。你既然來了，我有要緊話對你說。」尹安定說。

「你說。」李氏停住調羹，聽著。

「我原來預料，打完仗會天下太平的。沒想到還殺無辜老百姓，我也遭難了。我想，像我這樣的人全國少說有千萬人。千萬人遭殃，不是尹懷德幾個人做得到的，所以我不怨尹懷德。我是要被槍斃的。我死不要緊，心裡放不下月英和兩個孩子。托你給我帶幾句話給月英：第一，要挺得住，帶著兩個孩子活下去；第二，不要怨恨懷德，不要教孩子報仇；第三，月英年輕，不要守節守寡，為了活命，為了孩子，要嫁人；第四，要想法子讓孩子讀書，讀書人雖然遭了難，但書識沒錯，讀書人沒錯。表嫂，你也要讓和貴讀書，這孩子性本善，天分高，將來必成大器。我有幾部好書，叫月英給和

貴，他將來會看得懂的。」

「表弟，我會把你的話帶給表弟媳的，你放心。」李氏說，「我會讓和貴讀書的，但我不想和貴成大器，做官。你知道，你表兄讀書只作善人，不教館，不做官。你們要他當保長，他躲了。」

「我敬佩表兄，他眼光比我強。」尹安定說，「我說和貴能成大器，不是說要去作官發財，是說和貴在做學問上能成為聖賢人，於民於國於家都有利。好了，我就說這些，你去問丹青有什麼話交待。」

「嬸娘呀，尹老師說的我聽清楚了，你就把這些話對愛清說一遍。我這裡有兩塊寫了血字的內衣布片，煩你給愛清與和義每人一塊，他們會懂得那上面的意思。」柯丹青說著，把揉成一團的白布給李氏。

李氏接過白布團，放進內襟裡。

「表嫂，你去找月英，不要躲躲閃閃，要在白天大明響堂地去。」尹安定說。

「娘呀，鐵牛來了，快出來。」柯和仁向屋裡小聲喊。李氏連忙收拾碗盞，吹滅紅蠟，牽著柯和貴，摸黑向祖宗堂走去。

「鐵牛，你快去叫鐘月、太仁、習遠把抄搜來的東西清點好，叫邱遠乾登記清楚。明天，解書記、李書記要賬目單的。」

尹懷德還站在第二重大門口，對著走來的柯鐵牛說。

「好！」柯鐵牛應了一聲，轉身走了。

李氏帶著柯和貴走到了第二重。

「表嬸，天很黑，你慢走。」尹懷德說了一句，走了。

第二天一大早，李氏用一條白色粗布袋裝了稻米、小麥粉和油鹽，帶著柯和貴向尹東莊走去。尹東莊塘邊蹲滿了洗衣的婦女，李氏與幾個婦女打招呼，說是來拿趙月英給兒子做的新棉襖，免得丟失了。

李寡婦進趙月英屋子。屋子裡亂糟糟的，牆腳被挖了許多坑，牆斗被打破了不少，櫃桌倒在地上，衣物、書籍、雜物滿地亂。李氏和柯和貴揀著空處下腳，走進趙月英的房。

趙月英半躺在床上，被子蓋在胸前；七歲的女兒文瓊坐在踏凳上，打瞌睡；五歲的兒子墨客斜偎在趙月英胸前。趙月英蓬頭散髮，右眼上被打出一圈烏紫色，左頰有劃破的血痕，最長的三條血痕進入鬢髮裡。她見了李氏，就左手摟兒子，右手撐攀著床沿，坐起身。她的手腕、手背、手指有捆的血印。

「表弟媳，你吃苦了。」李氏說著把米袋放在踏凳上，注視著趙月英，淌出淚來。

柯和貴在床前呆站著。

「表嫂，難為你了。你不應該來呀。」一直見人滿臉堆笑的趙月英，見了李氏，有氣無力地說，一臉悲愁。

「我是明著來拿和貴的新棉襖的，不礙事。這是一袋糧油，你收著用。」李氏說，「表弟有話帶給你。」

聽到尹安定有話要說，趙月英向床沿傾下身子聽。

李氏把昨夜送飯的事和尹安定交待的話說了一遍。

趙月英聽著，淚水直湧，低聲嗚咽，泣不成聲地說：「俗話說：善有善報，惡有惡報。可是今日天理反了。尹安定今生今世沒作惡事，只作善事，卻落到這種惡下場。難道他前世作了什麼孽嗎？尹懷德這隻無情無義的狗竟然起這份歹毒的心腸，殺害他叔父。天翻地覆了！天理何在？祖人英靈何在？」

「表弟媳，表弟反覆說，這是全國千萬人遭難的事，不要怨恨懷德。」李氏說，「我看這是命呀！」

「我認命了。我不會自殺，我要帶著孩子活下去的，我要看看這世界能醜惡到什麼地步！惡人能橫行到什麼時候！要我不怨不恨不可能！」趙月英的淚眼裡冒出又白又藍的異樣的光亮。

「這就好。」李氏說，「表弟媳，你要起身做飯吃呀。」

「表嫂，我的手和腿被吊斷了，昨天，是小毛背我回來的。」趙月英說。

「小毛呢？」李氏問。

「那孩子哭了好久，我要他搬出去，不能連累他。」趙月英說。

「南柯村人都會推拿功夫，我也會些。我來給你接骨、推拿、合榫。」李氏說。她挽了袖子，把菜油擦些在手掌上，先拉出趙月英的左手，推拿幾下；又拉出趙月英的腳，推拿幾下。給趙月英的手腳骨接上了。趙月英能起身了。

「我要走了。」李氏說。

「娘，表叔說給我書的。」柯和貴見母親忘了事，就說。

「你這孩子，你沒看到表嬸家一塌糊塗嗎？哪裡去找書？」李氏批評說。

「和貴要書是好事。」趙月英說，「安定的貴重書我知道，那些人沒把書拿走。」

趙月英就上樓去，拿出五、六本書，給柯和貴。母子離開了趙月英家。

回到家裡，李氏又照樣裝了一袋糧油，去張愛清家。李氏把柯丹青的話對張愛清說了，卻沒把那血字布給張愛清，因為擔心有人抄家給抄去了。後來，李氏把兩塊血字布都給了侄兒柯和義。

李氏的行善與革命積極分子的作惡形成了鮮明的對照，南柯村遊民柯平斌就為這行善和作惡作了兩首歌謠：

善人歌

善人呀，面對人間的罪惡，
你的善心蒸發著自然正氣：兼愛，行善。
你為別人的災難，流淚化解；
你為別人的不幸，焦急慰問。
為了消除人間罪惡，
你總是折磨自己，苦著自身。

惡人歌

惡人呀，面對人間的罪惡，
你的惡性化為英雄氣概：仇恨，作惡。
你為一己的幸福，流血鬥搏；
你為一己的權欲，兇殘鬥狠。
為了製造人間罪惡，
你總是折磨善弱，不讓人活。

柯和貴也寫了一首詞：

南柯子

單個人作惡，善人能治愚。團夥作惡，法可誅。暴政作惡，邪說蔽靈輝；歹徒是英才，善法遭宰屠。看東歐、大惡被鋤，天網恢恢，那善性回歸。

卻說李氏作了這些事的第三天，紅石區公審宣判大會召開了。

欲知尹安定、柯丹青性命如何，且聽下回分解。

第三回　哭靈魂

卻說鬥爭尹安定、柯丹青後，解放等人速戰速決，第四天是個晴天，就召開了紅石區公審宣判大會。

大會在南柯村後瑙舉行。後瑙東邊有一片開闊的緩坡草坪，坡下搭起了一座又長又寬又高的木板台，臺上被分隔成前後兩部分，前臺大，後臺小。前臺上放有長桌長凳，掛著毛主席、朱總司令的肖像；台前拉了一條紅布橫幅，上貼白色剪紙字：

紅石區第一次鎮壓反革命分子大會

兩邊長木柱上貼著紅紙對聯：

鎮壓惡霸匪徒　鞏固人民政權

會場四周貼著紅綠標語：

窮人翻身作主了！打倒惡霸匪徒！

肅清反革命分子！

打倒美帝國主義！掀起抗美援朝運動！

我們一定要解放臺灣！

無產階級專政萬歲！

新生的紅色政權萬歲！

偉大的中國共產黨萬歲！

毛主席萬歲！

全區勞苦大眾，在革命幹部的帶領下，在民兵的保護下，敲鑼打鼓，高高興興地湧入會場。從塪坡高處向台下站滿了人，人人手裡捏著一面三角小紅旗。在會場兩側，有秧歌隊、小雜劇在表演……還有賣油條小吃的。

這氣氛，這情景，表現著這大會既是階級敵人痛苦的時候，又是人民大眾快樂的日子。

臺上，解放、李得紅等主要領導入座了。台周圍民兵守衛著。在台前左角邊站著一個稀奇古怪的彪形大漢：二十三、四歲，身材高大，衣服破爛，襖面布片迎風招展，黃黑色棉絮一塊塊地綻出來，亂絨絨的；赤腳板，拖一雙半截鞋跟的布鞋；頭髮蓬亂披肩，滿臉絡腮鬍子；右手握著一把關公大刀，貼身豎著，刀面白光閃閃；左手下垂，筆直筆正地站著；一臉傻笑，露著黃色的大門牙；目光呆直，不知轉動。這是紅石區人們都認識的人，叫蕭己巳，又叫蕭瘋子。蕭己巳是南湖鄉獨山塊村人。他一生下來就半癡半呆。因己巳年生，所以叫己巳，也沒取學名。在十四歲時，他受到日本鬼子的驚嚇，瘋了，亂打人。後來瘋氣好了些，能幹體力活。十七歲時，父母雙亡，他就乞討，或幫人幹重活。蕭己巳什麼人也不怕，討飯很凶，不給，就發瘋打人。他也不全瘋，待他好的人，就下勁幹活。他還懂得知恩圖報，見著獨山塊的名人鄒宗英就喊：「區長，你來了。」這鄒宗英是從省城住學回家的，在縣中學教過書，被選上了鳳凰區區長。他很關照蕭己巳，經常給蕭己巳糧油、衣服、被子。南湖鄉人民政府成立後，鄉黨委書記李得紅在獨山塊村蹲點。有一次，蕭己巳發瘋，鬧會場。李得紅向蕭己巳頭頂上放了一槍。蕭己巳被嚇住了，不敢動。李得紅就把蕭己巳痛打一頓，關起來，進行教育。蕭己巳被李得紅馴化過來了，害怕了，就聽李得紅指揮。在獨山塊村開鬥爭大會時，李得紅叫他打敵人，他就打，叫他停，他就停。李得紅賞給蕭己巳一把關公大刀，叫他開鬥爭會時就站在台前左角上，成立正姿勢。這蕭己巳就十分高興參加鬥爭大會。聽說那個村開鬥爭大會時，他就自覺地背著關公大刀去了，在台前左角，立正站著。用毛澤東思想作標準來衡量，這蕭己巳是典型的雇農無產者，是用毛澤東思想武裝起來的最忠誠的最堅定的革命戰士，是鬥爭性最強的革命積極分子，是令反動派聞風喪膽的無產階級戰鬥英雄。他確實多次獲鄉、區英雄獎。這蕭瘋子就是這樣自覺地背著關公大刀參加鬥爭大會，一直堅持到文化大革命後期，被他打死、打殘的人一百多個。

卻說蕭己巳理所當然地站在鬥爭大會的台前左角，不聲不響，耳聽領導講話，眼看跪在台前的階級敵人，一聽到示意他打人的聲音，就撲過去。

大會開始了，解放照例講話。講完之後就呼口號。臺上兩角站著兩個幹部，用廣播筒傳呼口號，會場上各制高點都有人用廣播筒傳呼口號，就像朝庭裡太監傳呼聖旨一樣，從內到外一個接一個地傳喚下去。會場上的勞苦大眾也稀稀落落地呼口號，那小三角紅旗稀稀拉拉地舉起，落下，落下，舉起。

廣播筒傳出了吸引與會者的聲音：「把反革命分子押上臺前！」

一會兒，台前跪著十一個人，人人五花大綁，人人都像被割斷氣管的雞，頭向前下垂，脖上的繩子被纏得成了箍子；人人頭戴高綠帽，脖掛大紙牌，牌上寫著字。尹懷德拿著廣播筒，從左至右介紹著：惡霸尹安定、匪徒柯丹青、人民公敵鄒宗英……

台下人群騷動了，向前擠，想看個清楚，聽個明白。李氏站在台前不遠的地方，看到人群擠壓過來了，連忙抱起柯和貴向側邊走，脫離人堆，走到坡中部空地上。她對柯和貴說：「等一下要槍斃人

的，人群那麼擠，很危險，你不要亂跑。」

柯和貴點點頭，靠緊母親站著。

鬥爭和控訴開始了，革命積極分子踴躍上臺。那蕭己巳聽到叫他打人的命令，就按著順序，用刀背排頭打過去。敵人一個個地倒下去，不能動彈了。唯有鄒宗英沒挨打，還跪著。

「娘呀，蕭瘋子為什麼不打那個人呀？」柯和貴問。

「唉，己巳還有良心，知恩報恩呀。」李氏歎息著。她向兒子說了鄒宗英關照過蕭己巳生活的事。

鄒宗英沒人鬥爭、控訴他，只有李得紅宣佈他的罪狀。

李得紅語音一落，台下有人高叫：

「鄒區長是清官，不能槍斃！」

「不能槍斃鄒區長！」不少人跟著喊。

「勞苦大眾們，鄒宗英是人民公敵，是大家的敵人。你們不要被他的假慈悲迷惑了……」解放拿起廣播筒大聲宣傳。

「鄒區長不是人民公敵，是人民的好官！」台下的叫喊淹沒了解放的話。

「鄒區長不是假慈悲，沒作過惡事，我們瞭解他。」台下有人宣傳。

「我們請願，放了鄒區長一條生命吧！」台下跪下了一大片人，在哭求著……。

「孩子，要出亂子了，鳳凰區來了不少人，我看見紫金山村的人。我們站遠一點。」李氏對柯和貴說。母子走到村邊一個大樹下站住。

「砰——砰——」李得紅向天放了兩槍，以示警告。

這時，鄒宗英幾次在努力伸直脖子，想說點什麼，但那脖子直不了。後來聽人說，鄒宗英的氣管被割斷了，脖子纏了白布。

控訴完了，民兵給罪犯後頸窩插上長長的標牌，表示要立即執行死刑。每兩個民兵提拖著一個罪犯，後面跟著一隊持真槍實彈的民兵。解放、李得紅等領導站在台前，一手叉腰，一手握著手盒子，居高臨下，警戒著會場。

台下密密匝匝的人頭在攢動，讓出一條人巷，讓罪犯和民兵通過。

突然，會場上出現了兩個場面：在坡上處，罪犯跪成一排，民兵們舉槍射擊，將罪犯擊斃；在坡中小路上，一群人和民兵撕打起來，兩個壯漢背著鄒宗英向公路方向跑去。

看熱鬧的群眾向前湧，臺上解放、李得紅舉槍向鄒宗英射擊，蕭己巳跟在鄒宗英後面，向湧上前的人亂砍，有幾個人倒下了。背著鄒宗英和隨後擁護著的人拼命地跑，跑過公路，向前面的一片竹林奔去。這時，從竹林裡射出一陣子彈，倒下七、八個人，鄒宗英和背著他的人都倒下了。蕭己巳和走在前頭的人轉身向人群中跑。竹林裡衝出了剿匪部隊，都扛著衝鋒槍。解放、李得紅趕到了公路上，和剿匪部隊小隊長何建國見面握手。

李得紅命令蕭己巳和民兵，把台下和公路上被打死的人扛到高坡上，與被槍決的罪犯屍體放在一起。被打死的人有十六個，其中有三個民兵和兩個十幾歲的男孩。李得紅說：「和鄒宗英一起死的人都是反革命分子，家屬都是反屬。」李得紅還拍著蕭己巳的肩膀表揚了他勇敢追敵殺敵。蕭己巳這次受嘉獎是因禍得福，他本是受人指使來保護鄒宗英逃跑的，他的大刀砍倒的是民兵和跑到前頭的群

眾。

兩個場面都收場了，會也散了。不少人還眷戀在會場上看死屍，爭論著看到的驚險場面和殘忍鏡頭，滿足著好奇的心理需求。直到太陽下山了，會場上才沒活人，只有死人。後壋坡上籠罩著恐怖氣氛。

天黑了，李氏家吃了晚飯，兩個兒子睡了。李氏關上前後門，點上菜油燈，照例坐在灶前做針線活。那鋼針經常刺著她的手指，她不覺得痛，她心裡在痛。在丑時，李氏聽到有人在大門輕輕地敲響。她渾身哆嗦，不敢去開門。敲門聲歇一會兒，又響起。李氏吹滅了燈，躡手躡腳地摸到大門邊，側耳細聽。她聽到大門外有喘息聲。李氏抽開門閂，閃身在門側邊。門開了，進來一條大漢。那漢子關了門，上了閂，劃根火柴。李氏看清了，是尹懷德。

「你來幹什麼？」李氏憤怒地小聲問，聲音裡帶著驚恐。

「表嬸，我來求你幫點忙。」尹懷德急促地小聲說，「你和和仁一起到後壋去，幫小毛把我叔父屍體扛到我家祖墳山。土坑已挖好了，棺材放到了坑裡，香、紙都在坑邊。我不能公開露面。我在一旁照護你們。」

「啊——」李氏鎮靜下來了，說，「我馬上和和仁一起去。」尹懷德匆匆走了。

李氏忙點燈，叫醒柯和仁，沒驚動已睡熟的柯和貴。母子二人急忙趕路。

月亮已經下山，滿天寒星，沒有風，下了霜，冷氣刺骨，土路凍硬。柯和仁剛從暖被裡出來，身上打寒顫，口裡呵呵。到了後壋坡上，有狗在哼吠，不少人影在移動。人們互不說話，默默地幹事。

李氏小聲叫著小毛，小毛嗚咽著嗓子答應。李氏、柯和仁走近小毛。小毛正伏在尹安定屍體上，哭泣著解繩子。小毛解不開那雙腕上的繩結，李氏就俯下身子，很有經驗地用手摸繩結，用牙齒咬，咬動了繩結，解開了繩子。尹安定全身冰冷僵直，胸部還有黏糊的血。小毛跪下身去，把尹安定兩手拉到肩上，背起來。尹安定矮小瘦弱，不足九十斤，小毛背著就走。李氏、柯和仁跟在後面。小毛走了一陣，氣喘吁吁，因為死人比活人沉重。柯和仁接著背。

在李氏三人前面，有一個高大的黑影在遊動。那黑影和三人保持一定的距離。三人停下，那黑影也停下；三人慢走，那黑影也慢走；三人快走，那黑影也快走。柯和仁毛骨悚然，以為是鬼，叫母親看。小毛告訴柯和仁，那是尹懷德。

到了尹懷德的祖墳山，尹懷德抱起尹安定的屍體痛哭起來：「叔父呀，我對不起你呀，我有罪，我也是無可奈何呀！你在九泉之下想開些，原諒我。我現在給你送葬來了！」

在尹安生墳旁有個黑乎乎的坑洞，洞四圍是新起的黃土。

小毛熟練地下坑，點起坑裡的菜油燈，坑裡亮了。這是剛挖好的長方形土坑，坑裡放了一具黑漆棺材，棺材底鋪了五、六寸厚石灰。小毛在坑內打開了一個包袱，取出幾套壽衣。他又從坑內提出一小桶水和一個熱水瓶，拿出新粗布巾一條和白粗布一迭。李氏給尹安定脫衣，抹浴，穿上新壽衣，裹上白粗布。尹懷德和柯和仁把尹安定屍體放進棺材裡，壓上石灰，蓋上棺蓋，釘了壽釘。三個男人填土，李氏在墳前燒紙焚香。過了一個多時辰，新墳做好了，尹懷德、小毛又哭又拜一陣，四人才離開墳，到趙月英家去。

李氏叫開趙月英的門。趙月英還沒有睡，點了油燈，開了大門。

趙月英看到尹懷德，眼冒火焰，嘶嚷著：「你害死了叔父，又來作什麼惡事？你滾！」

尹懷德低著頭，沒作聲，也沒滾。

李氏連忙拉住趙月英，又示意尹懷德。尹懷德默默地走了。

李氏勸慰了趙月英一陣。趙月英怒氣平息了，就對李氏說她要去給尹安定收屍。李氏告訴趙月英，尹安定的屍體已被掩埋好了。

「孩子，你們做善事，神會保佑你們的。」趙月英對柯和仁、小毛說，「善人總會有善果的。我不相信惡人會橫行一輩子，會橫行幾代人！」

李氏三人陪著趙月英坐了一陣子，就走了。

眾人走了，屋裡又寂靜下來。趙月英為兩個孩子拉了拉被頭，摺了摺被邊。那兩個孩子睡得很香，氣息均勻，臉腮紅圓，正在美夢中。孩子們彷彿這人間的事與他們毫無關係，他們早就把戴高帽受鬥爭的事忘了，就像他們被大孩子打了一頓那樣簡單輕鬆，過去了就沒事了。熟睡的無憂無慮的兒女在刺痛著母親的心。趙月英望著孩子，大滴大滴的淚珠滴下來，滴在被子上，她不讓淚珠滴在兒女臉上，以免驚擾了他們。

趙月英的腦海在被颱風狂吹著，那海浪不是一排排的，而是毫無序次地打著漩渦，捲起浪山，把她掀起。她控制不了自己了，起身，開門，衝向黑夜，向前狂奔。她跌倒了，爬起來，踉踉蹌蹌，用腳走，用手爬，來到尹安定墳頭。

趙月英趴在墳頭上，雙手抱著新墳頭，好像像在抱著尹安定的頭。她吻著，哭著，呼天，喊地。四周是黑洞洞的，萬籟俱寂。她的聲音就顯得特別尖厲。她嗓子咽了，聲音小了，只有抽泣，只有呻吟。她側著頭，枕著疏鬆的新黃土，像是在睡。她在迷糊中聽到一種聲音，那聲音來自墳坑底層，像茅草顫抖著的沙沙聲，像荒廢古廟裡的小蟲咿咿聲。趙月英卻聽清楚了，那是尹安定在嘔嘔低語，聲音清晰：「善人也會遭凶遭難，但人間是屬於善人的；惡人也會行兇得勢，但人間不屬於惡人。這是天理，這是不變的天理，這是惡人橫行而不能改變的天理！」

趙月英敬仰尹安定，尹安定的話是不會錯的。她點了點頭，把耳朵貼緊在黃土上。她要鑽進坑裡和尹安定說一回話，和尹安定一起入地獄。那聲音在繼續：

「你要想清楚。一個人的生命是天意偶然成形的，來得不容易。你的生命關係著另外兩個小生命，關係著尹家的血脈香火，關係著我的靈魂得到安慰。一死了之，當然爽快，活著受苦受難，當然難磨。但好死不如歹活，你要珍惜生命，活下去，活下去，不能有一念之差。」

趙月英聽明白了，她要活下去。她看到東方露出了魚肚白，要回家了。她爬起身，胸前黏滿了新黃土，後背佈滿了白霜。她向四周望了望，沒有人走動，就拖趿著步子回家。

十年後，趙月英把自己的哭訴寫成一篇祭文：

趙月英哭靈

尹安定呀尹安定，我的好人呀，我的夫君！我在喊，我在哭，我在問。你聽見嗎？你看見嗎？你為何不理睬？為何不回應？啊！你死了，你永遠離開了我，離開了兒女，離開了你所熟悉的地方和親人。

尹安定呀尹安定，你自幼成為孤兒，卻有長兄良好家教，從小住優良學校；心明如皓月，善知腹中飽。十

六歲兄亡輟學當家，家人以你為依靠。你教書收入微薄，經常免收學俸；你我男耕女織，苦苦營生。有了一些家產，你卻時時救濟窮人。你愛侄如子，敬嫂如母；與人為善，憐貧惜苦。你嘔心瀝血，教書育人；結交善良，弘揚斯文。你淡泊功名，與人無爭。你一身正氣，化解糾紛。你手無縛雞之力，卻受到人人尊敬。

尹安定呀尹安定，人不知，鬼不覺，那橫禍降到你身！蒼天有理嗎？人間有道嗎？這冤枉到何處去伸？長夜漫漫，幾時見日光？大地茫茫，何日解凍霜？一顆善心被剁碎，兩個生命還嫩亮，叫我這個弱女子怎能承當？

天罡的，為何縱使凶神下凡？地煞的，怎麼容忍惡徒倡狂？攪得人間一片混亂，擾得善弱終生恐慌。這世道何時滅亡？

盼只盼——地靈靈，讓天良快歸人心上；望只望——天靈靈，使人間早日善回向。不相信——蒼天永無清明，大地長久凍霜！

尹安定呀尹安定，若是你病死，我不會這樣悲傷；若是你老死，我不會這樣憤怒。你被人害死了！你死得冤呀，你死得慘呀，你死得凶呀！你死了，我不能為你收屍，不能為你送葬，孩子們不能為你披麻戴孝，不能在大庭廣眾下為你哭喪。我怎能不憤怒？怎能不悲傷？你有何罪，竟然遭如此惡果而沒有善終？是你作孽還是世道險惡，我心中自有一本帳。

尹安定呀尹安定，我再也看不到你的笑容，再也聽不到你的聲音；而我的眼前永遠晃動著你的身影，耳邊永遠縈繞著你的讀書聲。我要活下去，把孩子養育成人，永遠為你祈禱，看看天打雷劈這惡世道！

又，集錦詩云：

當初結下青絲髮（笑笑生），愛他一操善兒琴（馬致遠）。
可關妖氣暗文星（司空圖），春腸遙斷牡丹亭（白居易）。
欲訪孤墳誰引至（劉言史）？有人傳示紫陽君（熊孺登）。
誰人斷得人間事（白居易）？淮水長憐似鏡清（李　紳）。

清匪反霸、肅反、抗美援朝、土地改革幾個運動都是同時進行的。在土地改革中，趙月英家被劃為惡霸兼地主，張愛清家被劃為惡霸家屬。南柯村還有七戶被劃為不法地主，其中有柯鐵牛的叔父柯啟文，瞿習遠的伯父瞿學道。不法地主有兩條出路：一是坐牢，二是被趕到離村五十里外的荒蕪地方去自我勞動改造。地主的家產和田產全部被沒收，分配給貧雇農。不法地主瞿學道被抓去坐牢了，還有六戶惡霸地主被驅趕，趙月英、柯啟文在內。

一場雪下過後，天晴了。山頭、路邊、瓦上、樹上還有殘雪。正是：「須晴日，看紅裝素裹，分外妖嬈。」毛主席感到「分外妖嬈」的喜悅，反動派卻感到「分外淒慘」的痛苦。這一天，是南柯村六戶地主惡霸被驅趕的日子。全村惡霸地主都被押到後瑙草坡上，全村群眾也被集合到後瑙草坡上。按上級規定，被驅趕的惡霸地主只能帶被子一套，少數炊具、農具，三天糧油，穿隨身衣服，其餘的全部留下，上交村黨支部。

柯鐵牛的民兵給惡霸地主不分男女老少都戴上高低綠紙帽。尹懷德分配民兵押送。柯鐘月、柯和仁被分配押送趙月英。

浩浩蕩蕩的隊伍出發了。走在前頭的是惡霸地主和押送的民兵。惡霸地主大哭小哼。柯啟文哭得最悲慘，不斷申辯自己不是不法地主，而是合法地主，被柯鐵牛趕上前幾頓毒打。趙月英不哭泣，戴著高帽像戴著草帽一樣，挑著一擔篾絲籮，籮裡一頭坐一個孩子，昂著頭，碎步而走。民兵不斷地吆喝，踢打惡霸地主。走在後頭的是歡天喜地的勞苦大眾，有的踩高蹺，有的扭秧歌，有的「車推車」，有的唱「賣補鍋」……邊走邊演。還有人把一面鼓架在柯啟文脖子上，在旁邊敲打。歡呼聲，暢笑聲，喝彩聲，歌唱聲……此起彼伏。前面痛苦，後面快樂，悲劇喜劇一齊上演，對比鮮明。

隊伍走過紅石區樂園街，尹懷德帶領著歡樂的人群押著一部分不被驅趕的地主轉回來。柯鐵牛、柯鐘月押著被驅趕的惡霸地主拐上了小路。

柯鐵牛、柯鐘月帶著隊伍走了二十多里小路，來到一個山嘴停下了，翻過山嘴就是雪洲平原了。柯鐘月叫幹部坐在一塊大岩石上，望著熟悉的雪洲平原。雪洲平原蘆葦白花花一片，望不到邊。三人商量著如何安排六戶惡霸地主。

「他們住在一起會謀反的，必須分散，每隔十里一戶。」柯鐵牛說。

「把他們的油糧都沒收掉，讓他們早點餓死，別再煩我們了。」柯太仁說。

「那不行，不能破壞黨的政策。」柯鐘月反對。

在分配中，柯鐘月說趙月英一個寡婦帶兩個孩子，分配到港口便利些。柯太仁反對，說柯鐘月有邪念。柯鐘月瞪著牛眼要打柯太仁，柯鐵牛也批評柯太仁瞎說。趙月英就被落實到港口了。柯啟文分配到蘆葦蕩中心的蚌殼氹，其餘四戶都隔開了。分配好了，民兵們分別押人走。柯鐵牛還說，惡霸地主只能在被分配的地方居住，村幹部每月來檢查一次，發現挪了窩，就罪加一等。柯啟文央求著不肯去蚌殼氹。他知道蚌殼氹是灘塗，蘆葦又密又厚，夏季淹水，冬季起火。柯鐵牛、柯太仁把柯啟文打了一頓，強迫著走了。趙月英罵柯啟文：「賤骨頭！人到了這個地步還求情，虧你還是男子漢。」柯太仁要去打趙月英，被柯和仁拉住。

柯鐘月、柯和仁押著趙月英走了。走進蘆葦蕩，柯和仁去抱起墨客，柯鐘月背起文瓊，在密不透風的蘆葦杆中的小彎路上走了十來里，到了港口停下。

這港口，是雙溪河流入雉水的出口處，有一條小路橫穿雪洲平原南北，沿河有小路貫通雪洲平原東、西，在港口處，有東、西、南、北渡船。東、西、北三邊河岸有些蘆棚，是外地流民和漁民住的。南邊河三里遠有個山包，叫南埡，住有五、六戶人家，還有一間寺廟，一座高塔。趙月英被安排在雉水北岸和雙溪河東岸交叉的一塊蘆葦稀疏的地方。

「鐘月哥，趙月英沒蘆棚，這兩個孩子今夜不凍死麼?你先回去，我幫她搭個棚子。」柯和仁向柯鐘月請求。

「天還早，我倆幫她一起搭棚，一同回家。」柯鐘月說。柯鐘月挖坑，柯和仁砍蘆杆，趙月英割湖草搓繩子，兩個孩子抱蘆杆，抱湖草。柯鐘月對搭蘆棚很有經驗，先把蘆杆捆紮成圓筒形，豎在八個圓坑內，又橫上幾根圓捆蘆杆，用湖草繩紮牢，屋架就搭成了。他又捆紮許多小把蘆杆作桁條，縱攤在架子上，橫擋在四周；把散蘆杆紮成牆，鋪成天蓋；又紮了棚門。三人幹了兩個多時辰，一個十五平方米的蘆棚搭成了。柯鐘月告訴趙月英，以後把蘆杆牆抹上泥漿，廚房離主棚一丈多遠的地方搭成。他還說，嫩蘆根能吃，蘆地能種莊稼。柯鐘月、柯和仁在傍晚時走了。趙月英也沒說感謝話，也沒送，繼續做事。她心裡清楚，柯鐘月雖然有些瘋氣，但還有良心，記得尹安定對他的關照。

趙月英在蘆棚裡擺了床位，草塊壘成灶孔，從籮裡拿出打火石、艾絨和一把麵條，生火煮麵條吃了，又燒水洗了。她去解被子鋪床，讓孩子睡。她打開被子，出現了一個白粗長條米袋，裝有一斗米，還有一包鹽。趙月英一眼認出，那米袋縫補的針線是表嫂李氏的手工。趙月英知道是李氏叫柯和仁塞進被子裡的。趙月英感動得流淚了。趙月英計畫著，自己帶有三天糧油，加上這袋米，到明年小麥收割時，共有半年時間，是不夠吃的。這就要靠野菜、蘆根、菜蔬來補充。趙月英獨自站在棚門處，望著野外。

夜幕降臨了，西邊天空有彎月，有稀落的寒星。遠處的山脈黑糊糊一片，對岸小山包的樹林裡透出幾點極小的黃光點。兩條河像兩條暗藍的深淵，深淵裡有幾點漁火。蘆葦蕩被夜霧罩住。有大雁哀鳴著飛過去，蘆葦叢裡傳來麂子的哭聲，近外有老鼠在索索地爬動。趙月英有些害怕，害怕這荒涼無人的死寂。她連忙進棚關門，怕門不結實，用竹扁擔橫擋著。

趙月英睡在床上。過了一會，她不害怕了，坦然了，甚至有安全感。這荒涼無人的死寂給人帶來的害怕感，都遠遠比不上那有人製造的鬥爭讓人恐怖。這些日子，她害怕人聲，害怕人影。現在她脫離了人間，來到這鴻蒙天地，看不到人影，聽不到人聲，不用害怕受鬥爭、挨打受罵了。她的思想單純起來，只考慮向大自然索取生存物質。她想到這些，感到欣慰，輕鬆，就入睡了，睡得很香。

一大早，趙月英就起床了，開始謀計一家三口生活。她站在棚外，觀察著蘆棚，盤算著如何把蘆棚加固，使蘆棚不透風，不漏雨；如何把床位抬高，不受老鼠干擾。她觀察著棚子四周的土地，在入春前要開出一片土地，搶種遲小麥、油菜和蔬菜。她想好了，就開始帶著兒女勞動。她砍去了一片蘆葦桿，就挖地。那土地肥沃，土是黑色的，黑土裡包著白嫩的蘆根，揀起蘆根一咬，甜絲絲的，就教兒女撿蘆根。她挖了兩廂地，揀了十來斤嫩蘆根。她把蘆根洗淨，剁細，和米一起煮成飯，又炒了一盤野菜，一家三口人吃得很飽。

趙月英勞累了半個月，蘆棚和四周發生了很大的變化。棚牆糊抹上了泥漿，棚頂用蘆葉搓成的粗繩纏繞著，牢固結實。棚牆四面開了深溝，一條直通向雉水，棚內地面不潮濕了。棚內被隔成三間，一間活動室，一間儲藏室，一間臥室。床位高三尺，蘆桿當床板，蘆葉鋪得很厚很軟。在主棚東頭一丈多遠的地方，有小棚，也有兩間，一間廚房，一間廁所。有條沙石路連接兩棚，棚前被壓成麥場。棚的三面是被開墾的土地，有兩畝多，種上了麥子、蠶豆、蔬菜。

趙月英從一個叫陳新夏的老漁夫那裡得知，蘆桿被撕去蘆葉後，有人來收購去造紙。她就去砍蘆桿，讓孩子撕下蘆葉。果然，在春節前，她賣了兩千多斤蘆桿，得了兩萬四千五百錢（注：一萬是現在的一元，一千是一角，一百是一分），她買回了糧油、年貨。春節時還回尹東莊去祭了祖墳。

但是，有一件事難著了趙月英：讓兒女讀書。她不能讓兒女在這棚裡待一輩子，可是，這方圓

二十多里遠沒學校。南埝村的孩子是不讀書的。後來，她想起了岳母教岳飛讀書，用柳條當筆，沙盤當紙。她也學起岳母來，撈了一些河沙，用蘆桿當筆，又到縣城買回小學課本，教起文瓊、墨客讀書。

趙月英的生活漸漸地有規律了，習慣了，真有點世外桃源的生活情趣。

人為萬物之靈。在精巧微妙的人體結構中，蘊藏無限的體力和智慧潛能。在安逸中，被抑壓著，自消，老化；而一旦遇上災難和危急時，它們就被爆發出來，大得使人自己驚訝不已，不可想像。如果這種體力和智慧潛能，被人用在互相仇恨、鬥爭中，那是破壞力，那就互相抵消了，白白地消耗了。如果被人用在互相友善、互相幫助、共同創造上，那就是建設力，創造出人類無限的幸福美好社會來。趙月英，一個弱女子，帶著兩個幼小的孩子，在這荒蕪的蘆葦蕩裡，在這惡劣的自然環境裡，發揮著自己的體力和智慧潛能，頑強地活著，創造出自己的怡然自得的生活來。而在蘆棚外的人世裡，人們體力和智慧潛能，在互相暗算仇殺，把人間破壞成一個血腥醜惡的社會。

趙月英自由自在地生活在勞累辛苦之中。她害怕人類，避免與外界接觸。但是，趙月英是人，只要是人，就不可能避開人世間發生的事件的影響。你不願接受那影響，人世間卻強迫你接受。過了兩年多時間，人世間的變化使得趙月英的生活發生了劇變。

欲知趙月英生活有何劇變，且聽下文分解。

第四回　苦戀情

卻說趙月英在蘆葦蕩裡過上了安寧的日子，不聞人間的事。在趙月英蘆棚外的人間卻不安寧，你死我活的階級鬥爭越來越激烈，腥風血雨的政治運動越來越多，就像那日本鬼子的飛機扔炸彈，一個追隨著一個下來，震天動地，嚇得人魂飛魄散。但那日本鬼子的飛機扔炸彈有間隙，有結束，而這階級鬥爭、政治運動沒間斷，沒完沒了，有時夾著來。從五零年初到五二年底，短短三年中，就有清匪反霸、肅反、土改、抗美援朝、三反五反、複查等全國性大運動。在南柯村被殺、被關、被趕的無辜民眾，是長毛子起亂到共產黨坐天下的一百年戰亂中的十幾倍。而那戰亂中被殺、被關、被趕的人大多數是參加雙方作戰和組織活動的人，即使日本鬼子，在南柯村六年只殺了一個參加遊擊隊的人，抓走兩個夫子，那兩夫子後來也回來了。但有些人卻在升官發財。在這三年中，南柯村不少人爭到了官，升了官。解放在清匪反霸後就升為永安縣縣委書記兼縣長，李得紅升為縣公安局局長，溫小玲升為縣組織部部長，剿匪小分隊隊長何建國接任紅石區區委書記兼區長，尹懷德接了李得紅的職，掛了紅石區副區長，還身兼鄉主席、南柯村支書、村主席。邱遠乾、柯業章當了很大的官。柯鐵牛、柯太仁都升了官。

卻說尹懷德在為解放升遷送行那天，受解放的個別接見。解書記飽含革命感情地對尹懷德說：「懷德同志，我們總算穩固了革命政權，你也成長為一個革命領導幹部了。我瞭解你，你忠於黨，忠於革命事業，有水平，有能力。但是，你的思想還殘存著資產階級人性論，對敵鬥爭不狠。你要在革命鬥爭中改造自己的舊思想。你的名字就很封建，改一下吧，就叫尹苦海，表示不忘往日苦、牢記血仇。」

解書記還鼓勵尹懷德說：「你要為革命挑更重的擔子。現在你兼職太多，把南柯村的兩個職務移交給革命接班人，一心一意幹好鄉、區的工作。」

從此，尹懷德這個名字就沒了，改叫尹苦海。後來，尹苦海也學解放，把柯太仁的名字改為柯國慶。

尹苦海認為解放指示很對，應該甩掉南柯村的職務。那職務把自己困在南柯村那個小天地裡，又和人民群眾直接打交道，很費勁。但交給誰接班呢？根據黨當時定下的革命幹部的標準：苦大仇深，立場堅定，鬥爭性強，第一批黨員。在南柯村就只有副書記柯鐘月、副主席柯鐵牛兩人可以接班。這兩人在尹苦海心裡都有很大的缺點。匪徒柯丹青曾攻擊兩人說：「柯鐘月是瘋了，叫娘也叫不清楚。柯鐵牛是地痞，是頭又蠻又狠的牛。」雖說「凡是敵人反對的，我們就應該擁護」，但是柯丹青對兩人的評價合了尹苦海的看法。如果讓柯鐘月當南柯村第一把手，他傳達不清楚上級的指示，還經常發豬頭瘋，那就壞了革命工作。如果讓柯鐵牛當南柯村第一把手，他野蠻、惡毒、自私，報復性強，獨專獨行，也會壞了革命工作。「人才難得呀。」尹苦海歎息著，真有「非我莫屬」的感慨。

尹苦海經過再三權衡，就決定把村支書的位子交給了柯鐵牛，任命柯國慶為副支書兼民兵連長，柯業章任團支書兼會計，瞿習遠任民兵副連長。為了不讓柯鐘月搗亂，就把柯鐘月調去當南湖漁場場長。

誰知那柯鐵牛還記著那李寡婦丈夫的兩耳光的仇，去報復李氏一家人，要把李寡婦家劃為破產地主。尹苦海知道了，很惱火，畢竟李寡婦是有恩於自己的表嫂；並且論政策，李寡婦家的田地在一九四六年之前就賣得只剩下一斛了，四口人只有五十來平方米房屋，只能劃為貧農。尹苦海就在一個晚上全鄉支書會開後，留下柯鐵牛，狠狠地批評一頓。柯鐵牛開始時還強辯了幾句，看到尹苦海嚴肅認真，火氣很大，才認了錯。

尹苦海批評了柯鐵牛後，回到尹東莊自己的屋裡，心裏煩燥。這煩燥並不是柯鐵牛報復李氏的事引起的，而是他自己的一塊心病在起作用。

尹苦海再沒住牛棚了，在趙月英等第一批不法地主被驅趕後，尹苦海是第一批得到房產、田產分配的貧雇家。尹苦海分得的房產是被他賣掉又被尹安定贖回的祖業一進兩重的那棟青磚瓦屋的一重，小毛也得了一重。上下重由尹苦海選，他選第二重。他說小毛收割莊稼柴草得第一重進出方便些。本來，尹苦海和趙來鳳結婚的房在第一重的北側，第二重的北側的房是尹安定和趙月英結婚房。他要第二重，住在趙月英的房子裡，因為這間房子有他不可磨滅的印象，是他產生心病的地方。

尹苦海摸黑從第二重的北邊側門進了屋子，他來到廚房裡。廚房裡冷灶冷鍋的。他懶得燒水洗沐，呆站了一會兒，歎了一口氣，就摸進房裡。他插開鎖子，進房時臉上蒙了些絲絲的東西。他知道，這是好幾天沒回來了，蜘蛛結了網。房裡向他撲來一股陰冷氣，有老鼠吱吱的聲音。他劃了根火柴，走到桌旁；又劃了根火柴，點燃帶罩煤油燈。房裡充滿白光，桌上、床上落了好些灰塵。他也懶得去撲打灰塵，就著燈罩口點燃一支紙煙，抽了起來。整個房子冷冷清清的，孤獨無聊的情緒襲上心頭，又有一種苦惱煩悶情緒襲來。他抽煙，歎氣。

尹苦海革命了，既有官運，又有財運，按理說，他應該心滿意足了，還有什麼苦惱呢？

莊稼漢猜疑，尹苦海一直不會務農活，現在有田地了，他要學種田，這就使他苦惱了。這是以小人之心度君子之腹。尹苦海絕不會做樊遲去「學圃」的小人。他是革命主職領導人，日夜為革命奔波

操勞，屑屑種田地的事，自然有村幹部安排人去作義務工，替種替收，他只驗收一下就行了。況且，他吃皇糧了，每月有五萬錢（注：五塊錢）作零用，每年有八擔稻穀的俸祿。這有什麼苦惱呢？

青壯年猜疑，尹苦海是單身漢，是不是性欲不能滿足而苦惱呢？這是隔行如隔山，也沒猜著。尹苦海曾經是尋花問柳的尹懷德，單憑他的一表人材，夠女人傾慕的了。玩女人還不容易麼？何況他今非昔比，大權在握，一句話可以決定一個家庭的禍福和一個人的生死，要找個女人睡覺，有哪個女人不受寵若驚呢？

村中老人猜疑，尹苦海還沒有妻室兒女，怎能不苦惱呢？這種猜測，說是，又不是。說「是」，尹苦海確實感到要有個家，有兒女。沒有兒女，不斷了香火麼？人活著還有什麼意思？沒有兒女，革命不就沒了接班人麼？革命還有什麼意義？說「不是」，尹苦海要找個女人生兒育女還不容易麼？雖說他不能在全國選美，在南湖鄉還是可以選美的。南湖鄉成年姑娘少說幾百人，年輕寡婦也有三、四十人。只要他一開口討女人，媒婆就會跑斷腿，女人就會排隊等候選。他還沒開口，就有人找他說媒。別人不說，就說前妻趙來鳳，在守寡等著他。上個月，尹苦海到省城開勞模會，碰著趙來鳳也去開勞模會。原來，趙來鳳是鳳凰區婦聯主任，勞動模範。趙來鳳一見到尹苦海，就開玩笑說：「我認為你一無所取的，沒想到革命把你變成了一個英雄好漢。」尹苦海笑著回諷：「我以為你一無是處的，沒想到革命把你變成一朵大紅花。這正如《白毛女》上說的，革命把鬼變成人，把人變成鬼了。」在會議期間，他倆自由戀愛了三夜。趙來鳳向尹苦海炫耀自己的革命史，說她嫁到紫金山村鄒家做小老婆，遭人嘲笑，受人欺負，不能堂堂正正地做人。革命了，她第一個背叛反動階級家庭，衝出來，揭發了鄒家的反動罪行，親自鬥爭反動的公婆、丈夫和大老婆，親手槍斃了反動丈夫，當了全縣第一個女村支書，後提升為區婦聯主任、區委常委。她說自己也有苦處，還沒找到一個革命的侶伴。她在和尹苦海親昵暱時說：「我倆以前遭惡霸尹安定、趙月英迫害才分散了，現在都成了革命幹部，應該重新結婚，成為一對革命的模範夫妻。」尹苦海聽了，心裡驚慌，就說：「我倆都是黨的人，婚姻應該由黨組織決定，不能瞞著黨私下訂婚。」從此，尹苦海避著趙來鳳了。趙來鳳卻去找解放書記說了，解放書記批准了。在散會時，趙來鳳找尹苦海，尹苦海一溜煙跑回家了。趙來鳳又到南湖鄉政府住下來找。尹苦海躲了七天七夜，使趙來鳳無望了才走。所以說尹苦海要選個女人做革命伴侶是張口就有的，沒什麼苦惱。

尹苦海選妻這樣東不成、西不就，是自找苦惱呢、還是他心中有了一個人呢？是的，他心中早有一個女人了，這個女人早就穩穩當當地坐在他心靈的皇后位子上。這個女人是誰？就是趙月英！

尹苦海雖然在兩性關係上有些亂來，但在愛情上是專一的。他單戀著嬸娘趙月英。

說到趙月英，只不過是一位普通的中國傳統型婦女。她外貌一般，並無「沉魚落雁」、「閉月羞花」之美。按現代男人給現代女人外貌的打分法，趙月英頂多只能打「七十分」。她聰明才智也平平，沒表現出什麼真知灼見和大智大勇。她講衛生整潔，但不塗脂抹粉；她生活儉樸，精於理財；她溫良恭順，忠誠樸實；她滿面笑容，語音嚶嚶；她臉上光彩照人，心裡沒有黑暗；她寬容大量，扶弱濟貧；她偶有怨恨，轉眼即逝；她天真無邪，柔弱得一點勇氣也沒有；她看上去沒有一點痛苦，也沒有承擔苦難的思想準備……這些傳統的美德分佈在每個中國傳統型婦女身上，你具有這些，她就具有那些，並沒有什麼特別。但是，一旦我們發現這些傳統美德集中在某一個婦女身上，就使人感到特別了，覺得那「某個婦女」處處時時都美。打一個比方說，我們看到的不是春天山坡上東一朵、西一簇

的零散的美麗的鮮花，而是看到了一個花團錦簇、吐豔噴香的花園。在花園裡，你感到四周全是美，全是香，忘記了醜惡臭氣，忘記了仇恨痛苦。在尹苦海的眼裡，趙月英就是這個花園，左美右美，內美外美，美不勝收，是任何一朵花、一簇花所不能比的。

尹苦海愛趙月英，原來只是在心裡想想，不敢當作願望來實現。自從尹安定死了，趙月英被趕到蘆葦蕩後，他心裡對趙月英又增加了負罪感和憐憫心，那只想想的「愛」就變成了「死戀」，並且，把這「死戀」當作宿願，妄圖實現。在一般人看來，尹苦海心裡戀趙月英是可以的，要把趙月英變成實際上的妻子就難於上青天了。因為，這犯著兩個「大忌」，遇著一大難。兩個大忌是：第一，犯了中國的道德倫理，即「亂倫」。趙月英是尹苦海的嫡親嬸娘；第二，犯了階級鬥爭的大道理和黨的原則，因為趙月英是惡霸婆、地主分子。尹苦海犯第一個大忌，就對不住列祖列宗，還使自己、趙月英、兒女都蒙受奇恥大辱，無出頭之日。尹苦海犯第二個大忌，就是背叛無產階級，背叛黨，背叛革命，自己的前途就沒了，弄不好還會成為階級異己分子，蛻化變質分子，受鬥爭、受管制，他鬧革命就白鬧了一場。除了這兩個「大忌」外，還有一大難：趙月英會同意麼？至今，在尹苦海心靈深處還閃爍著趙月英在被吊打時向他射來的那一束仇恨的火焰。趙月英恨他。尹苦海要娶趙月英，這「兩大忌」和「一大難」，就不亞於唐僧去西天取經的八十一難了。在那遙遙的征途中，有黑風嶺、無底洞、難泥河、火焰山……每一個險處，都有置尹苦海於死地的妖法魔掌。唐僧為著堅定的信仰闖過去了，尹苦海能闖過去嗎？這就使尹苦海苦惱了。

這個隱私造成的苦惱，就像一條自然生成的滾燙的溫泉流水在日夜煎熬著尹苦海，又像一股撲不滅的自然火山口噴出的火焰在烤燒著尹苦海。自從革命以來，尹苦海第二次在痛苦的思想中掙扎著。

寫到這裡，作者不禁要發問：這男女情結為什麼有這麼大的魅力吸引著一批又一批的尹苦海冒險冒死去追求呢？歷史上為什麼有的帝王要美人不要江山呢？普希金為什麼為女人去比劍身亡呢？有詩人回答：「生命誠可貴，愛情價更高。」還有不少大文豪、大思想家、倫理學家用不少文字來描寫和解釋這種現象，但都沒有說破其中的奧秘。雨果在迴避不了這個問題時，卻很滑稽地說：「在愛情這種動人的歌劇裡，腳本幾乎是無用處的。」我看是這麼一回事。我無才華正面回答這個問題，只好來講述尹苦海如何發生情結、又如何去解開情結的故事。

卻說趙月英出嫁到尹家時，正值十八歲。尹東莊的人來看新媳婦時，沒有什麼驚訝，看到的是一個極其平常的新媳婦而已。而在尹安定的眼裡，趙月英是他所見到的青年女子中最完美的。在趙月英面前，尹安定感到自卑，認為自己人物猥褻，自己配不上趙月英，與趙月英一起走路，委屈了趙月英。而趙月英卻感覺不到尹安定矮小瘦弱，只感到尹安定有君子智慧，仁者大勇，是個聖賢人，是個自己能引以為自豪的大丈夫。兩人相敬如賓。

趙月英在尹東莊生活著，一月，兩月，一年，兩年……尹懷德對趙月英的看法是逐步地向好處走。對這位小他一歲的嬸娘，外貌色彩由平淡到豔濃，到五彩繽紛；對嬸娘的感情，也由一般到敬重，到佩服，到愛慕。他看到年輕的嬸娘敬重他的母親樂氏如嫂母，關心他這個侄兒如親弟；她把家中東西收拾得整整齊齊，把內務農活安排得井井有條，收入支出記得清清楚楚，用得適當。趙月英，從不與人爭吵，她用柔弱熄滅別人的剛火，用慈善化解別人怨恨。她急人所急，憂人所憂。尹東莊的人有什麼困難就找她幫助，有什麼心煩事就找她出主意，有什麼委屈就向她傾吐，有什麼喜憂大事就請她擺佈……趙月英從沒有向別人表白過自己怎樣怎樣地好，而她的美好形象默默地潛入人們心中，

像一尊觀音菩薩塑像端端正正地坐在別人心中，也坐在尹懷德的心中。尹懷德每每情不自禁地欣賞嬸娘：又長又粗的一條烏黑的髮辮垂到腰際，隨著腰肢扭動而蜿蜒；兩葉淡薄的眉毛隨著眼皮的閃動在飛舞；鼻尖光亮微翹，嘴唇薄嫩微啟；白膩的前額被稀疏的劉海遮掩，像只被黑網絡住的鯽魚肚；兩腮像朝霞，那彩霞時時變幻；下巴微翹，形成一個誘人的淺溝；身材苗條，個子適中。在一起生活的時間越長，尹懷德對趙月英越有看不盡的內美外美。他心裡在暗想：娶老婆就要娶嬸娘這樣的女人。

那時的尹懷德是個大齡童生，怕叔父約束太緊，不願在叔父館裡讀書。尹安定就把他送到六里路遠的山下村一個同學的館子裡讀書。尹懷德經常藉故學校和學友的事向母親樂氏要錢要糧。趙月英過門後不到半年，樂氏就把內務權交給趙月英。尹懷德就向趙月英要錢要糧。開始時，尹懷德有些羞愧，趙月英卻寬宏大量。漸漸地，尹懷德膽子大起來，趙月英卻嚴肅起來，每次要問個原由，勸誡幾句。有一次，尹懷德壯著狗膽，在接銀元時雙手捧住趙月英的右手。趙月英好像手被蠍子螫了一下似的，立即縮回，轉身就走。那兩塊銀元叮噹落到地上。尹懷德愣住了，望著趙月英的背影消失，才彎腰撿起銀元，悻悻地走了。

趙月英到尹家的第三年，過了端午節，天氣熱得早，人們開始乘涼了。

一天上午，尹懷德從學校回家，冒著太陽走了五六里路，熱得把上褂脫下，搭在肩上，只穿一條粗布短褲。他從上重側門進屋走到趙月英房門前，斜眼房裡，雙腳就被釘在地上了。在他的眼前出現令人神往的情景：趙月英坐在小凳上給半歲的文瓊餵奶。趙月英右側向房門，蒙胸藍衫敞開，衣領脫落到臂彎處；左臂挽著孩子，右手打蒲扇；白嫩脹鼓的兩奶向前聳著，一隻乳頭被孩子咬住，一隻前伸。俗話說：「大姑娘的奶子是金奶銀奶，嫂子的奶是豬奶牛奶。」趙月英雖是嫂子，那奶子卻像姑娘的奶，不下垂瘪塌。尹懷德看得真切：那奶在藍色襯托下雪白柔嫩，烏紫網路的脈管清晰可辨，草莓似的乳頭有點點奶孔，兩奶間有深深的肉溝，腰際露出半圈綿軟的白肉。尹懷德在猜度著被裹包在藍包內的其他部分。他心跳加快，一股燥熱在體內騷動。

趙月英正在低著頭，注視著文瓊吃奶的動作，甜絲絲地笑。她突然感到房裡暗了好些，就向房門乜斜，有個大漢堵在房門，擋住了門光。她的目光從下至上看去：那大漢赤著腳板，腳蹼墩厚，腿像兩根石柱，長滿黑毛；褲襠隆起一座小山峰；臍眼又大又深，胸脯又寬又鼓；臂肌遒勁，喉結呼嚕，頭皮泛青，眼光呆直。趙月英看清了是尹懷德，心血翻湧，神不守舍。她抬起眼來，四光對接。她慌忙眨了一下眼皮，使情緒正常。

「懷德，你有什麼事？」趙月英喝問。但語氣是溫細的。

「有……沒……沒什麼事？」尹懷德結巴起來，他由不得自己，把腳踏進門檻。

「沒事，不要進來！」趙月英提高嗓子喝道。

「嗯。」尹懷德感到那銀鈴般的聲音帶有威嚴，就抽回腳，轉身走了。

尹懷德回到自己的廂房裡，關上房門，呆站著，腦海裡還浮現著剛才那一幕。他像一隻反芻動物，咀嚼著，回味著。在那一幕中，有誘人的剛閃出而又即逝的目光，從那兩顆晶瑩的黑眸裡發出的特亮的光點。他直覺到，那不是平常慈愛關懷的目光，也不是天真無邪的目光，那是玄妙莫測的自然的光，那目光是從女人潛藏著心靈深處幽暗的雌蕊裡閃出的性愛的光，是專勾雄性的雌花鉤，是燒融男人堅定意志的百萬度的光焰。見到那種目光，男人只管衝上去就是了，不要讓它熄滅。尹懷德早就熟悉那種女人的目光，他見過幾次了，每次見到，就大膽跳躍過去，成功了。今日，他見到了，卻退

縮回來，失敗了。他後悔，他感到自己是懦夫。

「畜牲！」驀地，有個叫罵聲襲來，是從古墓裡冒出的陰沉沉的鬼嚎聲。

那聲音使尹懷德不禁打了個寒顫，他猛地拍打一下褲襠，跟著叫罵道：「我是畜牲！真是個畜牲！嬸娘，那是親嬸娘呀！」尹懷德垂頭喪氣，全身緊綁的肌肉鬆軟下來。他長籲兩口氣，放下東西，走出房門，洗澡去了。

吃中飯時，尹安定回來了。一家四口人坐在一起吃飯。尹安定問了尹懷德的學習和學校一些情況，又嚴肅地教訓尹懷德要收回玩心，好好讀書，考上縣中學，再考上省專科學校，就一生衣祿無虧了。尹安定又叮囑趙月英不要多給尹懷德錢，以免尹懷德有錢亂玩亂花，不用功讀書。樂氏也插嘴教訓尹懷德。尹懷德雖然只小叔父四歲，但對叔父既敬仰，又畏懼，連連應喏。趙月英卻從中插科打諢，緩和氣氛。尹安定對趙月英說，他吃了中飯要去縣裡拜會學友和同事，過兩天回家。尹懷德也說自己的老師去縣城了，學校放了兩天假。

吃過中飯，尹安定清點了換洗衣物，帶了錢，上縣城去了。尹懷德幫著趙月英剝苧蔴，樂氏在家裡打苧蔴。忙了大半天，直到點燈時才吃晚飯。樂氏年近半百了，吃了飯，洗了澡，就關門睡了。尹懷德感到很疲勞，洗了澡，也睡去了。趙月英又洗碗，又餵豬，又服侍女兒吃奶、洗抹、睡覺，忙到戌時，關了大門，收拾家什，才輪到自己洗抹。

尹懷德的一進二重的青磚瓦屋是這樣設計的：正門朝東，向大堂前，門墩方石，門梃方石柱，門楣拱石，門額上刻有正楷大字四個：瑞鵲家聲；黑漆大門，按有門鈸門環；進了大門，分前後兩重，後重高出前重兩個石臺階；兩重之間有石天井隔開。兩重結構一樣，中間是堂屋，兩旁是南北廂房；

廂房門窗向天井，窗戶是鏤花木百葉窗和亮紙；北端有一大門，南端有一廂房。出北大門有廚房、廁所、豬圈；樓上都面上了樟木板，密不透風，放糧油柴草。站在天井上，兩重房屋一覽無餘。樂氏住在前重南廂房，尹懷德住在前重北廂房，尹安定和趙月英住在後重北廂房，後重南廂房暫無人住，放著雜物。

尹懷德在廂房裡睡了一會兒，感到悶熱難受。聽到母親和嬸娘都關了房門睡，就把竹床搬到天井上睡。他只穿條白粗布短褲，赤條條地仰躺在竹床上，望著天井上的一塊天空。天空是蔚藍的，有星星。尹懷德數著星星，有三十二顆。他默默地背誦起《幼學》來：「……氣之清者上浮為天，氣之濁者下沉為地……」

這時，趙月英的廂房裡發出潑水聲，揉搓聲。尹懷德禁不住側過身來望那廂房。那房門有幾條直縫，透出黃澄澄的油燈光，光中晃動著肉體的某一部分，那「某一部分」在不斷交換著：耳朵，臂膀，手腕，乳頭，臍孔……他直著眼看著，不由自主地赤腳下床，悄悄走到房門前，把眼睛貼到門縫上。他看到了肉體的全部：趙月英用手洗兩胯間，站起來，扭乾毛巾，揩身上的水珠。那水珠像珍珠般掛在白肉上；那流水像瓊漿，在石膏上流淌；那背脊的溝直通到臀部，像兩山間的幽谷，深奧莫測；兩乳突兀起峰，腹部寬闊，臍孔下面有隆起的三角區，光溜溜的，沒有毛；再下面是美好無窮的紫色的肉縫。尹懷德看得直流涎，伸出舌頭添了添嘴唇。

趙月英下了澡盆，走到床邊穿衣，又起身來開門閂。尹懷德趕忙躲到堂屋黑暗裡去，看著趙月英端起澡盆，開北門，出去。尹懷德聽到了廁所有倒水聲，神使鬼差，溜進趙月英的房子，鑽到夏布蚊帳後面，貼牆屏息站著。他聽到趙月英關北大門，把澡盆放在堂屋靠牆聲，他看到趙月英進房，關

門，上門，走到搖籃邊笑咪咪地看了看睡熟的文瓊，走到梳妝前，對鏡梳頭。她只穿個抹胸和內褲，亭亭玉立。

尹懷德看到欲火難熬，站不住腳跟了。他早忘了那「畜牲」的叫罵聲，變成了真正的畜牲，——一隻純自然的公狗；忘了「親嬸娘」，看到的是一隻可以性交的母狗；他的狗鞭伸硬了，奔向前去，站在趙月英的背後喘氣。趙月英從鏡子裡看到了自己的頭髮蓋上伸出了尹懷德的面孔；感覺到了後腦勺的頭髮有股熱氣在吹，急轉身，面向尹懷德。她感到尹懷德那粗壯野蠻的體魄貼近自己，下面有根硬棒頂到了自己的臍孔下。她慌神了，結結巴巴地細語央求：「你……你……你出去吧！」

尹懷德像一座銅像，巍然不動。

在這一瞬間，尹懷德噗嗵跪在地上，哀求著：「救救我吧，我快死了！」

趙月英直感到尹懷德那肥肥的光溜腦袋伸在自己的兩胯間，全身一陣麻慄，顫悠悠的。她心裡又驚慌，又慈軟，一時不知道說什麼。

這就是善良大方女人的缺點：優柔寡斷，讓步，順從。

趙月英正在猶豫的一剎那間，尹懷德猛地躍起，用粗厚的雙掌捧住趙月英的兩腮，將那櫻桃小口捧成一個直梭形，鮮嫩鮮嫩的雙唇裡有細白的牙齒。尹懷德將大嘴拱起，狠吻進去。

同時，右手解開趙月英的抹胸背帶，結實有力的胸脯壓在那軟綿綿的雙奶上。尹懷德的身子往下縮，嘴唇摩擦過胸腹，停在兩胯間，猛吻那光滑白胖中的紅縫，吸那水汪汪的果汁。趙月英的身子癱軟了，向後倒。尹懷德伸直身子，雙掌托起趙月英，架在自己併攏的雙腿上，大顛大扭。一會兒，顛扭到床上，使著蠻勁，將癱軟的趙月英肆意翻動旋轉，口裡還發出髒話，叫起「心肝寶貝」來。他感覺到那被壓著柔軟的肉體在抖動，在呻吟，那黑眸子又發出了誘人的光，很亮；那身上散發出一股奇異的說不出的清香，這是他從別的女人身上從沒聞到的香氣。終於，尹懷德的蠻力、剛氣被那柔軟化解得一無所有了，大汗淋漓，精疲力竭，癱軟在趙月英身上。

趙月英在猶豫中被尹懷德襲擊了。開始時，她羞澀難言，又欲捨不能。接著，就完全被那兇猛的雄性的衝撞力制服了。她忘記了人倫、忘記了人間，被「畜牲」變成了「畜牲」，被「公狗」變成了「母狗」，就本能地盡情地享受著天然的雄性的猛攻。她從來沒有過這種自然的享受。她在與尹安定做那事時，感覺到的是輕柔的撫摸，斯文的動作，涓涓的細流，悄悄的私語，使她感到了自己是一個人，一個體貼丈夫的女人，一個有尊嚴的女人。現在，這尹懷德的莽莽撞撞，排山倒海，野蠻攪拌，使她忘記了自己是一個人，而是一隻純粹的雌性動物，只感到自然的發洩，性交的暢酣，欲仙欲死。這是趙月英終生難忘的。就這樣，尹安定把她變成了一個自尊賢慧的社會女人，尹懷德把她還原成一個原始的自然女人。

趙月英在尹懷德的重壓下得到了消受、滿足，安靜下來了。突然，她像從死神裡恢復了神智那樣，想起了人間的事，想起了道德、倫理，寒傖起來了。她用力推開尹懷德，小聲喝道：「畜牲！你幹的好事？還不快走。」

尹懷德起身坐起，伸了個懶腰，穿了短褲，轉過身，又尖起嘴過去吻趙月英那羞怯的臉蛋，說：「我喜歡你，這是天意！」

「快滾！」趙月英惱怒了，轉過臉去，伸手給了尹懷德一個耳光，低聲喝道：「下次你再亂來，我就整死你！」尹懷德被嚇住了，匆匆下床走了。

自從這次後，趙月英就在尹懷德面前表現出了嬸娘的威嚴，再沒讓尹懷德碰自己。但是，每當她與尹安定做那種事時，渴望著尹安定變成尹懷德。她閉著眼睛，幻想出與尹懷德的那幕，極力控制住自己不要喊出尹懷德的名字。趙月英清醒時，感到自己中邪了。她為了解脫自己，在尹懷德不肯上學待在家中時，向嫂子和尹安定提出讓尹懷德成家的建議，得到了贊成。趙月英托人給尹懷德說媒，尹懷德卻一個又一個地看不中。直到尹懷德見到了趙來鳳才同意了。尹懷德心想：「趙來鳳是趙月英的嫡親侄女，外貌比趙月英強，肯幹那事的趣味和內在品質也不比趙月英差。」尹懷德是在找趙月英的替身。

尹懷德就和趙來鳳結婚了。誰知那趙來鳳外表美好，性子兇悍；幹那種事時，主動狂騷，沒有一點女人的溫柔羞恥，比起趙月英來真是一無是處。尹懷德不滿意了，出門尋花問柳。

大概男人不喜歡強悍風騷的女人吧。

尹懷德自從那次與趙月英幹了那種事，雖然他從此一直挨不著趙月英的邊兒，雖然他有了趙來鳳和其他的露水情婦，雖然他知道不能和趙月英結合，但是他心中只有趙月英，單戀趙月英。他並不僅是戀著趙月英的那一次歡樂，而且戀著他也說不清楚的其他許多方面。一句話，在他心中，趙月英是世界上最完美的女人。他愛趙月英，敬趙月英，怕趙月英，服趙月英，又加上有愧於趙月英，同情趙月英，那情結就更結實沉重了，那內心的煎熬就更熾更苦了。

尹苦海迷癡癡地坐著，痛苦地想著，一根紙煙接著一根紙煙地抽。

「沒有哪個女人比得上她！」尹苦海猛吸幾口煙，噴出煙，也噴出話。

「入他娘的十八代！老子一定要得到她！」尹苦海憤怒了。

一個人在孤獨寂寞中發出的憤怒，就是火山爆發的憤怒，是自然的，原始的，不可抗拒的，是要毀掉自己周圍一切的。這時的尹苦海的憤怒，就屬於這種憤怒，尹苦海真是「入他娘的十八代」了，什麼列祖列宗不要了，什麼道德倫理不要了，什麼階級鬥爭的大道理不要了，什麼雞巴毛的黨的原則不要了，什麼個人做官發財的前途不要了，什麼被鬥被管的後果不顧了，他要不顧一切地踏上追求趙月英的征途，像唐僧一樣，朝著一個目標直撞過去。

尹苦海拋棄了一切雜念，只存一個念頭了，心裡也就輕鬆了，就睡了。

天亮了，尹苦海到鄉公所佈置了革命工作，就獨自甩開大步，向趙月英蘆棚進發。

在這之前，尹苦海曾去找過趙月英幾次，每次送去錢糧。趙月英卻實行「三不主義」：不吭聲，不理睬，不收錢糧。尹苦海放下錢糧賭氣走了，趙月英就把錢糧丟到河邊，讓別人撿去。

趙月英本是個不記仇恨的人，但她不能原諒尹苦海，痛恨尹苦海，恨不得親手殺了尹苦海。她把一家人的遭難都推到尹苦海身上。她認為尹安定叫他「不要怨恨尹懷德」，是怕她鬥不過尹苦海，怕她和孩子再遭毒手，並不是不怨尹苦海。是的，她現在是鬥不過尹苦海，但她絕不會認仇為親。在每年七月十五的鬼日，趙月英給尹安定和祖人燒包袱紙錢時，就剪幾個紙人，把紙人當著尹苦海，在紙人額頭、眼睛、嘴巴、胸腹上插穿上蘆針。她一邊燒包袱紙錢，祝福尹安定和祖人，一邊燒紙人，詛咒尹苦海不得好死，死後下十八層地獄，來世變牛變馬來還今世的血債。

趙月英對尹苦海的仇恨，看似有根有源，好像超越了為殺父辱妻而復仇的人的仇恨，這就不僅使別人、也使趙月英自己感到不可思議，似乎夾著某種說不清楚的不倫不類的情緒。

有一天中午，從河邊上來了兩個男人，徑直闖進趙月英蘆棚裏，要強姦趙月英。趙月英叫喊，

老漁夫陳新夏趕來，被兩個男人打翻在地。趙月英正在危險之中，尹苦海奇跡般地出現，向那兩個男人亮了身份，又把兩個男人打了一頓。尹苦海又到附近蘆棚、漁民船叫喊一陣子，說不準准欺負趙月英。尹苦海忙了一陣子，回到趙月英的蘆棚，想跟趙月英說兩句話。趙月英卻把陳新夏扶進蘆棚，撫摸傷口，不抬頭，不吭聲，不理睬尹苦海。尹苦海就站著，說了一段話，走了。那段話是：

「我知道你恨我，把我當作第一個大仇人，永遠不能理解和體諒我的苦衷。你恨得有理，又恨得沒理。你想一想，蔣介石八百萬軍隊被打垮了，逃到臺灣，這氣勢誰擋得住？鄒宗英有什麼罪惡？只不過當了民國政府的區長，還是個好區長，被槍斃了。那些去保他的人有的被打死，有的坐牢，家屬都成了反屬。南湖鄉被槍斃的十五個名士，難道是南湖鄉百來個革命積極分子能幹得了的事麼？照此推理，我一個人能救叔父和你麼？能槍斃叔父和趕你到蘆葦蕩來麼？不能！也許你會說，你保不住叔父，也不能帶頭揭發鬥爭呀，這就是沒了良心，絕了叔侄之情。我告訴你，叔父的問題被上級內定了，我當時被逼到了絕境，要麼進，要麼退。退，就是不揭發、鬥爭叔父，和叔父一起挨鬥爭，不槍斃，也要坐牢。進，就是揭發、鬥爭叔父，丟了叔父，保了自己，也保了尹家部分財產，保了尹家香火，還能保護你和文瓊、墨客。我經過一整夜的思想鬥爭，選擇了『進』。我揭發鬥爭叔父的材料，你也知道，不是幾條人人皆知的事麼？我不揭發，別人照樣揭發，現在，我雖然遭到別人的唾罵，遭到你的仇恨，落得個不仁不義的名聲，但我不後悔，我忍辱負重值得，我想得遠大。叔父在天之靈，會諒解我。」

趙月英聽著，看似沒有任何反應，心底下卻被震撼了。尹苦海走了，她耳邊又響起尹安定的話：

「改朝換代了，遭劫難的不只我一個人，全國少說有千萬個……不要怨恨尹懷德……不要記別人的仇恨……」趙月英才感到尹苦海的話不是欺騙自己，尹安定的話不是單純安慰自己，都是真情實感。

那位聽了尹苦海說那段話的老老實實的老漁夫陳新夏說：「月英呀，尹苦海這人不是壞人，是個有良心的人，你不能計較他。你一個人再不能住在這荒野中了，跟著他走吧。」

趙月英說：「那是我的嫡侄呀。」

老人說：「這年頭還論什麼道德人倫呀，只要能活命就行了。」

趙月英的心不再安寧了，波瀾起伏。她對尹苦海的仇恨逐漸退隱，只剩抱怨。

今天，尹苦海又來了，沒帶錢糧，兩手空空，呆呆地站在棚裡，心事重重。文瓊、墨客都扯野菜去了，趙月英在專心地剁著蘆葦根。兩人都沒說話，兩顆心都在突突地跳。

趙月英方寸已亂，心裡惕息不安。她巴不得文瓊、墨客這時回來，又巴不得文瓊、墨客這時不要回來。她發覺對尹苦海的抱怨情緒也沒有了，恢復了原來的情緒。原來，她對尹苦海「恨鐵不成鋼」，心裡卻認為尹苦海是另一種類型的男子漢。自從那次與他做了那見不得人的事，決心不再讓尹苦海挨著自己，而心理在掛念著尹苦海。在尹苦海被逼得走投無路時，她勸尹安定救助尹苦海；在尹苦海住牛棚時，她偷偷地給尹苦海錢糧。現在反過來了，尹苦海不斷地來回百里，看望她，送錢送糧，她不理睬他。她感到奇怪的是，現在尹苦海不乘人之危，不侮辱自己，難道是真正戀愛自己而不是純粹為了作做那種事嗎?她胡思亂想一陣，禁不住去偷瞄尹苦海。今日的尹苦海可不是昔日的尹懷德了，「鐵已成鋼」了：一身藍色卡機布幹部制服，七顆棕色紐扣扣著，筆直端正，兩袖長罩；綠面綠底軍統膠鞋，白色鞋帶緊紮鞋面，褲罩在鞋背上；身軀偉岸，皮肉白淨，前額比原來明亮，眼光深邃；他的浪子和農民氣息蕩然無存，是一個地地道道的革命幹部模樣。

尹苦海也在俯視盤坐在地上的趙月英。她，頭髮蓬亂，還是那件蒙胸藍色褂子，底色已褪，補丁重疊；赤著腳，露出三寸尖腳板和一截小腿；面孔清瘦，顴骨變高，臉有雀斑，不紅潤，比實際年齡老了十來歲。尹苦海一陣心酸。

兩人都沉默著，只有單調的白刀剁蘆葦的嚓嚓聲音。

「月英，我要娶你，為了我，為了你，為了孩子，為了尹家。」突然，尹苦海牙縫裏蹦出一句話來。

一個人在千言萬語表達不出心裡的情緒時，如果從心裡噴出了一句話，這句話就最直接，最有力量，就是那「一語道破天機」的「一語」。尹苦海的這一句話，拋開了所有雜糅，像一根獨木橋，光溜溜，赤條條，搭在兩人的心坎上。

趙月英聽了這一句話，就像聽到從天上掉到她心坎裡的一顆炸彈的爆炸聲，一震，一驚，一酸，一痛。突然，她那被壓抑多年的情緒像是突然爆發的山洪，滔滔地滾，嘩啦地沖。她一時驚魂落魄，失態，猛撲向尹苦海，嚎啕大哭，瘋狂叫罵，雙手掐住尹苦海的脖子，又抓他的臉，打他的肩，胸……尹苦海感到喉嚨哽咽，皮肉癢痛，心裡絞痛。但他一點也不驚慌，呆站著，任憑趙月英發洩。

趙月英疲軟了，癱坐在地上，從嘴裡噴出一句最簡單、最直接的話：「我跟你走！」

「你等著，我過幾天來接你。」尹苦海得到了趙月英的回答，並沒有驚喜，冷靜地說出第二句話。這第二句話的意思就雜了。尹苦海想到不能這麼簡單，簡單了，他會丟失許多。他要力爭使自己已經得到的保全下來，這對他和趙月英都很重要。

「你害怕了，害怕和我這個地主婆生活在一起丟官了。」趙月英也冷靜了，說出了第二句話。

趙月英的第二句捅到了尹苦海的痛癢處。

尹苦海又簡單地堅定地說：「革命和你如果都能得到，那就兩全其美了。如果兩件只能得到一件，我就得你。」

趙月英聽懂了尹苦海的意思，說：「你去看著辦吧。」

兩個人的心扭在一起了，但兩人的身軀沒有扭在一起。現在，他們要的是感情的交融，不是浮蕩的親暱。

尹苦海走出蘆棚，「看著辦」去了。

尹苦海一邊走，一邊忖量著。他決定先去縣組織部找溫小玲。他知道溫小玲出身於資本家階級，是個背叛反動階級家庭的革命知識份子，一定有共同語言。尹苦海找著了溫小玲，說了自己的事。溫小玲告訴尹苦海，這是個階級立場的問題，弄不好會被「雙開除」（注：開除黨籍，開除工作籍），甚至成為人民的敵人。尹苦海說趙月英不是階級敵人，只是一個家屬，應該和尹安定區分開。溫小玲說尹苦海這個辯護的理由不充分。她同情尹苦海和趙月英，就告訴尹海兩個革命理論：一個是矛盾轉化論，一個是革命實踐論。辯證法中的矛盾轉化論，是在一定條件下，矛盾可以互相轉化，甚至發生飛躍，產生「質變」，人民內部矛盾可以轉化為敵我矛盾，敵我矛盾可以轉化為人民內部矛盾。出身不由己，道路可選擇。怎樣來辨別出矛盾轉化了呢？用革命的實踐來檢驗。周恩來副主席出身資本家階級，他背叛了階級，參加革命；傅作義將軍是人民的死敵，他起義了，成了統一戰線中一員。溫小玲講了一通，一句話也沒涉及到趙月英。尹苦海聽懂了溫小玲的弦外之音，十分感激。尹苦海拿到了辯證法這個革命的理論武器，就去找解放書記。

解放一聽到尹苦海要和趙月英結婚，氣得暴跳如雷，用階級鬥爭的大道理狠狠地批判尹苦海反動的階級調和論，說尹苦海應該與趙來鳳那樣的好同志結為革命的伴侶，不應該翻身忘本，去愛地主分子趙月英。解放接二連三地給尹苦海扣五、六頂反動帽子，打了十幾頓革命的根子。

這一次，尹苦海表現得異常冷靜，耐住性子聽解放的訓斥，他再沒有「與君一席話，勝讀十年書」的感覺了，反而覺得解放的理論水準只那麼一點兒，那一段話像一碗冷飯一樣炒來炒去，令人流淡水，乏味，沒什麼新玩藝兒。他等解放發了頓牢騷後，就胸有成竹地說起革命辯證法的矛盾轉化論和實踐論，用這些革命理論與他和趙月英結婚的革命實踐相結合，證明趙月英已轉化為人民內部矛盾，從敵對階級陣營走進了革命陣營，證明他倆的結婚是為了革命，是革命的需要，是革命的行動，是合乎辯證法的。他最後向解放表示了一個革命的決心：「砍頭不要緊，只要主義真。我和趙月英的結婚不是個人問題，而是關係到堅不堅持革命的真理，搞不搞馬列主義的大問題。如果在區、縣兩級說不清楚這個革命的真理，就到省黨委去說，到黨中央去說，找毛主席說。」

解放聽了尹苦海的話後，大吃一驚，沒想到「士別三日，當刮目相看」。尹苦海居然還讀通了毛主席的《矛盾論》和《實踐論》，在革命理論水準上高出自己一籌。同時，解放看到尹苦海為了和趙月英結婚，豁出命來了，有「下定決心，不怕犧牲，排除萬難，去爭取勝利」的決心和勇氣。解放已找不到駁斥尹苦海的理論，找不到處分尹苦海的理由去阻擋尹苦海和趙月英結婚。如果上報到市委，孰是孰非，還沒把握。解放想到，尹苦海畢竟是自己親手培養出來的第一批黨員、革命主職幹部，如果處分他，不僅毀了他，而且也給自己臉上抹黑，影響自己的前程。那就不如成全他，對自己，對尹苦海，對革命，三方面都有好處。

解放暗忖了好一會，就叫尹苦海暫且回家，等待黨委決定。尹苦海回家了，等待著，作了最壞打算。

尹苦海等到第五天，紅石區黨委書記兼區長何建國找尹苦海談話。尹苦海對曾當過剿匪分隊隊長的何建國有些畏懼。何建國不識字，不通理，野蠻，殺人不眨眼。尹苦海知道凶多吉少，決心拼死一戰。

尹苦海到了何建國辦公室，見到溫小玲向他微笑，心裡一塊石頭落地了。溫小玲熱情地和尹苦海握手，宣讀了縣委一項決議文件：「批準何建國、尹苦海同志的婚事。」原來何建國也和一個惡霸的三姨太搞上了，向縣委申請結婚。

溫小玲叫尹苦海補寫了一個〈申請報告書〉。

溫小玲最後笑說：「兩位領導同志都為革命操勞了，這次又為革命隊伍爭取了兩位革命同志，為革命再次立新功。」溫小玲又傳達了解放書記的口頭指示：「婚事從簡。」

尹苦海聽後十分高興，對黨組織的無微不至的關懷表示感謝，並表示他要把一生交給黨安排。尹苦海興致勃勃地回到了尹東莊，叫小毛把房子收拾一番，也沒添什麼新傢俱，一切從簡。他帶著小毛和柯和仁到雪洲平原把趙月英一家接回來，又和趙月英一起到區裡去領了結婚證，辦了兩桌喜酒，接村、鄉主職幹部和族中長老吃了，了了婚事。

趙月英回到了自己熟悉的環境和人群中。她第一件要辦的事是把文瓊、墨客送進學校，第二件要辦的事是為小毛張羅婚事。在趙月英結婚後的第十天，趙來鳳來大吵大鬧。趙月英躲到了表嫂李寡婦家，任憑趙來鳳放潑辱罵。趙來鳳罵了一天一夜才走。

對於趙來鳳的吵鬧，趙月英不在乎，她在乎兩件事：一是嬸娘配嫡侄，亂了人倫，怕做不起人來。後來，她發現村裡人都同情地，像往日一樣尊重她，心裡就擱下了這一件。二是尹安定陰影不散。那房間是她和尹安定睡了十二年的地方，她總感到尹安定的影子在跟著她，責怪她。直到她為尹苦海生了兩男一女，才消除這個心理障礙。

尹苦海和趙月英結婚，並未損失一根毛髮，他認為這是得力於辯證法。

「那辯證法確實是個好理論。」尹苦海心想。他打算好好學習辯證法理論。他去買了一本恩格斯的《自然辯證法》和毛澤東的《矛盾論》、《實踐論》，學習起來。他先讀《自然辯證法》，感到晦澀難懂，玄而又玄，東扯西拉，混亂一團。當然，尹苦海不敢懷疑恩格斯這位偉大導師有錯，只敢檢討自己知識少，智力低，讀不懂。他就轉而去讀《矛盾論》、實踐論》，這就合口味了。他瞭解到，唯物辯證法是宇宙大法，是共產黨的政治大法，宇宙是為共產黨而存在的，共產黨能創造宇宙。「這唯物辯證法真厲害，告訴我們，人類歷史是為了演變給共產黨掌權而服務，共產黨人與宇宙一致，同存千古！」尹苦海心中讚歎。

尹苦海以為自己掌握了唯物辯證法，有點飄飄然了。他開口唯物辯證法，閉口矛盾傳化論。他學習和活用唯物辯證法得到了縣委、市委的通報表揚，市專科學校還請他去作唯物辯證法講座，教授們還向他點頭致敬。

可是後來，尹苦海對唯物辯證法發生了根本相反的看法。這是因為他遇上了兩個談辯證法的高手：一個叫李信群，活學活用辯證法，用自己的辯證法打敗了尹苦海的辯證法，使尹苦海成為右傾機會主義分子；另一個叫柯和貴，反對辯證法，說辯證法是政治法、權力法。

現在書歸正傳。

柯和貴有詩詞稱讚尹苦海和趙月英的愛情：

金落索

千年等一回，偶爾留春眠，睡在花園，偷（了）半響歡。風刀雨彈（裏），髗骨（更）鮮妍。（我這裏）幾春秋水淹火煎，意淫睡情誰看？（她那邊）腸斷白蘋孤雁怨：（是前世）並蒂蓮。階級人倫怎（得）擋住、萬世劫（的）天倫姻緣？（沒料到）爭論辯證法，有情人（終）結祥鴛。

又，集錦詩云：

偶爾籠定百花魁（湯顯祖），從此時時春夢裡（白居易）。
誰料風波平地起（高　鶚），眼前恩愛隔崔嵬（笑笑生）。
致汝無辜由俺罪（韓　愈），恐失佳期後命催（杜　甫）。
病草萋萋遇暖風（笑笑生），分明為報精靈輩（僧貫休）。

卻說尹苦海和趙月英結婚了。家有賢內助，有熱水熱飯，尹苦海就一心一意去為黨的事業奔忙去了。

在這年夏天，尹苦海在縣裡開會看了電影《白毛女》，認為教育意義大，就請電影院派人到南柯村來放一場。尹若海在南柯村安排好放電影《白毛女》後，回到鄉公所學《矛盾論》。

夜深了，鄉公所大門外有人叫喊，好像發生了重大事件。

欲知發生了什麼大事件，且聽下回分解。

第五回 滅親情

卻說尹苦海聽到大門外有人叫喊，放下手中的書，走去開了大門。他一看，傻了眼。南柯村黨支書柯鐵牛和民兵連長柯國慶帶著兩個民兵，押著副連長瞿習遠。尹苦海讓來人進了自己的辦公室。瞿習遠一下子雙膝跪在尹苦海面前。尹苦海叫瞿習遠坐著說話。瞿習遠和柯國慶就講述了事情經過和原由。

瞿習遠是南柯村瞿家獨屋人。這瞿家獨屋是新遷來的姓氏，只有五代人，四戶人家。在這四戶中，瞿學道聰明能幹些，有些屋宇。後來瞿學道的弟弟瞿學德去世了，弟媳吳氏丟下三歲的兒子瞿習遠跟隨著一個小販子私奔了。瞿學道收養了侄兒瞿習遠。因為瞿學道只有兩個女兒，沒有兒子，就在族譜上過繼瞿習遠的一半，瞿習遠就兼祧兩戶的香火。瞿習遠八歲上學，可是天性頑皮，不肯讀書，跟隨著柯鐵牛、柯太仁遊蕩，有時幫尹苦海牽牛。這就難免要受到瞿學道夫婦的管束，甚至打罵。瞿習遠就經常去找親娘吳氏哭訴伯父伯母的虐待。吳氏並不收養兒子，卻挑唆說她是被瞿習遠伯母趙氏趕出門的，教唆瞿習遠反抗伯父、伯母的教育。瞿習遠就仇恨伯父、伯母。到了十八歲，瞿習遠就與伯父打架，臭罵伯母。瞿學道和趙氏管不了瞿習遠了，就接了瞿家獨屋所有的人和南柯村柯啟文、尹東莊尹安定等人作證，和瞿習遠分家，把家產、田產分了一半給瞿習遠。瞿習遠獨立生活了兩年多，把田產都賣光了，這時也就解放了。瞿習遠參加了革命，成了南柯村第一批黨員，當了副連長。瞿習遠學著尹苦海、柯鐵牛把伯父、伯母劃成地主，並哀求李得紅把瞿學道當作不法地主分子關進了牢裡。可是瞿習遠幹了三年革命，還只是民兵副連長，職務在人稱蠢豬的柯國慶之下。瞿習遠心裡不服，知道這是宗族勢力在作怪。他找尹苦海、李得紅論理。李得紅說他表現不突出，要立大功才能提拔。瞿習遠整日納悶，思考著如何幹出一件轟動大事來，為革命立大功，跳出柯鐵牛的南柯村勢力範圍。

「老子不超過柯鐵牛，誓不為人！」瞿習遠暗中發誓。

瞿習遠幹轟動大事件的機會終於來了。

尹苦海安排《白毛女》電影在南柯村大堂前放映，囑咐柯鐵牛、柯國慶、瞿習遠帶民兵維護好秩序。瞿習遠守第二重東側門。

電影這玩藝兒在南柯村除了尹苦海、柯和義、邱遠乾等少數人看了，其他人都感到神秘好奇。大家坐在大堂前裡，屏住氣息，盯著掛在戲臺上的那塊白布。放映機嗞嗞地響，光柱投射到大白布上，白布上出現了人、山、水、房屋、家禽，像真的一樣。人們驚愕了，小聲議論：

「這是神仙下凡了。」

「是孫悟空在變法吧。」

「是妖精在作怪。」

……

那白布上的人有時從白布往外走，好像要走到觀眾中來，有的婦女被嚇得驚叫。過了十幾分鐘，場地上安靜了，人們被白布裡的人物故事吸引住了。楊白勞按手印賣女兒，喝毒水；喜兒哭叫，被黃世仁搶走，遭地主婆毒打，逃到深山，變成白毛女；大春參加解放軍，解放家鄉，救出喜兒，鬥爭地主，槍斃黃世仁。

李氏、柯和貴、柯和義坐在一起。

李氏說：「那黃世仁富了就作惡，應該有惡報呀。」

「這是演戲。如果把尹安定寫成黃世仁，會寫得比黃世仁還壞。」柯和義說。

「書上說的不真麼？」柯和貴問。

「不是真的。」柯和義說，「寫書的人跟著贏家跑，誰贏了就寫誰好，寫輸的壞，端一邊碗吃飯。」

這時，第二重東側門傳來了瞿習遠的高叫聲：「入他娘的十八代！黃世仁、地主婆！」接著瞿習遠又乾嚎起來：「喜兒呀，可憐呀……」又接著，瞿習遠拍手讚頌：「大春是英雄，槍斃狗入的地主、地主婆！」

瞿習遠這瘋狂的舉動，驚得會場人都扭頭看他。瞿習遠感到自己贏得了眾人的欣賞，高興了，晃腦扭頸，在眾目睽睽之下背槍跑了。

在散場時，從瞿家獨屋傳來了兩聲槍響，人們被嚇得在黑夜中亂跑。柯鐵牛、柯國慶帶民兵向瞿家獨屋衝去。柯鐵牛命令民兵包圍了瞿家獨屋。他在估計到沒有危險時，衝進地主婆趙氏屋裡。柯鐵牛看到趙氏倒在血泊中，瞿習遠雙手端著槍，槍口正在冒煙。

原來，瞿習遠背著槍跑回家，一腳踢開伯母趙氏房門。地主婆趙氏沒有權利看電影，坐在一盞菜油燈下給瞿習遠納鞋底。趙氏看見瞿習遠進屋來，就強打笑臉說：「習遠，你……」

趙氏一語未了，瞿習遠就舉槍向趙氏胸口打了一槍。趙氏應聲倒下，在地上翻滾。瞿習遠又用槍口頂著趙氏太陽穴開了一槍。趙氏不動彈了。瞿習遠打死了趙氏，站著抽煙，考慮著找尹苦海報功。

柯鐵牛等人衝進屋了。瞿習遠又當眾表功，就用槍托打趙氏屍體。

「繳了他的槍，綁起來！」柯鐵年命令柯國慶。

柯國慶在幾個民兵幫助下，繳了瞿習遠的槍，綁了瞿習遠。

「我學大春槍斃地主婆，你們綁我，那是為什麼？」瞿習殺豬般地大叫。

「入你娘的，私自槍斃人，犯了王法。」柯鐵牛說，「押到尹書記那裡去！」

柯鐵牛、柯國慶帶著民兵們，押著瞿習遠來到鄉公所。

尹苦海聽了講述，火冒三丈，狠狠地扇了瞿習遠幾個耳光，訓斥說：「你父親死了，你那騷娘丟下三歲的你不管，跟野漢子跑了。你這條狗命全是你伯父、伯母救下的，養大的。你把伯父送進牢裡去了還不甘心，還親手槍斃你伯母。你有良心嗎？連狗也不如！」

瞿習遠聽著，口裡不作反抗，心裡在罵：「老子沒良心，你有良心嗎？槍斃叔父，霸佔嬸娘。現在高高在上，還向老子講起仁義道德！老子入你娘的十八代！」

「現在好了，革命革了你這條狗命了！」尹苦海繼續訓斥，「這槍斃人是件大事，要村黨支部組織材料，上報鄉黨委審查核實，報到區黨委批准，由區長打紅勾，開大會執行。你狗膽包天，私自槍斃人，違反黨紀國法。殺人償命，你小子命不保了。」

瞿習遠聽了這話，被嚇了一跳。他知道尹苦海在說真話。他本想幹大事、立大功、受獎升官，沒想到要把自己生命賠了。瞿習遠渾身哆嗦起來，噗通一聲跪在尹苦海面前，哀求道：

「尹大哥，我是街吃（注：階級）仇恨來了，一時憤怒殺了地主婆，沒想到犯了王法。你要念昔日感情，保我一條狗命，我願為你當牛作馬！」

「入你娘的！臨死了還說謊。什麼階級仇恨，你是急功利，想幹轟動大事，立功升官。今日的事是人命大事，我可沒權處理，要到何區長那裡去作裁決。」尹苦海嚴肅地說。

瞿習遠聽見到何區長那裡去作裁決，被嚇得魂不附體了。他知道，何區長就是剿匪分隊隊長，山東梁山縣人，身軀彪悍，性格兇狠，以殺人為樂。瞿習遠曾跟著他去九頂峰剿匪，沒找著土匪。山蕩裡有個盛家莊，何隊長硬說是匪窩，把盛家莊九戶人家三十八口人全殺了，燒毀了盛家莊，到縣剿匪大隊獻功。瞿習遠感到死亡的恐懼。有什麼比生命更可貴的呢？死了就什麼也沒了，什麼雞巴毛的立功受獎、升官發財全完了。他回想起疼愛自己的伯父、伯母，內心產生了負罪感。他後悔自己鬼迷心竅，去革什麼命，結果革了他全家人的命，絕了瞿家的香火。他的怨恨反過來了：「在槍斃老子的時候，老子要大喊：革命幹部是魔鬼，是妖精，迷人心，教人不學好。」但是他又想到槍斃前喉管被細鐵絲紮斷了，喊不出話了。他就動手紮過鄒宗英喉管。瞿習遠越想越傷心，癱在地上啼哭。

「習遠，昔日我倆玩得好，今日你也是革命人，我會盡力保你的。我陪你去見何區長。」尹苦海看著可憐的瞿習遠，心中發軟，說。柯鐵牛，柯國慶又給瞿習遠加捆了一根麻繩，押著向紅石區走去。

瞿習遠半死不活地拖著沉重的步子跟著走。夜，黑漆漆的；山，是奇形怪狀的妖魔；樹，是披頭散髮的鬼怪，一切令人可怕，一切都在嘶咬瞿習遠的心。瞿習遠不知道走了多遠的路，來到一個紅漆大門。尹苦海叫了好幾聲，大門開了。瞿習遠兩腳軟綿綿的，靠著柯國慶的肩膀挪步，走進何區長辦公室。

辦公室裡點著一盞玻璃罩臺燈，何區長坐在木條高椅上。他一身戎裝，桌上放著手盒子，手指夾著冒紅的紙煙，滿臉殺氣，環眼圓睜，銳利的目光刺在瞿習遠臉上。瞿習遠匍匐在何區長腳下哭泣，不敢說話，聽著柯鐵牛講述，等待槍斃。「你他媽的，這傢伙夠槍斃了。你寫個報告來，我打個紅勾就行了。這晚了，把他帶來幹什麼？」何區長在與尹苦海說話。

尹苦海就作了彙報，最後說：「這小子苦大仇深，是南柯村第一批共產黨員，你就從輕處理吧。」

「嗯。」何區長鼻孔裡發出聲音，向瞿習遠怒吼：「你他媽的，抬起頭來。」

瞿習遠抬起頭。

「你他媽的，為什麼要槍斃你伯母？」

瞿習遠聽到尹苦海為自己辯解的話，感到有生的希望了，就用說順了口的革命詞語講起來：「我伯母是地主婆，她害死我父親，趕走我母親，奪我家田地，強迫我為她幹苦活。我恨死那個地主婆。看了《白毛女》，我更恨、更起火了，就學大春，去槍斃了地主婆。」

「你他媽的，你這小鬼，懂得黨紀國法嗎？」何區長問。何區長只大瞿習遠三歲，稱呼瞿習遠為「小鬼」，表現他是首長，表現喜愛瞿習遠。

瞿習遠搖了搖頭。

「你他媽的，老子講給你聽。」何區長諄諄教導起來，「我以前給他媽的地主放馬，看見他馬多，就偷了一匹賣了。你他媽的那狗地主要我家賠。我父親就求地主，說沒錢賠，讓老子給地主白放一年馬。你他媽的，要老子白幹一年，老子就要他的命，就把地主給宰了，跑去投靠人民解放軍。那時，我們黨沒有政權，殺死地主是革命行動，得到領導表揚，就像在戰場上打仗，打死人不犯法。現

在，我們建立了政權，就有黨紀國法了，槍斃人要黨組織批準。你他媽的小鬼，私自槍斃人，就犯了黨紀國法。不過，你殺的是地主婆，階級立場沒錯。你這小鬼參加革命時間不長，我就原諒你一次，讓你有改正錯誤的機會。」

瞿習遠聽了這段話，知道得救了，就高興得痛哭起來，連連磕響頭，不斷地說：「何區長，你是我的老爹，再生父親，我感謝你不殺之恩，願為你當牛作馬。」

「哈哈哈，入他媽的，磕什麼頭呀！站起來！」何區長一陣歡心，說。他指著柯鐵牛命令道：「你他媽的，把他的繩子鬆下來。」

柯鐵牛乖乖地給瞿習遠解開繩子。瞿習遠站著。

「坐下呀。」何區長態度和藹了，說。

「我站慣了，坐著不舒服。」瞿習遠像個小孩子一樣，用手背擦眼淚，乖乖地站著。

「你這小鬼，他媽的，立場堅定，鬥爭性強，好青年，好民兵。我看中了你。公安局要我派個革命青年去訓練半年，再到區裡當公安特派員，我還在考慮派誰去。現在，你他媽的，就派你去。你明天就到區裡開證明去縣公安局報到。」何區長正是猩猩惜猩猩，一眼看中了瞿習遠這塊革命的料子。

「我一切交給黨安排，忠於何區長，服從何區長。」瞿習遠一聽，驚喜得渾身哆嗦，連忙發誓，向何區長立正行軍禮。

「哈哈哈，你他媽的軍禮行得不標準，到公安局去好好訓練。」何區長高興了。

瞿習遠終於因禍得福了，實現了自己跳出南柯村、超出柯鐵牛的願望。他巴不得喊何區長幾聲「爹」，恨不得還尹苦海幾個耳光，給柯鐵牛、柯國慶幾腳尖。

「你他媽的，下半夜了，你們都回去睡覺吧。」何區長看了看懷錶，打了個呵欠，走了。

尹苦海、瞿習遠、柯鐵牛和幾個民兵出了區公所，摸黑回家了。

尹苦海回到家裏，趙月英忙去燒熱水，服侍尹苦海洗腳。

「今天怎麼回得這樣晚呢？」趙月英問。

尹苦海就把瞿習遠的事說了。

「自古道：殺人償命。那無賴殺人還升了官，我姑媽不就白死了麼？地主的命就不是命，無賴的命才是命。」趙月英一聽氣憤了，轉而又悲痛起來了。原來被瞿習遠打死的趙氏和趙月英同宗，長趙月英一輩，兩人稱姑道侄，來往密切。

「我跟你說，現在只興講階級鬥爭的大道理，舊道理沒用了。」尹苦海說。

「我不懂什麼階級鬥爭，我只知道天理不會變，人性不會改。」趙月英倔強起來了。她又埋怨尹苦海說：「你去為瞿習遠這種無賴、惡棍講人情，脫罪責，我看你連你老婆的命也保不住。我也是地主婆呀，那些無賴、惡棍隨時能槍斃我去立功升官呀。」趙月英賭氣說的話，觸得尹苦海的心一驚，直視著趙月英。

他沉吟了一下，說：「月英，你的話提醒了我。你的地主分子的帽子不摘掉，我們就不得安寧。明天，我就去找何區長，摘了他老婆和你的帽子，讓你入黨，到鄉裡去當婦聯主任。鄉裡的婦聯主任要上調，缺著哩。」

「摘帽子可以。我不懂什麼黨，不入。」趙月英說。

「我也不懂得什麼是黨，我只知道跟著共產黨走就有好日子過。」尹苦海說。

「你跟著黨走，自己過了好日子，卻幹了那麼多傷天害理的事。我不入，我要在祖宗和菩薩面前為你燒香求神、開脫罪過。」趙月英說。

「你盡說反革命的話。」尹苦海發火了。他又深情地說：「你這些話不能再說了，更不能對外人說。說得不好，我會和叔父一樣被槍斃的。」

「嗚——」趙月英哭泣起來了。她想起尹安定的慘景，就哭；她看到眼前尹苦海說也要遭槍斃，就哭。

「聽我安排，不會有禍的。」尹苦海安慰著說。

「嗯，嗯。」趙月英像小孩子一樣點點頭。

夫妻上床睡了。

卻說瞿習遠第二天上午背了包袱，到區裡開了證明，拿了錢糧，到縣公安局參加訓練。他在縣公安局的名字改叫「瞿思危」。這是他請尹苦海給取的官名，意思是「居安思危」。

瞿思危參加了半年人民警察訓練後，回到紅石區，被任命為「永安縣公安局紅石區特派員」。特派員是正式國家幹部編制，有固定工資、糧油供應，有住房。瞿思危的住房，左邊是何區長，右邊是刑審室。他又要了一間偏房當牢房。

瞿思危開始工作了。他接手的第一個案子是「蘆葦蕩殺人劫財案」。這是個大案，縣公安局派偵察員李成才等相繼查過，沒有線索。

「你他媽的，在十天內給老子破案，為區委爭光，為你自己建立功勳。」何區長指示瞿思危說。

「何區長，我會提前完成黨交給的任務，報答何區長提拔之恩。」瞿思危表態說。

瞿思危認為自己學得了一肚皮子破案知識，練出了好武功，正要大顯身手，一舉成名。他叫來了曾協助李成才查案的區通訊員吳平山，瞭解了案情大概。

案子發生在南湖鄉蘆葦村南湖大壩西頭的蘆葦蕩裡，被殺的是從南河來的布販子，中年男子，一擔棉布被劫走了。現場留有一把一尺多長的剁菱角的白刀。在南湖，以搞菱角為生的揚州農民有十一戶，被抓了五個人，放了三個，還有兩個被關在區牢房裏。瞿思危重新提審那兩個人。有個叫徐老大的，承認白刀是他家的，在殺人的頭一天不見了，不承認自己殺人劫財。

瞿思危回到房裡溫習起訓練班所學的知識來。他學的主要課程是階級鬥爭、無產階級專政和辯證法，也學一些簡單的偵破知識。根據他所學的知識和基本案情來判斷推理，摘菱角的揚州農民都是窮苦人，是人民，熱愛黨，擁護人民政府，不會去殺人劫財，製造社會混亂。只有階級敵人才對黨和人民政府不滿，唯恐天下不亂，破壞社會秩序。這樣，瞿思危把犯罪分子放在蘆葦村階級敵人身上。蘆葦村共有九個小村莊，雜姓，地廣人稀。全村惡霸兩戶，匪徒一戶，不法地主一戶，這六戶的成員都被槍斃和驅趕了，沒有作案的可能。還有兩戶地主，五個男子，兩老三少，老的六十多歲，小的十二、三歲，也不可能作案。有十三戶富農，十八個青年男子。對於富農，在土改開始時是「不動富農」的政策，到現在富農就成了階級敵人了。瞿思危理所當然地把犯罪可疑人就重點放在這十三戶富農家的十八個青壯年男子身上。瞿思危又考慮到，這個殺人劫財案幹得很利索，很隱秘，其中必有一個搖鵝毛扇子的軍師。在蘆葦村卻沒有一個讀書人，只有從南柯村請去教書的私塾先生柯和義。柯和義和瞿思危同是尹安定私塾裡的同學，讀書聰明，又去國民黨的縣中學讀過書，家庭成份富裕中農，與富農階級很緊密，可見柯和義思想反動。瞿思危就把柯和義當作那個搖鵝毛扇子的犯罪可疑人。瞿

思危對殺人劫財案進行了一番階級分析和推理後，頭腦裡就形成了一幅殺人劫財案的圖像。瞿思危為自己的分析正確得意地微笑了。他又作出偵破計畫，決定先一個人深入到虎穴裡去和敵人作一場鬥智鬥勇。

這是一個深冬的早晨，剛升起的太陽雖然血紅，光芒卻是冷冷的；凝重的乳白色晨霧罩在山頭上，瀰漫在田畈裡；稻草茬密刺刺的，掛著霜凌；一條條、一塊塊的凌冰閃著寒光；路上灰塵雖厚，卻被晨霧凍住，硬硬的，脆脆的；楓樹，烏臼樹，枝條光禿禿，伸向天空；樟樹、松樹青綠而慘澹；有烏鴉的叫聲，有烏兒的撲騰聲。

瞿思危昂首闊步，路面上發出有節奏的轟隆聲。

瞿思危，個子不高，卻身材墩柱，四肢粗壯，方臉，白胖，高顴骨，鷹眼珠；一身公安服裝，右腰插著手盒子，左腰懸著手銬子，上衣口袋掛著鋼筆（那時掛鋼筆是高貴的）；口裡哼著「雄糾糾，氣昂昂，跨過鴨綠江……」的歌。瞿思危感到十分自豪：他掌控了比他低下的人的福禍生死大權；只要他咳一聲，那些平頭百姓就會發抖；只要他一抬手，那些階級敵人就會下跪磕頭。他神氣十足，連骨頭縫裡也是癢癢的。他的學識、智慧、權力、體力已經積蓄到急需一次大爆發的時刻。一路上，他碰到不少熟人。那些原來不正眼看他的人，現在碰著他都縮到路旁給他讓路，低三下四地與他打招呼。他有時懶得與那些賤骨頭答應，有時鼻子裡「嗯」一聲，只管徑直走他的路。

有位哲人告誡人們：「絕莫與窮途末路的人打交道。」在這裡，我也要告誡人們：「絕莫與得志輕狂的無知者打交道。」不信麼？你去碰碰此時的瞿思危試一試，不要你遭殃那才怪哩。

瞿思危走了二十多里路，來到南湖大壩內側揚州人的菱角棚。這裏的揚州人都和他很熟悉，因為昔日的瞿習遠和柯鐵牛、柯國慶經常到棚裏拿吃拿喝。瞿思危今非昔比了，是來給這些外來人、可憐蟲降禍降福、降生降死的。棚裡人都驚恐地好奇地望著他。有不識相的習慣地叫他瞿習遠，他把眼一橫，右手去摸手盒子，嚇得那人倒退。有見過世面的就連忙笑臉相迎，稱呼「瞿特派」，他才「哼」了一聲。他在一家棚裡坐下，把棚裡所有的成年男女喊來審問，作筆錄。人們小心翼翼地回答他的問話。瞿思危在一家吃了一餐菱角米飯和一條魚，才走。瞿思危沿著南湖大壩向西走。他走到壩西頭，看見汪金界在放牛。

汪金界是一個勤勞儉樸的老實青年農民，雖然身強力壯，卻膽小怕事。他一直害怕柯鐵牛、柯太仁、瞿習遠等人，經常被迫給他們供錢糧。複查時，汪金界被劃為富農。今日的汪金界，二十五、六歲，身穿長棉襖，那棉襖的藍色已褪了，成了灰白色，夾有一些紫色的斑塊；頭戴黑色棉紗福神帽子，帽子拉罩在臉上，只露出眼睛、鼻孔、嘴巴，足蹬自製的木屐；牽著一頭大水牯，大水牯肚子兩邊吃得脹鼓了。汪金界牽著牛往回家走，正碰著瞿思危從背後趕來。汪金界見到瞿思危這副威武的官樣子，比原來更害怕了。他連忙退到路邊，給瞿思危讓路。

「瞿同志，你到哪裡去呀？」汪金界顫抖著身子，小聲地的招呼。

這汪金界是早晨起早了，碰上了大頭鬼。他只因這一碰一招呼，就招來了殺身之禍。如果他今天碰不上瞿思危，那殺身之禍就落到了別的富農分子身上了。

「哪個是你的同志?富農分子。他媽的，你放老實一點。」瞿思危吼道。他又說：「老子是專門來找你問案子的。老子問，你答，不准說假話。」

「是，是，是。」汪金界戰戰競競，連聲說「是」。

「你他媽的！你把那鬼臉殼拉起來。」瞿思危喝道。瞿思危的「入他娘的十八代」變成了官家的「你他媽的」了。

「好。」汪金界拉起蒙臉福神帽沿，捲到額頭上。

瞿思危掏出了筆記本和鋼筆，擺著公安人員的架子，打著官腔說：「這裡發生了殺人打劫案，你知道嗎？」

「知道。」

「在哪裡？」

「在大壩西頭蘆葦溝。」

「帶我去查一查。」

「我把牛牽回去再來，行嗎？」

「不行！」

「好。」汪金界蹲下身子，在路邊挽了一把長草，把牛繩扭纏在草上，帶著瞿思危走。

兩人走進蘆葦蕩內的小徑，來到一個拐彎處，有一條水溝，水溝上攤著一塊條石橋。這裡是蘆葦蕩腹地，顯得有些陰森。「就在這裡，屍體在蘆葦蕩裡面被發現的。李警官叫我和另外三個人抬去埋了。」汪金界在石橋站住，指著蘆葦裡說。

「好，你在這裏站著，我進去偵查一下。」瞿思危警惕性很高，怕這個階級敵人暗殺自己，不讓他一起進去。瞿思危拔出手槍，指著汪金界喝道：「你他媽的，不要動！」

瞿思危走了兩丈多遠，有一片蘆葦倒下了，顯然被人踐踏過。屍體早被抬走了，現場亂了，沒有留下什麼物件。

「你他媽的，那個沒有用的李成才把現場搞亂了。」瞿思危操著生硬的官話罵道。

瞿思危對這帶地形很熟悉，曾跟尹苦海牽牛走過這條路。這是條古老的商販路，自南到港口，過渡到吉山，到鄰省；向北到南湖大壩，到紅石區，到縣城。這條路有五、六個險處，出沒劫匪，這石橋溝就是一處。柯鐵牛曾約他到這裡來打劫，等了三天，沒等到單身商販，沒劫成。現在，瞿思危設身處地地想著，肯定了自己的破案設想：劫匪是附近的人。

瞿思危出了蘆林，汪金界乖乖地袖手坐在石橋上。

「走！」瞿思危命令道。

汪金界站起來，走在前頭，瞿思危跟著。

「啊——」瞿思危不覺暗叫起來。他驚喜地發現：汪金界的長棉襖上面有紫色斑塊。他研究起來：鮮血經水洗滌後就變成了紫色斑塊。假設汪金界用刀砍商販的後脖，血噴出來了，死者向前撲倒，行兇者俯身向背心刺一刀，血濺到行兇者身上，就染到了棉襖的前胸、兩袖、下擺處。汪金界長襖上的紫色斑塊恰恰集中出現在兩袖、胸前、下擺處。瞿思危又分析汪金界的殺人動機：汪金界平時小氣，一根麥穗、一條枯枝也要撿回家，是個愛財如命的傢伙，必然見財起心，謀財害命；汪金界八年前還是個貧苦農民，他一心想發財，苦吃苦做，建了新房，置了田地。剛發富起來，結婚生了個兒子，就被劃為富農，成了階級敵人。他對黨、對人民政府心懷不滿，想製造案件，搞亂人心，破壞安定。

「入他娘的十八代！踏破鐵鞋無覓處，得來全不費功夫。劫匪就在眼前。」瞿思危破了案，心

中一陣狂喜。他同時心裡在罵李成才：「你他媽的，李成才怎麼那樣笨呢？劫匪跟著他一整天也沒發現。」他又在想：「別看汪金界裝著忠厚相，殺起人來可凶哩。我如果抓他，他會拼死反抗。我鬥不過他，豈不是作了不必要的犧牲麼？要智取他。」瞿思危想到了一個計策。

「瞿特派，現在沒事了，我牽牛回去啦，你慢走。」兩人走上南湖壩，汪金界說。

「劫匪想溜了。」瞿思危在判斷，保持著高度的警惕性。他突然態度溫和了，麻痺敵人說：「汪金界，你跟我一起到菱角棚去一下，我要問問那些外地人，要你作證人。」

「那好說。」汪金界說。汪金界卻在夢中。

兩人來到菱角棚。揚州人都在曬太陽，看見瞿思危來了，都起身打躬作揖。

驟然間，瞿思危一個箭步躍進上前，左手抓住汪金界脖後衣領，右手用手盒頂住汪金界的背心，左腳橫掃汪金界的下部，一下子將汪金界摔倒在地。瞿思危又用右膝蓋壓住汪金界的背脊，猛的向汪金界的左太陽穴鑿了一手盒托子。那階級敵人昏了過去。瞿思危用手盒子指著兩個揚州青年，喝令他們幫著擒住汪金界，掏出手銬；反剪汪金界雙手，銬住。他又命令這兩個青年跑步去蘆葦村叫村支書帶兩個民兵來，把汪金界押回區公所。

瞿思危第一次使用從訓練班學到的擒拿術，動作迅速麻利，將萬惡的劫匪汪金界拿住了，感到很大的樂趣和滿足。事後，他幾十次向人吹噓自己的擒拿手術，說汪金界比他高大有力，兩人在蘆葦蕩裡殊死搏鬥半個多小時，他使用這擒拿術才勝了汪金界。

瞿思危興沖沖地回到區裏，向何區長作了彙報，繪聲繪色地編了一個偵查、擒敵的驚險偵探故事。何區長聽完，大加讚賞，命令瞿思危迅速審問，把敵人一網打盡。

晚上，瞿思危帶上兩個民兵，審訊劫匪汪金界。

在這時，先介紹瞿思危發明的兩種刑具。

大自然賜給人以智慧，這智慧可以造福於人類，也可以殘害人類。唐朝酷吏來俊臣發明了「請君入甕」，使受刑人難忍削剝腦袋之苦而招供罪行。現代的酷吏瞿思危當然更勝一籌。

他自小就會惡作劇，加上在公安訓練得到教化開導，智慧更高。他在訓練班時，就發明兩種刑具，得到上司表揚。

瞿思危發明的兩種刑具是：竹刷子、軟棍子。那竹刷子是瞿思危從家鄉婦女洗炊具時使用的竹刷子得到啟示，萌發靈感而製作的。他把毛竹砍成三尺長一截竹杪，叫篾匠把大頭劈成條絲，留小頭作把手。用這竹刷打人，邊打邊拉，被打的人皮開肉綻，但不傷骨頭。瞿思危把這種施刑定名為「刷洗罪行」。那軟棍子是瞿思危發揮科學幻想發明的。他把粗長的毛竹根鞭取下一截，用牛皮或狗皮裹紮住，打在人身上，皮肉完好，骨頭碎裂。瞿思危定名為「清除內毒」。這兩種刑具伴隨瞿思危三十多年，直到他後來當縣政法書記時才把發明專利傳給革命接班人。

汪金界被兩個民兵從黑牢裡押進刑審室。一盞玻璃罩煤油燈把屋裡照亮。汪金界看到一張長條木桌，桌上放著那支黑色手盒子，瞿思危穿著公安服正襟危坐，兩條兇狠的目光直射過來。右牆木釘上掛著竹刷子和軟棍了，靠牆放有老虎凳、鐵釘板，還有一擔冰水。兩個碩大的民兵站在門框兩邊。汪金界見過吊打惡霸地主的慘景，那還是在人多熟悉的地方，就感到恐懼了；今日，他來到這讓他早就聞風喪膽的區公所，並且進了這刑審室，他被嚇得篩篩戰抖，一下子跪在地上磕頭，乞求不受五刑。

瞿思危第一次破案，還是破大案，只準成功，不準失敗。

他早就想好了審訊過程。

問：「你叫什麼名字？」

答：「汪金界。」

問：「什麼地方人？」

答：「蘆葦村人。」

問：「你看到被殺的布販子嗎？」

答：「沒看到活的，只抬過死的。」

喝道：「老實交待！」

答：「……」

喝道：「想吃皮肉苦嗎？」

答：「不要打我，習遠兄，看在昔日我給你糧油的份上。」

喝道：「你他媽的，我告訴你，你是罪犯，老子是公安人員，我秉公執法，不講私情。」

答：「那是，那是。」

溫和地道：「我審你是為公事，不會害你。我問什麼，你答『是』或『不是』。答得好，我就講一點昔日感情，放你回去。答得不好，你就要吃皮肉骨頭受罪的苦。聽清楚沒有？」

答：「聽清楚了。答『是』，你就放我回去。」

問：「你看到那個被殺的布販挑著擔子走路沒有？」

答：「是。」

問：「在哪裡？」

答：「蘆葦蕩小路石橋溝。」

問：「你拿了揚州人徐老大的剁菱角的刀沒有？」

答：「是。」

問：「幹什麼用？」

答：「剁菱角吃。」

瞿思危進行了一般性問題審問後，得到了滿意答案，就讓汪金界在記錄紙上按手印。

汪金界按了手印，說：「現在我可以回家了吧？」

瞿思危板著臉吼：「不行！你他媽的問題嚴重，要審問清楚了才能回家。」

審問繼續。

問：「布販子是你一個人殺的嗎？」

答道：「先前我按你問的回答了，現在你怎麼問起我殺人來了？」

喝道：「你他媽的，你拿著菱角刀跟在布販後面到石橋溝，布販子在石橋被殺了，布被劫了。不是你殺人劫布，還有誰？」

答道：「我說我沒看見活布販子，沒拿徐老大的菱角刀，你就不放我，要我受五刑。你說只要我答『是』就好，就放我。你原來是哄我答『是』，再來栽贓我殺人呀。」

喝道：「你他媽的，老實招供！那布販子是你一個人殺的？還是夥同別人一起殺的？」

答道：「我平生連殺雞也不敢，怎麼會去殺人呢？你冤枉好人。」

說道：「人民公安，從不冤枉好人，也不放走一個敵人，剛才你說的話，記錄在案，按了手印。」

答道：「我不識字，你記的，哄我說的。」

說道：「我告訴你，坦白從寬，抗拒從嚴。只要你坦白，我會從寬處理你。」

答道：「我再不聽你哄了。」

喝道：「你他媽的，要抗拒從嚴了麼？我掌握了你的殺人物證。你的長棉襖上紫色斑塊是從哪裡來的？」

答：「這……這是褪色形成的。」

說道：「藍色褪了是灰白色，不是紫紅色。你的紫色斑是殺人濺了鮮血，鮮血經過刷洗才出現的，你他媽的，服了吧？快說，你是一個人殺人，還是夥同別人一起殺人？」

答：「我說不出這紫色斑塊是如何來的，我只憑良心天理，我沒殺人。天理呀！我冤枉呀！」

怒喝：「給這傢伙刷洗罪行！」

那兩個站在門邊的民兵的手腳早已發癢，渴望著打人過癮。他們聽到瞿特派的命令，一齊衝向汪金界，把汪金界的衣服剝光，捆結實，吊起，輪流揮動竹刷子，打起來。汪金界像殺豬似的嚎叫。一會兒，汪金界皮開肉綻，鮮血像屋簷滴水似的，嗒嗒地滴下，地上一片殷紅。

瞿思危反背著雙手，來回踱步，欣賞著美妙的呻吟聲。他走前近汪金界，用手掌拍了拍汪金界血肉模糊的軀體，像野狼用長舌甜絲絲地舔著被撕去皮毛的野兔子血紅嫩肉一樣，用血腥的手掌托起汪金界的下巴，觀賞汪金界抽搐痛苦的面孔。他厲聲問道：「那紫紅色斑塊是不是血跡？」

汪金界聽到那懾心的問話，心想：「反正死定了，不受這活罪了。」他就哼著說：「喲，是，哎，是血跡。」

「布販子是不是你殺的？」瞿思危連忙追問。

「哼，是，呵，是我殺的。」

瞿思危趕緊去作了記錄，拿著記錄讓汪金界按血手印。

「你的同夥有哪幾個人？」瞿思危又厲聲問。

「同夥？」汪金界心裡一驚，想，「我本是受冤枉的，怎能冤枉別人一起去死呢？」他想好了，就說：「沒有同夥，我一個人殺的。」

「你他媽的，你這傻瓜，一個人能幹得了那大的案子嗎？」瞿思危罵著，打了汪金界兩巴掌，咬牙切齒地說，「蠢豬，殺人要幫手，劫了布要轉移，要變賣，沒同夥，這案子能成立麼？」

「我不能冤枉別人。」汪金界反抗了。

「入你娘的十八代！你臨死還講仁義哩！給這傢伙清除內毒！」瞿思危喝道。

兩個民兵丟下竹刷子，掄起軟棍子，抽打起來。

汪金界感到骨頭在響，劇痛，昏過去了。瞿思危就用瓢舀冰水潑，汪金界仍不出聲。瞿思危擔心汪金界死了，破不了案，就命令用火盆燒炭。房子有了暖氣，汪金界蘇醒了。

「你和哪幾人玩得好？」瞿思危趕緊托起汪金界的下巴，厲聲問。

「汪玉界，汪世發，汪世財，汪陰陽。」汪金界含糊不清地說。

「也和柯和義玩得好，是不是？」瞿思危要達到自己推理的目的，就點名字問。

「是。」

瞿思危又急忙去作筆錄，讓汪金界按手印。瞿思危達到了目的，叫民兵把汪金界放下來，穿上衣服，灌一碗溫水，送到黑牢裡去，看管好，不能讓汪金界自殺。

瞿思危連夜帶十幾個民兵趕到蘆葦蕩，抓了汪玉界、汪世發、汪世財、汪陰陽、柯和義和汪金界母親。

瞿思危先審汪金界的母親，問那長棉襖上的紫色斑塊是不是血跡。汪金界母親說那不是血跡，是屋漏水滴在棉襖上，晾乾了就成了紫色斑塊，洗不掉。瞿思危聽了，心裡明白了這個道理，也見過、聽說過屋漏水滴濕後成了紫色斑塊的衣物。但是，瞿思危絕不能承認汪金界母親所說的道理是正確的，事情到了大功造成的最後一步，他怎能為了保全別人的生命而使自己前功盡棄、功名無成呢？為了自己的功名，死了別人算個雞巴毛！「一將功成萬骨堆」。瞿思危命令給汪金界母親上刑。汪金界母親死不承認那紫色斑塊是血跡。瞿思危就讓汪金界母子見面。汪金界母子一見面，見對方被打得不成人形，哭泣了起來。汪金界哭泣著說：「娘呀，你承不承認，兒子都是一個死。你就承認了吧，讓兒子早點死，免受活罪，你也不受五刑了。」汪金界母親見兒子這樣說，就承認那紫色斑塊是血跡，還按照瞿思危的提示，說了殺人的時間、地點。

瞿思危又審其他人員，在酷刑下，汪玉界，汪世發，汪世財，汪陰陽都按瞿思危的要求一一招供。只有搖鵝毛扇的柯和義寧死不屈。

柯和義大罵瞿思危說：「你這豬狗不如的傢伙，也來審案，真是豺狼當道了。老子寧可死於刑，決不死於法。我不會成全你的。你得志於一時，將來也沒得好死。」

瞿思危氣得一跳八尺五，親手給柯和義上刑。正在瞿思危把柯和義往死裡打的時候，有個公安人員進了刑審室，瞿思危才罷手。進來的是李成才，他受縣公安局預審處長派選，來協助偵破「蘆葦蕩殺人劫財案」。李成才是柯和義中學時的同學，見了那情景，心裡清楚，瞿思危在對犯人屈打成招。但當時對犯罪人施用酷刑是普遍現象，他也不敢公開制止，只是向瞿思危瞭解案情。瞿思危說自己已經破案了，用不著協助。李成才瞭解了案情，要走時說：「柯和義是讀書人，經不住打。你是正式警員，如果在辦案中打死了人，要負法律責任，受到處分。」李成才這兩句話，救了柯和義性命。

柯和義一個人不招供，影響不了全案偵破，只落了個「抗拒從嚴」處理。

瞿思危把破案材料讓何區長簽了字，了結了案子。汪金界，汪玉界被判死刑，柯和義被判了十八年徒刑，其餘罪犯分別被判無期徒刑、十五年徒刑，十年徒刑。徐老大三人被釋放。

瞿思危破案迅速徹底，沒有辜負何區長的期望，為黨爭了光，立了大功，受了大獎，獲得了「模範警官」、「五一勞動模範」的光榮稱號。縣廣播站，市省報紙大肆宣傳隊瞿思危的模範事蹟，被新聞界吹捧為中國的福爾摩斯、「神探」。「瞿神探」的名聲大震。

瞿思危功成名就，縣公安局準備提升他為預審股股長，但沒提拔成功，因為瞿思危居功自恃，得意忘形，竟然不把何區長放在眼裡，在性欲大發時，與何區長年輕漂亮的老婆私通起來。這事立即被人密告給何區長。何區長龍顏大怒，像一頭發瘋的獅子，要槍斃瞿思危。兩人在區委大院持槍對峙。

「你他媽的，老子看錯了人。你這該死的畜牲，我要親自斃了你。」何區長叫喊。

「你他媽的，你也是畜牲。你敢私自槍斃人，就是違法亂紀，老子就開槍還擊。」瞿思危不讓步。

「砰——」何區長真的開槍了。嚇得在場勸架的和圍觀的人逃之一空。何區長由於心急煩躁，沒打中那瞿畜牲。

「砰——」瞿思危還擊了。瞿思危由於有些膽怯，也沒打中那何畜牲。

瞿畜牲打了一槍，掉頭逃跑，跑進石頭街小巷，聽到何畜牲在叫罵放槍，嚇得跑過山裡，一直跑到縣公安局，向局長李得紅哭訴何畜牲。

李得紅局長帶瞿思危去見解放書記。解放書記為了避免事件，立即請示市委，把何畜牲調出永安縣，給了瞿畜牲記大過處分。瞿思危失去了一次得升的機會。

「蘆葦村殺人劫財案」，被瞿思危偵破後第四個年頭，李成才破獲了「吉山石坑殺人劫財案」，抓獲了南湖菱角棚徐老大等三個揚州人，又連帶出了「蘆葦村殺人劫財案」也是徐老大三人所為。「蘆葦村殺人劫財案」真相大白。李成才就寫報告要求為汪金界、柯和義等人平反昭雪。李得紅、解放認為：為「蘆葦村殺人劫財案」平反昭雪，就降低了黨的威望，損害了人民警察形象，不能搞。何況汪金界、汪玉界本來就是階級敵人，死不足惜；對於沒死的人，作服刑場期間表現良好，減刑釋放；對瞿思危記黨內警告處分一次。

有詩詠瞿思危行暴：

偽裝忠心爭權力，親情恩愛都消融。
功名散發血腥氣，野蠻愚昧是英雄。

柯和義因此被提前釋放回家了。他一回家，正趕上合作化運動，又犯了王法。

欲知柯和義又犯了何種王法，且聽下文分解。

第六回　求生情

卻說這年臘月，柯和義出了勞改場，向離別三年多的家鄉南柯村走去。他的衣服十分破爛，像一個叫化子。熟人看到他都老遠就避開了，好像他是瘟神。他清楚，那不是因為他的衣服破爛，而是因為他是勞改犯，是階級敵人。他就不再抬頭去看那十分懷念的家鄉景物和熟人了，低著頭，憑感覺，向他的小屋走去。

柯和義走到小屋大門，那用鐵絲扭成的門扣已經鏽爛透了，輕輕一摸，鐵絲斷成好多小截，紛紛落下，門「吱呀」一聲開了，一股陰冷氣撲面而來。

這小屋，約有十五平方米，土木結構，是柯和義祖父建造的，已有六十多年了。那老牆辨不出土磚線條，一片黑溜溜的麻點。屋頂檁椽青瓦，黑糊糊一片，亮瓦也變黑了，只從脫接的瓦縫間透下一些光亮來。大門向南邊，一條石板巷，其他三方牆與鄰居共垛。屋裡被隔成三個小間，進大門是大間，既是堂屋，又是廚房，樓上放柴草。大間東端的北邊有個小門，進去是四平方米的小天井，天蓋的雨水流進小天井，從地溝排出，這是按天蓋水流內、不流外的風水原理設計的。小天井西邊是一垛木板牆，有鏤空的百葉窗。進門是間五平方米的小房，這是臥室。臥室西牆有木梯上到閣樓去，閣樓用來存放雜物、衣物。閣樓還供著一尊鍍金觀音菩薩像。如果把堂屋進小天井的門用土磚或柴草堵住，外人看上去只是一間廚房，不知道裡面有小天井、小房、閣樓，是躲反亂的安全住所。這小屋救了不少人生命，有國民黨員、共產黨員、村民。日本的炸彈炸了這小屋鄰居的房子，卻沒炸倒這小屋，所以村裡人說這小屋是避災免禍的神屋。但是，這屋裡的主人柯和義的父母不到四十歲就死了，

柯和義又遭難，村裡人嘀咕：「這小屋的主人是替人頂罪受過的善良人。」

柯和義跨進大門，站住了。屋裡陰暗，羅滿蜘蛛網，地上潮濕，瓦片被貓和老鼠弄開許多縫洞。柯和義舉起雙手，邊走邊劃，不讓蜘蛛蒙了面孔。他推開側門，到了小天井，一片明亮，上面落下不少瓦片，露出黑腐的椽頭，下面一層碎瓦片。柯和義進了臥室，一大群老鼠四竄，床上棉被墊絮成了破洞亂絨。他坐在床沿，環視這狹窄的空間，一種孤單淒涼的感情襲來，禁不住湧出淚水。三年多來，他在酷刑下沒有哭泣，戴著鐵鏈手銬時沒有哭泣，在皮鞭木棍下勞動時也沒有哭泣，現在回到小屋裡哭泣起來了。他覺得天昏地暗，就將床上的爛絮破被攏成一堆，倒頭睡去。

柯和義作起夢來，那夢很雜很亂。他夢見祖母教他給觀音菩薩上香，下跪，小聲發願：「我只行善，不作惡。」他夢見母親要他把年粑送給討飯的人。他夢見父親送他上學，對他說：「我只你這根獨苗子，你要知書識理，成家立業。」他夢見尹安定老師給他講修身齊家的道理。他夢見在縣一中讀書，和張愛清同一張桌子做數學習題，他做不出題，很著急。他夢見柯丹青渾身是血，睜著眼珠質問他：「你看了血書怎麼不去關照我的妻子兒子？」他夢見勞改時築江堤，勞改犯在暴雨下背土袋，那位耿直的國民黨抗日英雄黃誠營長，老老實實地背土袋，別人背一袋，他背兩袋。到了下午，黃營長餓了，背著土袋滑倒在堤上，幾支槍托狠命打他，他吐血，扭動，死了，和土袋一起築在堤裡。他夢見嬸娘李氏送了一布包東西到勞改場，看管的人在吆喝嬸娘，不讓嬸娘送東西，嬸娘在哭喊：「和義呀，和義呀……」

柯和義被這哭喊聲驚醒了，揉了揉眼皮。他躺在臥室的床上，嬸娘李氏真的站在床邊哭喊：

「和義呀，孩子。先在我那邊住兩天，慢慢地來收拾這屋子。」

柯和義坐起來，喊著「嬸娘呀」，像小孩般哭起來了。

李氏端詳起那柯和義。柯和義本是個白面書生，中等個子，身體並不強壯，愛穿一件蒙胸灰色長衫，留時興青年學生兩分頭髮。可是現在，面孔黑瘦，顴骨高突，下巴窄尖，喉結特大，頭髮散亂；長衫又破又髒，膝頭破爛；內穿的棉褲也斷裂了，露出黃黑色棉絮，斷裂處有黑布搓成的布條穿紐著；沒穿襪子，勞改場發的一雙帆布膠鞋，黃鞋面髮白，鞋底後跟脫落。

李氏看到柯和義這副樣子，又是一陣心酸，淚水直流：「和義呀，男子漢大丈夫，不要哭，挺起腰，活下去。要為祖人成家立業呀。」李氏揩去淚水，鼓勵起柯和義來。她又說：「我去做飯，你隨後就來，先洗個澡，換衣服。」

李氏走了。

「是的，要挺起腰活下去。」柯和義自語，「怎樣活下去呢？幹點什麼呢？」他沉思起來。他想到再沒人敢請他教館子了，只好務農。他還有四斗水田、三升麥子地，冬天，把田地翻一遍，開春時，地裡種玉米，初夏，田裡栽水稻，玉米空套插紅薯，稻穀收後種喬麥。農閒時，他到縣城打工。他相信憑自己的智力、體力會過得好，會成家立業。他又想娶個媳婦，生個兒子，兒子乳名叫小柳，柳樹處處能生存；學名叫成蔭，樹成蔭了能給人乘涼。他要把兒子教養好。柯和義正在設想著自己的生活時，柯和貴在叫喊著：「和義哥，吃飯呀。」

隨著聲音到，和貴的人也蹦到了柯和義面前。柯和義站起來，抱起柯和貴，親熱一陣，笑著說：「和貴弟，你長了一大截了，要上學讀書了。」

柯和貴拉著柯和義的手，走出門，過了隔壁柯善良的大門，就到了柯和貴的家。這時，柯和仁也

回來了，兄弟倆親熱一陣，就吃飯了。吃了飯，柯和義洗澡換衣服，天就黑下來了。柯和仁找出一個乾樹兜和一些乾柴棍，在堂屋生了火塘。一家人邊烤火邊聊起來。柯和義講述了自己冤枉受刑、勞改的慘狀，又痛又恨。柯和仁聽得怒恨起瞿思危來。柯和貴托著胖臉腮傻聽，記憶著柯和義說的每一個細節。李氏勸柯和義不要記仇恨，要過好今後的日子。柯和義就說了自己對今後生活的打算。

「和義呀，你這個打算行不通了。」李氏說，「你在牢裡不知道外面的事。你去坐牢那年冬天搞互助組，後來搞初級社，現在搞高級合作社，田地、農具、耕牛都入社了，集體勞動、集體分糧。」

「啊——」柯和義吃了一驚，說，「搞得好快呀！行得通嗎？」

「不通，強迫你通。」柯和仁氣忿忿地說，「開初說自願入社。我就不入社，和幾戶一起繼續搞互助組。誰知合作社卡人！統購統銷了，南湖鄉只有一個供銷合作社買賣東西。我去供銷社買農具，他們說由合作社領導統一買，不賣給私戶。我去打鐵鋪打犁頭，鐵匠說入了手工業聯社，由社主任統一買賣，不賣給單幹戶。我們幾戶沒辦法。只好入社。」

「大家一起勞動，誰賣力呢？」柯和義問。

「鬼混唄。」柯和仁說，「我本來不抽煙的，也學會抽煙，端著煙袋和社員們一起在地頭田邊抽煙休息。」

「和仁，不要瞎說。牆有風，壁有耳。說不定有積極分子在偷聽哩。」李氏提醒說。她又說：「為辦這合作社，革命積極分子越來越多，風聲越來越緊，到處有積極分子上報破壞合作社的反革命分子，我們村開了幾次鬥爭地主、富農大會，區裡還判了富裕中農胡乾斑十年徒刑。八月份，鳳凰區槍斃了破壞合作社的地主和反革命分子。還是你表兄尹懷德好，南湖鄉沒抓破壞合作社的反革命分子。」

李氏話音一落，大門有敲門聲。大家就像被人按了一下機關的木偶，一齊扭頭向大門望去，個個面色緊張。李氏站起來，走過去，貼門側耳聽了一下，打開門。進來的是隔壁富農邢氏和兒子善良。邢氏輕輕地把門關上，上閂。柯和貴連忙讓座，端位。

柯善良十八歲了，剃了個光頭，脖子細長，穿一件破舊薄短褸，一條棉褲特別短，露出一截沒有腿肚的小腿，腳板上纏著骯髒的灰色布片，拖一雙自製木屐，布鞋面針線密密，塗了桐油，手背凍得烏腫，全身哆嗦，靠近火塘伸手烤著。邢氏蓬頭散髮，不肯坐，在火塘邊蹲著，張開皮粗多裂的手，伸到火上燒，全身顫動。

「和義弟，我只能這樣來看望你呀，你莫怪我呀。」邢氏像只被貓抓住的老鼠，發出嘖嘖聲。

「嫂子，難得你有這份心意，我知道你處境難。」柯和義說。

「我是被我娘害了，聽柯鐵牛的話，自報富農階級，現在是階級敵人了，做不起人了。」柯善良咽咽抽泣。

邢氏喉哽鼻響。

「善良呀，這也不能全恨你娘，那時富農不是敵人，誰能料到今日呢？現在富裕中農也不好過日子了，你和義叔不也冤枉坐了幾年牢麼？以後的事誰猜得準？你再不能怨你娘了，要和你娘一起活下去。」李氏勸慰著柯善良。

「善良，當初是柯鐵牛叫你娘自報富農的，現在他說一不二，你去找他說理呀，把階級改過來。」柯和仁憤憤不平。

「找了呀。他罵我富農崽子，說我再不老實，就鬥爭我。」善良哭著說。

「善良，再莫亂說了。這是命呀，孩子。」李氏告誡說。

「嬸娘，和義弟，我要走了，不能連累你們。」邢氏站起身，說著，躡手躡腳地走了。柯善良跟著走了。

李氏一家人為柯善良感歎一陣，又說了些閒談話，去睡了。

柯和義酣睡了一整夜，第二天吃了早飯，約了柯和貴去打掃自己的小屋。柯和義打掃完堂屋，正準備去打掃小天井時，柯國慶、柯業章帶著五、六個民兵衝進來，不由分說，把柯和義反綁了，又把邢氏、柯善良綁了，押走了。

過了半個時辰，有人打鑼叫開會，全村人來到南柯大堂前。柯鐵牛等社幹部站在祖宗堂，柯和義、邢氏、柯善良和幾個地主、富農分子跪成一排。柯鐵牛講話了，說勞改犯柯和義一回家，就勾結反動富農分子邢氏、柯善良和幾個暗藏著的階級敵人開黑會，密謀破壞合作化運動。他還說，人民的眼睛是雪亮的，革命群眾的階級警惕性是很高的，敵人的一舉一動、一言一行都在黨的監視下，一個也溜不掉。柯鐵牛講完話後，社團支總部書記柯業章就站出來揭發鬥爭。

柯業章，是柯和義的房侄，家庭貧窮。柯和義在蘆葦村教館時帶著柯業章讀了兩年私塾。兩年後，紅石區辦了完全小學，柯和義送柯業章去讀完小。去年，柯業章高小畢業了，回南柯村當會計，是合作化運動的革命積極分子。柯業章的家庭生活好起來了。柯業章的父親原來是個遊民，柯業章革命了，父親也就當了貧協組長。柯業章父親終日背把鋤頭在社裡田地轉悠，監察勞動。一次，柯業章父親看見老實農民柯慶如背著鐵犁去幹活，就嘲笑柯慶如說：「慶如老弟呀，你這犁少說也有五、六十斤吧，可你還養不活老娘。我那業章的一支筆只有二、三兩重呀，卻把我一家四口養成得好好的。智養千人，力養一生。沒錯，沒錯，沒錯！」柯業章父親綽號「陰蒲扇」，專會煽陰風，點鬼火。柯業章不僅繼承了父親這個「綽號」，還繼承父親的這個德行。柯業章成了革命積極分子後，專學壁虎功夫，偷聽談話，窺視隱私，然後去向黨組織打小報告。

昨日柯和義低頭回家時，碰巧柯業章從社裡開會回家。柯和義沒看見柯業章，柯業章卻瞅准了柯和義。柯業章跟蹤著柯和義。看到柯和義進屋，聽到柯和義歎氣，哭泣，上床睡覺。

柯業章趕忙回家去吃了晚飯，又來跟蹤。柯業章鑽進柯善良的廁所裡，從廁所窗戶可以看到李氏、柯和義、柯善良三家的大門。他看見柯和貴叫柯和義去吃飯。天黑了，他看見柯和仁家窗戶閃著紅色的火光，就溜出廁所，趴在柯和仁窗戶聽柯和義等人說話。他又聽到柯善良母子說去看望柯和義的話，又溜到廁所。他看到柯善良母子出自己的門，敲柯和仁的大門，進屋，關門。他又輕手輕腳地來到柯和仁家窗前，扒住窗臺，踮起腳跟，伸頭看清了火塘邊坐著的幾個人的方位，然後貼耳窗邊聽談話。他一直聽到柯善良母子起身回家，柯和義去睡覺。他脖子伸僵了，雙腳站麻了，吃苦受累了兩個時辰。他回到家裡，趕忙作了柯和義等人的說話記錄，又跑去向柯鐵牛支書彙報敵情。柯鐵牛連夜召開支部成員緊急會議，決定第二天召開鬥爭柯和義等反動分子大會。

現在，柯業章站在鬥爭臺上，講述著自己偵察的經過，一邊添油加醋地揭發柯和義等人攻擊合作社和黨的領導人柯鐵牛同志的反動言論，一邊上綱上線進行階級分析批判。他說得階級仇恨來了，就朝柯和義、柯善良、邢氏擂拳頭、踢腳尖。柯業章揭發完了，柯國慶等人上臺鬥爭，毆打階級敵人。鬥爭大會結束後，就給敵人戴高帽遊行示眾。

在鬥爭會時，李氏站在第三重側門。聽了柯業章的發言，又氣又悲，急忙跑到尹東莊，找趙月英救柯和義。恰好尹苦海從縣裡開會回到家裡，正在吃飯。李氏進門，就急著說：「表侄，這是不要人活呀！和義剛一回家，就被柯鐵牛綁去鬥爭，這孩子怎麼活下去呀！」

「表嬸，你別急，坐下來，說清楚。」趙月英說。

李氏把事情經過說了一遍。

「表嬸，這合作社運動是毛主席發動的，是為了人民過好日子，可是群眾不理解。我們不能說合作社的壞話，說了就是反革命。和義、善良的話是攻擊合作社，攻擊黨的領導，柯鐵牛鬥他們沒錯。現在有的地方還槍斃了攻擊合作社的反革命分子。你叫和義、和仁不要亂說呀。這合作社會越搞越大的，後天，我們南湖鄉就成立一個大社。」尹苦海說。

「我只聽說過有文字獄，現在還興起言論獄，不準人說話……」趙月英不滿地說。

「你別給我瞎說。」尹苦海打斷趙月英的話，禁止了趙月英的言論自由，繼續說，「鬥爭會已經開了，就算了。我知道柯和義是冤枉坐牢，這案子是翻不了的。我明天就去公安局找李成才，給柯和義開張證明，證明他不是壞分子。我再找柯鐵牛談一下，不要把柯和義當階級敵人看待。表嬸，我只能做這些事了。」

「這就多謝了，多謝了。」李氏連連道謝。

李氏走了，尹苦海和趙月英說起話來。

「縣鄉都要成立高級社，將來全國不就成了一個社嗎？真的共產了。」趙月英說。

「真的共產了。這是蘇聯經驗。蘇聯搞集體農莊，我們搞合作社，只是換了個名字，都是國有化。毛主席說，要消滅單幹戶，消滅小生產者，消滅私有制，走共同富裕的道路。農民變成社員，變成無產者，像工人那樣住集體宿舍，吃大鍋飯。」尹苦海說。

「那樣搞，大家能出力勞動嗎？能增產嗎？能共同富裕嗎？我懷疑。」趙月英說。

「何止你懷疑，我也懷疑，不少黨政大幹部也懷疑。」尹苦海說，「這次在縣裡開會，我和不少人都說行不通。我說，我是個農民，農民只對自己有土地感興趣，自己有了田地，才會出力幹，想法幹；土地歸集體了，農民就有雇用思想，是給大家幹，不是給自己幹，生產沒興趣，就偷懶，怠工。強迫農民幹，是幹不好的。誰知我這種想法，在中央也有人說了。一個叫薄一波的，反對辦合作社，說合作社是一種空想。毛主席嚴厲地批判了薄一波。還有個黨外民主人士叫梁漱溟，在革命戰爭時幫了毛主席的忙，現在搞合作社，他反對。梁漱溟說共產黨進城後丟了農民，『農民在九天之下』，『工人在九天之上』。他提出了個『鄉村建設規劃』，和合作社對著幹。上級沒傳達梁漱溟的『鄉村建設規劃』，只傳達了毛主席批判梁漱溟的話，說『梁漱溟反動透頂』。在湖北新洲縣有個劉介梅，土改根子，當上了區幹部，成了新富農，反對搞合作社，被當作全國的反面典型，《人民日報》、中央廣播電臺都批判了劉介梅，還編了《猛回頭》的戲來演，教育幹部和人民。我那種想法合了薄一波，梁漱溟、劉介梅的思想，是小農經濟思想，資產階級思想，在縣大會上批判了我。我被嚇出了一身冷汗，感到自己完了，要被『雙』開除。又是解放書記救了我，說我不是梁漱溟而是劉介梅，能夠『猛回頭』，繼續革命跟黨走。我才過了關。所以，我再不做『小腳女人』了，要執行黨的決議，三天內，在南湖鄉建立高級社。」

「入社就入社唄，為什麼要抓人坐牢、殺頭呢？」趙月英說。

「哪個開國君主不殺人呀？」尹苦海反問。

「打天下要殺人，坐天下就要大赦天下，得民心，歷來開國君主都是這樣。只有這一朝不同，坐了天下，還不斷搞政治運動來殺人。孟子說這是暴政，不是仁政。不管怎麼說，暴政不好，仁政好。」趙月英爭辯說。

「這你就不懂了。我原來也不大懂，經過黨的教育才懂了。」尹苦海說，「共產黨搞的與歷代帝王不同，是搞馬列主義、毛澤東思想，搞階級鬥爭、無產階級專政，搞社會主義、共產主義。孔子、孟子能搞這些理論嗎？只有馬克思、列寧、毛主席才能搞。這社會主義合作社是史無前例的，一般凡人想不到，想不通，要反對。你我也是凡人，想不通。那些無知無識的愚蠢的農民更想不通，只看到眼前的利益，看不到共產主義的美好。至於地主、資本家和反革命分子那更是反對的，不斷搞破壞。如果搞大赦天下，搞仁政，讓人有言論自由，反動派、反革命分子就大肆宣傳社會主義合作社不好，攻擊黨的領導，那些愚蠢自私的農民就不入社了，起來反對共產黨，那就天下大亂了，社會主義、合作社就搞不成了，共產黨就垮臺了。所以搞社會主義、合作社，不能大赦天下，不能搞仁政，只能搞無產階級專政。反革命分子要反對和破壞，就抓他，槍斃他，不給他言論自由；農民不入社，就強迫他入社，拖著人走社會主義道路。我們這些凡人要相信毛主席是偉大的天才，相信共產黨是偉大正確光榮的黨，聽毛主席的話，跟著共產黨走，才不錯。月英呀，你再不要亂說亂動了，弄不好就成了階級敵人。」

尹苦海像上級領導教育自己那樣教育趙月英。這種教育真顯靈，說得趙月英也服了。她說：「我同意你說的這番理。毛主席是了不起的開國君主，毛澤東思想確實聞所未聞，高級得很，國家的事也難辦。我們這些愚蠢的凡人只有聽話的份兒，跟著共產黨走就是了。但是，我總覺得亂抓人、亂殺人不是善事。就像今天，柯鐵牛就憑柯業章幾句話把柯和義、柯善良抓去鬥爭總不好吧。懷德呀，別的地方我們管不著，我南湖鄉可是你的天下，你不能讓柯鐵牛那些人亂抓人、亂殺人呀。人家想不通，說幾句話，應該先教育說服一下，再不行，有破壞行為了，去抓人鬥爭也不遲呀。」

「你這話說得有些在理。在南湖鄉，只要沒人鬧事，上級沒人來追查，該免的就免了。」尹苦海說，「明天，我就去找李成才為柯和義寫張證明來。」夫妻倆總算有了共同觀點。

第二天一早，趙月英催著尹苦海去找李成才。尹苦海去了，為柯和義寫來了證明，趕回南湖鄉召開全鄉初級社黨支書、主任會議，傳達了縣委辦社精神，批判了劉介梅式的富農思想，決定成立南湖高級合作社，南湖鄉改為南湖社。會上，印發了縣委擬定的標語口號。那些標語口號是：

一、單幹戶是獨木橋，走一步來搖三搖

二、合作社是金光大道，越走越寬廣

三、走社會主義道路，實現共產主義天堂

四、狠抓階級鬥爭，批判富農思想

五、不準階級敵人亂說亂動，實行無產階級專政

六、打倒美帝國主義

七、我們一定要解放臺灣

八、偉大的中國共產黨萬歲

九、毛主席萬歲

尹苦海又和柯鐵牛一起到南柯社召開黨支部會議，佈置成立高級社具體工作。末了，他宣讀了縣公安局關於柯和義不是壞分子的證明材料。尹苦海還簡單地說了柯和義受冤枉的事，講了黨的知識份子政策。柯鐵牛原來打算把柯和義當作反對和破壞合作化運動的典型的反動分子向上級彙報的，聽了尹苦海的話後，只好作罷了。只有柯業章憤憤不平，白挨了幾個時辰的冷凍和苦累，沒了功勞。

有集錦詩詠第五回內容：

花開不合陽春暮（龔自珍），生不逢時命多舛（俗　語）。
如今統帥紅旗下（張建封），舊冤未雪新冤疊（柯美淮）。
平原好牧無人放（曹　唐），古觀雲根路已荒（釋皎然）。
應念愁中恨索居（段成式），須知此恨消難得（溫庭筠）。

在南湖高級合作社成立的慶祝大會上，柯和義沒有被押到「四類分子」的行列中去，像一般社員一樣參加會議。柯和義也沒有像其他社員那樣歡欣鼓舞，有說有笑，只是默不作聲。開完會後，柯和義悶悶不樂地回到小屋，躺在床上，心情很不平靜。

欲知這柯和義還有何不滿情緒，且聽下回分解。

第七回　定情調

卻說柯和義被摘去了壞分子的帽子，卻並不興高采烈，仍然憂心忡忡，躺在小屋的床上，心緒難平。這是為什麼呢？難道還記著瞿思危的仇恨麼？難道嫉妒無知無識的柯鐵牛當了官、自己屈才為人下而心有不平麼？難道是個人壯志未酬而心有不滿麼？難道是有憂國憂民的思想麼？……要回答這些問題，那就要來研究和認識一下柯和義。

柯和義一家兩代單傳。柯和義祖父老大，柯和仁祖父老二，分家時只一間小房，一斗水田，一升麥子地，後來建了這間小屋，置了三斗水田，四升麥子地。祖母仁慈，信神信佛，塑了鍍金觀音菩薩，每日祭拜。父親亦無兄弟，讀了三年私塾，略通文墨，精明，能幹，沒做房子，卻又添置了兩斗水田、兩升麥子地，供柯和義讀書。母親接著祖母拜觀音菩薩，溫良，惜貧。柯和義無兄弟姐妹，但父母並不溺愛他，管教嚴格。柯和義九歲從尹安定讀私塾，僅四年就讀完四書五經，能背能解。尹安定是新學、舊學皆通的人，認為在他的諸多生徒中算柯丹青、柯和義天分最高。柯丹青與柯和義相比，柯丹青恃才傲物，情激言憤；柯和義深藏不露，思慮縝密，柯和義高出柯丹青一籌。尹安定教柯丹青、柯和義時，教了古文後，還教國語、西學裡的數學、地理，那是為了他們考縣國民中學。柯丹青大柯和義三歲，已在縣國民中學讀書，今年報考南京水利專科學校。可是，柯和義未考縣國民中學就輟學回家了。因為，柯和義十三歲時父親病死了，十五歲時母親又病故。尹安定為之十分惋惜。尹安定說：「和義，你不能留戀那一間小屋和一塊田地，國家需要先知先覺的人才，去求學吧。先到縣國民中學讀書，再考國家學校，再出國留洋。留洋回來，報效祖國。這是我沒有實現的理想，也應該

是你的理想。」尹安定還給他講了孫中山的故事，講了英、美如何強盛，講了日本為什麼有力量侵略中國……。

但是，柯和義實在太留戀這間小屋和那塊田地了，沒有勇氣離家求學。

熱天的一個中午，柯和義從田地收工回來。柯和仁說尹老師在柯丹青家裡，叫他去一下。柯和義去了。柯丹青家裡很熱鬧，有不少體面人物。他見到了尹安定老師。尹老師對他說：「柯丹青考上了南京水利專科學校，這是方圓幾十里的大事件呀，是南柯村自民國以來出現的最大喜事呀。你看，地方上的名人都來慶賀了。那一位是下雉縣縣長。和義呀，你要下決心走柯丹青的道路，去考縣中學吧。」

柯和義看著笑呵呵、大聲說話的柯丹青。那柯丹青已經脫去了灰色長衫，穿上了白洋布中山服，蓄個兩分短髮，一副脫俗離鄉氣派。柯和義雖然有些看不習慣，但心裡很羡慕。

尹安定拉著柯和義一同上席吃飯。眾人散去了，尹安定叫來柯丹青與柯和義談話。柯丹青知道柯和義很會讀書，就親切地問柯和義的打算。柯和義說了自己上中學的難處。柯丹青聽了哈哈大笑。他侃侃而談國家大事，談新時代，談新潮流，談新知識；他熱情地讚美縣中學優美的環境，有學問的教師，有理想的同學；他大吹自己在中學時的優異成績和出色表現。

柯丹青說：「老弟，男子志在四方，四海為家。不要留戀這個家，蹦出去，見世面，闖出一片新天地。那時，你才會感到比你當農民對自己、對家庭、對家鄉、對國家的貢獻才大哩。」

柯和義認真地聽著，被柯丹青那熱情、勇氣、新鮮的知識激動著，感染著。

尹安定接著柯丹青的話，教柯和義如何出租田地，如何收租錢，如何在必要的時候變賣田地，如何讓嬸娘李氏替管小屋。柯丹青又表示願意幫柯和義輔導數學，帶他去縣中學認識一些名教師，幫他安排到恩師張有餘的班裡。

柯和義終於定下了考縣國民中學的決心。

柯和義果然如願地考上了縣國民中學。上學那天，柯丹青帶他去先拜訪了張有餘老師，認識了張有餘的女兒張愛清，又安排到張愛清一個班。

柯丹青臨走時對柯和義說：「我將來要娶張愛清為妻，你幫我看管著。」

開學了，柯和義和張愛清同桌。張愛清小柯和義一歲，溫良嫻淑，又大膽潑辣，數學成績特別好。柯和義沒有讀過正規完小，數學知識有不少缺陷。張愛清就主動幫他補數學知識。在第一學期，期末考試，柯和義語文拿了第一，張愛清數學拿了第一。在第二學期升等考試時，柯和義語文、數學都拿了第一，張愛清落後了一步。

在縣中學裡，柯和義學的課程多，聽的演講多，參加同學中爭論的問題多。他的視野擴展了，思想也開朗了。他把個人的命運和國家的命運揉合在一起了，產生了救國救民的憂患意識。他一邊認真學好課程，一邊收集課外有關歷史的、革命的、救國救民的文章書刊來讀。他知道了有兩個主義在爭論如何救國救民。一個是三民主義，一個是共產主義。學校大多數教師和同學主張三民主義，也有主張共產主義的教師和同學。但是，共產黨不能公開活動。柯和義認為這不公平，同情起共產主義來，秘密與地下黨員費宏圖老師來往，偷偷閱讀共產黨傳單和《共產黨宣言》一類的小冊子。他認為，階級鬥爭、無產階級專政的理論簡明好懂，無壓迫剝削的共產主義實在美好，容易接受實行；三民主義太複雜了，在中國從來沒見過民主自由、三權分立，難得實行。柯和義倒想成為一個共產黨員了。柯

和義的課外閱讀和秘密行動瞞不過細心觀察他的張愛清。

一次，張愛清警告柯和義說：「你學了這點知識，還想介入政治活動嗎？小心誤入歧途。」

「國家這麼亂，民眾這麼苦，任何一個有血氣的青年都要尋找救國救民的道路。」柯和義情緒激動地回答。接著，柯和義向張愛清宣傳列寧主義。

張愛清聽不下去，說：「我父親說我還沒有到談主義的年齡和水準，只能好好讀書。我哥哥說只有三民主義才能救國救民，列寧主義會禍國殃民。我勸你也不要去談什麼主義，好好讀書，以後再去談主義。」

柯和義心裡認為張愛清是婦人之見。柯和義與張愛清發生了分歧，兩人都不清楚分歧的根源在哪里。其實是兩個人所受到的家庭和社會影響不同：柯和義無形地受著農民的帝王專制思想傳統文化的影響，張愛清無形地受著具有民主思想的父親、哥哥的影響。

一次，柯和義、張愛清在張有餘先生宿舍裡閒聊，柯和義不自覺地說起救國救民的大事，宣傳列寧主義。張有餘先生注視著柯和義，靜靜地聽著，還時時啟發柯和義把話說完。柯和義感到自己的話受到張先生的注意，很高興，說了一個多小時，才停住口，帶著希望得到支持的目光望著張先生。

「和義，你談的是治國、平天下的重大政治問題。你既然熱衷於政治，又走上了政治的路子，我作為你的老師，就有責任與你討論討論。」張有餘先生平靜而溫和地說，「看來，你相信列寧主義，希望實現共產主義。那我就提一些問題，讓你解答和思考。列寧主義最核心的社會問題是主張階級鬥爭、暴力革命、無產階級專政。你說說，什麼是階級鬥爭？什麼是無產階級專政？」

「階級鬥爭，就是資本家階級與工人階級、地主階級與貧苦農民階級進行鬥爭，還有一些在這個鬥爭中動搖不定的階級。資本家階級壓迫剝削工人階級，地主階級壓迫剝削貧苦農民階級，實行了地主資產階級專政，工人貧苦農民當然要反抗鬥爭，要革命，打倒地主資產階級專政，造成沒有壓迫剝削的共產主義社會。」柯和義誇誇其談。

「那麼，資本家被打倒了，工廠生產誰來管理呢？地主被打倒了，土地生產如何進行呢？無產階級專政靠哪些人來實行呢？一個專政代替另一個專政，社會是什麼樣的呢？」張先生追問。

「工人管理工廠，農民分得土地，耕者有其田。工人、農民對資本家、地主實行專政，是絕大多數人專政極少數人，那個社會是一個無壓迫剝削的很民主的社會。」柯和義想了一會兒，回答。

「工人沒有科學知識怎會管好工業生產？農民分得了田地會不會產生新地主？絕大多數的工人、農民來實行專政會不會出現無政府主義或者暴民專政？你見過那樣的無壓迫剝削的無產階級專政社會嗎？」

「通過共產黨來管工業農業，那個社會在蘇聯實現了。」柯和義說。

「你瞭解蘇聯的社會狀況嗎？」張先生追問。

「不瞭解。」柯和義很老實。

「我告訴你，那個社會在蘇聯實現了，我還去參觀過。所看到的社會狀況不是你所想像的那樣美好，也不是像共產黨所宣傳的那樣美好。工廠、土地全部歸共產黨所有，由共產黨的各級官員管理，一級壓一級，頂上頭是史達林領袖。領袖的話是聖旨，誰都不敢反對，反對的都是階級敵人，實行專政。對於史達林，陳獨秀有評價，我不願評價。對蘇聯社會狀況，你想像不出來的，親自去考察了才清楚，或者將來中國共產黨僥倖坐天下了，才能看到。」張先生心平氣和地說，「你為什麼相信列寧

主義不相信三民主義呢？我想，這有中國傳統帝王理想和你本人的階級地位的影響。中國幾千年的帝王專制制度就是講獨裁，換一個詞就是專政。『專政』就是『專制』。列寧說國家是暴力工具。暴政就無民主可言。中國人都被這種帝王專制思想耳濡目染著，所以一見到、聽到與這種帝王專制思想相同的列寧主義，就覺得親切，很熟悉，無形中接受了。你本人生活在家長、族長制的農村，這家長、族長制是帝王制的基礎。你本人是貧苦農民家庭出身，又是個愛打不平的有正義感的青年，嫉恨富人，同情窮人，有了『劫富濟貧』、『均貧富』思想，這與無壓迫剝削的共產主義相一致，所以容易接受到列寧主義。三民主義是孫中山搞出來的，在中國古代有其思想根源，但很微弱，在西方資本主義世界是主流。所以中國人對三民主義很陌生，以為是外來思想，不容易接受。照我看，列寧主義所產生的史達林領袖獨裁，看不到民主的希望。國民黨搞的三民主義，雖然有現在的蔣介石獨裁，但是還有三個時期，到憲政的時候，能看到民主到來的時日。所以在中國，我不贊成搞列寧主義，倒贊成搞三民主義。這就與你的看法相反了。這時候，我不願與你辯論，等到你讀上大學或能留洋，瞭解了蘇聯狀況，瞭解了中國情況，我才願和你辯論。我之所以今天對你說這些，不是要你接受我的觀點，也不是反對你關心政治。我感到我不說這些會受到良心的責備。和義，你現在對社會的瞭解不多，知識不高，不能過早地去搞政治，應該好好讀書。受人誤導和欺騙，受到政治野心家的蠱惑和煽動，憑一股熱情、一股熱血去作出政治選擇，採取輕率行動，那就會有『一失足而千古恨』的錯誤！」

張有餘先生說了這些話，起身去打開書櫃，取出幾本書和雜誌，給柯和義。柯和義一看書皮：一部《孫中山選集》兩卷；《政論》旬刊三本，內有陳獨秀的〈五四運動時代過去了嗎〉、〈抗戰與建國〉；《東方雜談》一本，內有陳獨秀的〈孔子與中國〉；《陳獨秀最後論文和書信》，內有〈給西流的信〉、〈我的根本意見〉。

張有餘先生對柯和義說：「這幾本書是最懂中國和世界的文化、社會狀況的偉人寫的，一個是國民黨的創始人孫中山，一個是共產黨的創始人陳獨秀。你看這類書本來就早了些，現在你卻看了不少政治方面的書，我就給你看。你是個品學兼優的學生，要學好功課，不斷求學，在課餘時間看這些書。看不懂，就不看，留到以後看。」

柯和義覺得張有餘先生的話像瓢冷水潑到他滾燙的心上，降了溫，使他冷靜了好些。他想起費宏圖先生要他去秘密散發傳單，組織共青團，準備鬧罷課，感到是在利用自己。柯和義終於聽了張有餘先生的話，穩定了情緒，努力鑽研功課了。

柯和義在讀二上時，「淮海戰爭」爆發了，讀二下時，人民解放軍佔領了南京，下雉縣國民政府的頭頭開始逃跑，縣中學混亂了。柯丹青從南京回到南柯村和張愛清結婚，再沒返南京讀書了。柯和義沒聽費宏圖先生留校鬧革命的話，而聽了張有餘先生的話，回到南柯村，在尹安定先生幫助下到蘆葦村教私塾，等待著天下太平，重返縣中學讀書。

共產黨坐天下了，縣中學開學了。柯和義到學校去，校長費宏圖先生說柯和義已經畢業，等到大中專學校恢復招生再來考試。柯和義又回到蘆葦私塾教書。可是，就在這一年，他看到了他認為是地痞流氓的尹懷德、柯鐵牛、柯太仁、瞿習遠等人掌權了，看到他所敬佩的尹安定、柯丹青遭鬥爭、殺害。第二年冬，他又被冤枉去坐牢。他看到一個接著一個的政治運動，規模一次比一次大，全是批判、鬥爭、酷刑、關押、殺戮，比戰爭還可怕。今日，他親身經歷著，想起張有餘先生的話，想起陳獨秀對史達林領袖獨裁的評價，明白了階級鬥爭的列寧主義是什麼貨色。

柯和義斜躺在床上，兩眼盯著黑乎乎的樓板，在繼續思考：

「現在搞起了合作社，說是避免貧富兩極分化，讓農民走共同富裕的道路。這能成嗎？」

柯和義在找答案，反思起中國的經濟史。從西周到清朝，興國安民之道在經濟上是「重本抑末」。那「本」是「農」，「末」是「工商」。柯和義對「工商」認識不足，面對「本農」有自己的一套看法。農業生產好不好，在於農人，農人幹得好不好，在於有無土地。周文王推行「徹田」制，使農人有私田，生產積極性來了。商鞅「廢井田，開阡陌」，擴大田地私有，使秦國強大。魯國實行「初稅畝」，變勞役制為地租制，田地更加私有化，農人幹活有自己的安排，使魯國興盛一時。以後各個朝代的屯田制、均田制、租庸調製，兩稅法，圩田制、青苗法、一條鞭法、均田負賦、更名田……都是圍繞著對土地私有分配和對農人徵收薄與苛兩個問題來進行。明君使土地私有分配稍加合理，薄稅輕傜，農業生產就發達，出現了「成康之治」、「文景之治」、「貞觀之治」、「康乾盛世」等繁榮景象。昏君暴君使土地私有分配不合理，苛稅重傜，出現了民不聊生，人相食，暴民爭殺的衰敗慘景。但是，不管是明君昏君，還是農民起義領袖，都認識到，只有農人得到私有田地，才對農業生產有興趣，才使農業發展。孫中山對中國的農民、農業有很深刻的認識。他反對蘇俄「用革命手段解決經濟問題」，說：「俄國行馬克思辦法，經這次實驗，已經行不通，歸於失敗。」說：「馬克思只可說是一個『社會病理學家』，不能說是一個『社會生理學家』。」孫中山提出「平均地權」、「耕者有其田」的正確主張。孫中山的主張在民國政府中得到貫徹，使農民對生產有了興趣，即使在戰亂中，農民生活在仍然穩定。共產黨坐天下了，開初搞土改，把土地重新分配，實行私有化，刺激了農人的生產積極性，使農業很快從戰亂中恢復過來。可是，不到三年時間，卻把蘇俄模式搬到中國來，搞合作化運動，美其名曰消滅貧富分化，走共同富裕的道路。很顯然，這是將土地、資產整體剝奪去，農民一無所有，絕不會有生產積極性，是條共同貧困之路，其結果將出現兩個極端：經濟上貧富兩極，政治上貴賤兩極。

「既然合作化道路不能使農民共同富裕，是走不通的，那麼為什麼要把刀子架在農民脖子上，逼著農民走呢？」柯和義在追問。

「像歷代帝王一樣，為了滿足政治的權力欲，為了臣服人民，為了掌握整個國有資源。」柯和義毫不猶豫地回答自己。

柯和義認為，以家庭、宗族為單元的生產方式，單個孤立的小生產者，偏僻閉塞的自然村落，壓抑工商業的本農經濟，是產生、維護古代帝王獨裁的經濟基礎。可是到了現代，科學技術高度發達，資訊交流迅速，交通運輸便利，大規模的工商業經濟從外部沖進來了，打破了家庭宗族關係，把小生產者變成工商業職工，把自然村落聯繫起來了，納入到大規模工商業生產和貿易之中，摧毀了產生和維護帝王制度的「小農經濟」，小私有變成了大私有，小農經濟變成了大工商業經濟，農民演化成市民。與之同時，社團、黨派起來了，市民要求新聞言論、結社集合自由，要求人身權利、民主權利，一個市場自由經濟和政治民主制度的新型國家出現了。而傳統的帝王制度和傳統的帝王思想文化必然不會一下子消亡，要作垂死的掙扎，一些帝王制度漫長的國家裡想做皇帝的政治野心家大有人在，他們不能以舊的面目出現，要改頭換面出現。這種政治野心家應該在俄國和中國最多，最有機會獲得成功，因為俄國和中國是帝王獨裁制度和帝王專制文化最單純、最漫長而宗教最薄弱的國家。所以在俄國出現了列寧、史達林。他們在現代社會成功地以新的形式復辟了俄國沙皇和中國皇帝制度。在經濟

上，列寧、史達林最害怕、最痛恨「大私」的工商業生產和市場經濟，也害怕和痛恨「小私」小農經濟，「因為小農經濟每日每時都在大量地產生資產階級」（列寧語）。他們把工商業生產和市場自由經濟命名為資本主義、帝國主義，把組織者命名為資本家、資產階級。他們愚弄和組織有「均貧富」思想的無知的工人、農民，為他們做沙皇、皇帝去打倒資產階級、資本主義。在政治上，他們最害怕和最痛恨民權分權議會制度和結社集會自由。在思想言論上，他們最害怕和最痛恨新聞言論自由，因為這種自由使他們蒙蔽國民的謊言自然破產，他們把這種自由說成是資產階級的，而把他們荒謬絕倫的鬼話當作「放之四海而皆準的真理」加以推崇。為了便於他們獨裁和名聲長久，他們用「公」來抵抗「私」，用「共產」來沒收「私產」，用「公有制」來代替「私有制」，用計劃經濟來取代市場經濟，強迫工人在國有企業做工，強迫農民入集體農莊、合作社。其實這個「公」、「共產」是最大限度的把國民經濟變為他們幾個領袖、特權階級的私有財產。因為列寧、史達林是俄國沙皇、中國皇帝的復辟者和垂死掙扎者，他們所表現出的殘暴、兇惡是歷代俄國沙皇、中國皇帝所前無史例的。

柯和義想清楚了。他亢奮起來，血管在奔突，一種救國救民的責任感和激情在升騰。他霍地從床上蹦起，要學孔子去遊說，學孫中山去反抗。但是，他站住了，沒有邁開步子。他想到孔子時代，小國林立，言論自由，說魯不成，可以赴齊，齊王不納，又可適衛，而現在卻是一個來勢兇猛的結構嚴密的暴力國家政權，遊說會作無謂的犧牲。他想到孫中山時代，中國破碎，有外國租界，受到迫害的政治家可到租界避難，清政府奈何不得。現在是「黨的一元化」領導，稍有反抗，則無處可藏。柯和義恐懼，痛苦，憤怒，仇恨。

柯和義又躺到了床上。這時，牆外的堂屋裏傳來了一陣急促的腳步聲，接著，隔壁柯善良屋裡傳來了吼叫聲，慘叫聲。柯和義躍起身，奔向小天井。但又因恐懼而控制住自己，輕輕地走到大門邊，沒有打開大門。他從門縫裏向外窺視，看到骨瘦如柴的柯善良脖子上架著牛軛，柯國慶手揚牛鞭，抽打著柯善良，邊打邊罵：「入你娘的富農崽子，不好好勞動改造，跑回家睡懶覺，老子打死你！」柯善良慘聲申述：「我發高燒，手腳軟，回來喝碗紫蘇茶發汗。我不敢偷懶……」柯業章抓住邢氏的頭髮，狠狠地向石板上磕，那石板紅了。李氏在為柯善良、邢氏求情。柯和義看到這裡，怒火一盆，正想衝出去，卻又被一種無形的力量拉住。他屏住氣息，忍著，沒去碰門閂，他理智地知道他救不了柯善良、邢氏。這樣的慘景，他看得太多了。他無可奈何地站著，從門縫裡直看到外面地的人都散去。他輕輕地摸了一下門閂，緊緊地閂著。他又回到小臥室裡。

「天呀——」柯和義禁不住長籲一聲，「苦難的人何日能走出這死亡之谷呀！」

柯和義憂國憂民一陣後，又憂到自己。

「我要活下去，看看這世界，看看后羿射日，共工怒觸天柱；看看西母王、秦始皇的末日；我要變作一塊頑石，讓女媧補天；化作一滴雨水，去解夸父之渴；讓天空蔚藍氣爽，讓手杖變成樹林，讓黃河變清，讓荒漠生綠，讓國人同歡，讓人類充滿友愛。」柯和義抒情起來。

「我怎樣活下去呢？」柯和義的思想回到了現實生活。

「去找費宏圖，他當了下雉縣文教局局長。我可以找他謀一個小學教師之職。」柯和義想。但他馬上否定了這個念頭。他恥於與尹苦海，瞿習遠，柯鐵牛之流為伍，他不願鑽進咬噬別人肉體的虎狼行列。他慶幸自己聽了張有餘先生的話而沒入費宏圖的圈套。

「只有當社員一條路了。」柯和義定下了生活方式。

第二天，柯和義參加社裡勞動了。他在田地裡，良心使他愛護莊稼，不願怠工。他幹得很賣力。不到一個月，他受到了社裡的表揚，同時，也受到了柯和仁等人的諷刺，喊他「積極分子」。柯和義不理睬那些表揚和諷刺，只是老實地幹活。社裡成立了宣傳隊，要他參加，他謝絕了，說要在勞動中好好改造自己。但是，有一次，他卻謝絕不了，命運要捉弄他。

在柯和義回家後第七個月，尹苦海升為紅石區委書記。尹苦海連接收到各社呈來的申請報告，需要會計員。尹苦海知道革命隊伍能算會寫的人少，就決定在區裡開個會計輔導班，需要一個專職會計輔導員。他想讓柯和義來擔任這項革命工作，就叫周秘書寫了個申請報告，呈送縣委批覆下來：「調派南柯社柯和義同志任紅石區會計輔導員，各社委派一個識字青年前來學習六個月，輪流培訓。」南柯社支書柯鐵牛得到柯和義要上調到區裡的文件，又忌又恨，決定卡關。柯鐵牛親自到區裡找尹苦海，說南柯社需要柯和義這樣的人才，不能上調。尹苦海訓斥柯鐵牛為什麼早不用柯和義，在區裡要用人就卡關，質問柯鐵牛懂不懂下級服從上級的組織原則。柯鐵牛只好放人。誰知柯和義不識好歹，不肯上任。周秘書找柯和義談話三次，都被謝絕了。

柯和義的舉動實在令人費解。在那個時代，青年人要有點出息，爭著迫害周圍的人，爭著取悅領導，爭著擺脫「農門」，爭著立功受獎，取官位，進機關，進工廠。柯和義卻如此不識好歹，不近人情，不通世理，送上門來的好事也不要，不是個瘋子、傻子麼？

尹苦海聽到周秘書彙報後，勃然大怒，真想派人把柯和義抓來。但是他又想：「且不說這小子把好心當惡意，只說區裡發了紅頭文件，上下級都知道這件事，這政治影響怎麼收得回？我的面子往哪裡擱？」尹苦海進退兩難了。他想來想去決定自己走一趟，學個禮賢下士。

這天中午，尹苦海一個人徑直到表嬸李氏家裡。李氏請了張愛清在堂屋裡做衣服，見尹苦海來了，連忙端個小木椅給尹苦海坐。尹苦海就向李氏說了來意，叫李氏去把柯和義叫來。

「嬸娘，我回去一下就來。」張愛清對李氏說。她要自覺回避一下。

「愛清，不用回避，不是大不了的革命秘密工作，你做你的事。」尹苦海說。

張愛清就沒走了，繼續做手中的活兒。

一會兒，柯和義端著碗，跟著李氏來了。

「表侄，你跟和義說吧，我去煮幾個雞蛋給你當碗茶。」李氏說著，到廚房去了。

尹苦海看那柯和義：是剛從水田裡幹活回來的，穿件白粗布褂子，袖子卷到肘子上；下身穿條藍褲子，褲腳卷到膝蓋上，赤著腳板；剃個光頭，頭皮上冒出一層密密髮茬；皮膚黝黑，比以前健壯多了。

柯和義看那尹苦海：純白色的確涼衣衫，淡黃色紐扣扣得很整齊；灰色卡機褲子，腰束黃色帆布褲帶；衣衫下擺紮在褲腰裡；足蹬解放膠鞋；坐在靠大門處的土牆下，右腿架在左膝上，右手夾煙；面孔白胖，蓄個毛澤東式順髮；神情威嚴，有怒色，盯著走上前的柯和義。

「書記，找我有事麼？」柯和義打個招呼。他面向裡，兩腳板趴在大門石門檻上，蹲下，低頭喝著麥渣粥。

「是找你呀。你是諸葛亮，天才呀，我來三顧茅廬。」尹苦海諷刺地說。接著換了口氣，氣呼呼地說：「現在不是封建王朝，你可要識時務！」

「哪裡哪裡。書記是為革命工作操心，是好心關照我。可是我沒有革命的資格，又不通人情事

理，惹惱了書記。實在對不起，我道歉。」柯和義沒抬頭，看似道歉，實是反唇相譏。

「現在，你的事，不是你通不通人情事理的事，也不是你我的私事。」尹苦海說著，換了一支煙，接上火，把那支煙屁股甩到大門外的水溝裡。他叭叭地深吸了兩口煙，嚴厲地說：「你以為區裡的紅頭文件是你廢得了的嗎？你上不上班不重要了，你面對的是社、區、縣三級黨組織。現在的事是，你服不服從黨的領導、革不革命的事了。」

柯和義沒回答，埋頭嘩嘩響地喝粥。

「話說到這份上，你也回答不出來，我也作不了主。只怪我事前沒跟你打招呼。我以為你樂意去的。」尹苦海緩下口氣。他吸了兩口煙，又嚴厲起來，說：「我告訴你，各社學員後天上午報到，你必須決定好，要麼明天上午去上班，要麼明天下午瞿思危來處理你。區委在明天下午另調會計輔導員，有不少人踮著腳跟望著哩。這不是說大話嚇你。」

尹苦海說完，站起來，提步跨過大門檻，「呼」地一陣風出門了。

蹲在大門檻上的柯和義趔趄了一下，因為尹苦海的腳有力地碰到了柯和義的左膝蓋，柯和義被碰得轉了六十度，左腳踏到門外石板上，才沒被摔倒。柯和義惱怒地瞪了一眼遠去的尹苦海背影，「唉——」地歎了一口氣，轉而又氣憤憤地說：「喝麥渣粥也沒得安寧。」

「表侄呀，到廚房來。」李氏在喊。

「走啦。」柯和義大聲回答。

「怎麼？走了。」李氏急忙下來，追到大門邊，向外看。李氏轉頭衝著柯和義說；「是被你氣走的嗎？和義，你怎麼變得這樣糊塗呀？你表兄為你跑公安局，這次又提拔你，你是草狗婆上轎、不識抬舉麼？」

「嬸娘，人各有志。」柯和義說，「我本來有志喝麥渣粥，現在喝不成了，瞿習遠明天下午要抓我去坐牢了。」

「抓你？不會吧，你沒哄我？」李氏急了，追問。

「他沒哄你，尹書記說得很清楚。」張愛清沒停下手中的活兒，說。

「那可怎麼辦呢？」李氏更急了。

「我今晚就跑到深山去隱居。」柯和義說。

「『但是深山更深處，也應無計避征徭。』和尚、尼姑都出深山，下平地，入合作社了。」張愛清很風趣地說。

「大不了再坐一次牢。」柯和義說。

「你們在說什麼呀？這是大事，可不要開玩笑呀，得想法子。」李氏說。

「嬸娘，看你急的。『船上不用力，岸上努斷腰』也枉然呀。和義不怕坐牢，旁人還有什麼好說的？」張愛清繼續打趣。

「我早想好了，決不入那個圈子裡去。」柯和義向張愛清解釋說。

「你是生活在世外桃源嗎？有人身自由嗎？你是生活在合作社裡，是社員，可由不得你『早想好了』。」張愛清嚴肅地說。

「我寧死不到那欺壓下層人的上層裡去，要留清白在人間。」柯和義表明心志。

「好有骨氣呀！」張愛清諷刺說。她又認真地說：「學于謙嗎？于謙是將軍，是上層人。學那丟

甲第的劉賁嗎？劉賁還應考哩。我父親還在縣一中教書，國家教師，也在那個圈子裡，是欺壓了下層人嗎？當教師，當會計輔導員，是傳知識。文字、加減乘除沒有階級性吧。清不清白，不在於在上層還是在下層，也不在於自我標榜，在於問心無愧。」張愛清說話聲很小，時時瞄大門外。

張愛清輕輕幾句話，撥動了柯和義的塵封的心弦。柯和義無言可對。他沉思了一會，說：「照你的意思，我應該應徵。」

「應該應徵。不損人利己，避凶趨吉，何樂而不為呢？」張愛清繼續點撥。

「可是現在鬧強了。」柯和義說。

「俗話說，解鈴還須繫鈴人。只要你自己不強，解下鈴來，自然有人去調解，去搖鈴。」張愛清說。她又轉頭對李氏說：「嬸娘，和義轉過彎來了，只是不好意思自己去求情。現在靠你去圓場了。」

「這好說，我去找趙月英。」李氏說。她又對柯和義說：「和義，我去找你表嫂，你可再不要發懵了。」

李氏出門去了。

「愛清，這些年來，我自身難保，沒關照你，也不敢和你說話，對不起你。」柯和義傷心地說。

「『同是天涯淪落人』，不必說這話了。」張愛清也傷心了，忍住沒哭，那鼻孔早就有響聲了。

柯和義說：「丹青哥給我寫的血書，我還保存著。我一定要關照你們母子的，不會辜負死者的期望。」

「什麼血書？」張愛清停住手中的針線，吃驚地問。

「有人來了。我以後會告訴你的。」柯和義起身走了。

張愛清連忙低頭弄針線。她嗚咽著喉嚨，鋼針穿了她的中指，也不覺得痛。

過了大半個時辰，李氏和趙月英來了。趙月英跟張愛清打了招呼。李氏去把和義叫來了。

趙月英勸說了柯和義一陣，從內衣口袋裡掏出一張折成方塊的字紙，說：「這是懷德從縣公安局為你開來的證明材料，現在給你。你的歷史問題不存在了。和義，我是瞭解你的，只要你願意幹的事，一定幹得好，你收拾一下，馬上和我一起去區裡報到。」

柯和義接過趙月英手裏的證明材料，轉回家裡。他到臥室裡，移開床頭的長桌子，從牆上小心地移下一塊黑色土磚，取出一個黑布小包，放在桌上。他打開布包，裡面有兩塊變成棕色的布片。他把布片展開，那紫色字跡還清晰，一塊上寫著：「義關照清。」另一塊上寫著：「接受義活下去。」柯和義的淚水湧出來了，把兩布和那張證明材料捲起，搓成圓棒形，外包黑布，插入牆縫中，把移下的土磚合上去，把桌子挪過去抵好。他又清理了一下東西，換了乾淨衣服，把日用品包在被子裡，捆好，夾著，出門，上鎖，來到李氏家，把大門鑰匙交給李氏，跟著趙月英上區裡報到去了。

有詞曲詠柯和義探索民生路：

混江龍

那柯和義，俊骨英才氣豪俠。上學求真理，張老師指點津關。蒙冤獄、靈魂更潔心明白：兩千年帝王專制，汗青滿腥血；辛亥革命，先覺壯烈，皇權倒了，民國建設；蘇俄組中共，用馬列；坑良知，政治運動不停歇。看著你、橫行霸道幾年月？走著瞧、莫謂書生空悲切！

卻說張愛清，李氏替她在社裡請了一天假，給李氏家做衣服。張愛清和四歲的兒子晴川在李氏家吃了晚飯，才回家去。晴川睡了後，張愛清想著柯和義提起柯丹青寫的「血書」，就悲痛起來，暗自流淚，那一樁樁往事也就湧上心頭。

欲知張愛清回憶的往事是一些什麼內容，且聽下文分解。

第八回　莫愁情

卻說張愛清離開李氏回家，天已黑了。她燒了熱水，洗了，服侍兒子晴川睡了。她自己摸黑平躺在床頭，想著柯和義說的「血書」睡不著。

自從清匪反霸後，災難落到了張愛清身上。張愛清就像一隻母雞，任人吆喝；像一條母狗，任人驅趕；像一頭牝牛，任人鞭打；像一隻老鼠，人人喊打。蠻漢可以摑她耳光，潑婦可以拉她頭髮，小孩可以甩她牛屎，學生可以喊她站住……在她的周圍，全是審視著她的言行直至思想的目光。那目光，像太陽，像月亮，像寒星，像螢火，像鬼火，火辣，慘冷，閃爍，暗綠，陰森，不分晝夜，鋪天蓋地，使她無處藏身，使她不敢思考，不敢回憶。她時刻警告自己，不能在走路時沉思默想，以免碰擦了人會遭受橫禍；在鋤草時不能分心，以免失錯挖了禾苗會惹來鬥爭；在黑夜裡不能歎息，以免被人聽到而被追問；在做夢時不能囈語，以免露了真情被趴牆偷聽者聽了去遭吊打……這一切的一切，她忍受著，煎熬著。她只有一個念頭：讓兒子活下去，她也得活下去。日子久了，她麻木了，傻了。可是，她今日見到了柯和義，像魚兒見到了水，思想活躍了，說出了有見解的活來。柯和義那最後的一句話，像一根木棒在她死水缸的心裡攪了一圈，捲起了漩渦，激起了浪花。她從冬眠中蘇醒過來，不能不想，不能不憶。她不由自主地把手伸過枕頭芯，摸到了那日記本。她想拿出來，點燈去看。但她不敢點燈。她把手縮回來，把枕頭套扣上，迷糊地躺著，等待天亮。

在張愛清的枕頭套裡藏有一本日記本，那是革命英雄們在抄家時唯一疏忽而留下的讓張愛清睹物思人的物件。當時，張愛清和柯丹青在大堂前挨鬥爭時，她半歲的兒子正在家中的搖籃裡啼哭。革命

英雄們去抄家裡，張愛清的嫂子梁氏得到柯鐘月的允許，把搖籃和孩子一起端到梁氏房裡。後來，張愛清的房子被沒收了，她被趕到不足十平方米的豬欄裡去住，那搖籃就搬到了豬欄裡。柯丹青被槍斃一個月後，張愛清的情緒才平靜下來，給孩子換曬搖籃裡的稻草，發現草墊裡有一本日記。原來是她翻看時隨手塞進草墊裡的。她連忙把日記本子藏進枕頭芯裡，一直不敢看。現在，一種無形的力量在驅使著她要去看那日記本子。

天亮了，她一大早出工，出了一勤，回來吃早飯。她很快做了早飯吃。幹部還沒叫出工。張愛清利用這點時間，把門關上，上閂，從舊枕套的蕎麥殼裡摸出日記本子。她捧著日記本子，走到窗戶下——那其實不是窗戶，是打掉一塊土磚的三分之一的牆孔，漏進光線來。張愛清翻開日記本，在扉頁套夾著四張相片。張愛清用手指夾出第一張相片，是她單人生活照。可是相片被黏在紙上。她細心地剝，剝下後，紙上留下了大小形狀不一的點塊，相片斑斑點點，傷痕累累。她用手指去抹，那相片的白粉黏在手上。她不敢再抹了。她知道，這相片有上十年的時間，這豬欄十分潮濕，黴雨季節使相片受潮，沁出汗來，黏壞了。她拿著相片，對著光亮，正看著，反看著，極力想用記憶給相片的剝脫處補上原貌。她終於看到了十年前的自己影像。

那時，張愛清十九歲，柯丹青在南京讀了一年書回家度暑假，提前上學，帶張愛清去首府南京遊玩。在一個風和日麗的上午，柯丹青帶張愛清遊莫愁湖。

那莫愁湖，湖水碧藍，鱗波泛銀，遠山黛青，近岸翠綠；湖水上，長廊玉虹，亭臺樓閣，畫舟停泊，遊艇奔馳，小鳥快飛，鵝鴨戲集；湖畔上，草地寬闊蔥綠，林子樹茂竹翠；濃蔭下，雕樑畫棟，花牆內，萬紫千紅；有放風箏的父母小孩，有打鬧嬉笑的少男少女，有讀書寫字的大學生，有黃髮碧眼的洋人……一派和祥歡美景色，哪有一個「愁」字？

這一切，都是張愛清在小縣城裡未見未聞的。她走一步，停一下，東張西望。柯丹青只好放慢步子，隨著她走，有時停下步來向她解說。柯丹青想拉著她的手走路，被她拒絕了。柯丹青說給她買套時髦衣服，被她制止了。張愛清畢竟是個小縣城裡的姑娘，有著濃厚的封建思想和鄉土氣息。她，留著長辮子，穿著紅底白花蒙胸短衫，藍色洋布長褲，刺鏽花鞋。她有處子的端莊溫雅，有著凜然不可侵犯的少女貞操。這身打扮和性格，在小縣城裡是時興的，而在京城就落後了半個世紀。她對這裡的一切感到新奇，對這裡的男女勾腰搭背感到羞澀，正如這裡的人對她感到驚奇和鄙夷一樣。

柯丹青領著張愛清到湖邊高處的一塊大石頭旁。那石頭的一角被磨得很平滑，上寫三個赭色大字：莫愁湖。石後湖景一覽無餘。這就是莫愁女殉情跳湖的地方。不少人在這塊石頭照相留念。張愛清很羨慕地看著。柯丹青就建議照一張相，張愛清同意了。柯丹青帶著張愛清至照相亭裡去租相機和衣服。亭子裡掛著各色各樣出租的衣服，兩人商討了一陣，給張愛清挑選了一套時髦的衣服。老闆建議張愛清把髮辮打散梳直，戴了一頂白色太陽帽。張愛清站在大鏡前重新打扮了一陣。她看著大鏡子驚訝了：「鏡中的那個青年女子是我嗎？」鏡中的女青年，白色太陽帽下，烏髮像瀑布一般垂披在腰肢上，純白青邊短袖衫，鮮綠的背帶，短裙罩在膝蓋上，肉色絲襪拉到膝彎處，白色尖頭涼鞋。就是這個美麗的青年女子，與寫著「莫愁湖」的大石頭，連同那莫愁湖的景色，留在一張相片上。

照完相，柯丹青來到一棵大樹下，要了張愛清的日記本，坐在石凳上，伏在石桌上，寫了一篇短文。柯丹青寫好後，和愛清漫步在樹蔭下，草地上，朗誦起那篇短文：

「這是位現代化的莫愁女！我怎樣才能描繪出她的美呢？文學家告訴我用比喻法，什麼柳葉楊

條呀，什麼荷花牡丹呀。但比喻只能取其相似點，不能喻出她的氣質。文學家又告訴我用類比法，什麼褒姒西施呀，什麼貂嬋楊玉環呀。但那些美女我沒見過，只看到文學家用『沉魚落雁』、『閉月羞花』來形容，那形容太空洞蒼白，沒有形容出活生生的美女。我眼前的張愛清，是活生生的美女，一個完整的美女，我說：『全是美！』這種美，是造物主用各種弧線、各種光澤、各種質料，創造出來的千姿百態的形狀拼合成的渾然一體的自然藝術品。湖光花草，只能作她的陪襯，陽光只能因她而五彩繽紛，月光只能因她而柔和晶瑩。能工巧匠不能塑造出來，神筆畫家不能臨摹出來，最偉大的小說家、詩人只能用分解法、用有限的辭彙描寫出她的一部分或幾部分美來：

『她的正面的美使人目不暇接，她的背面的美使人心花怒放，她的側影的美秀麗誘人。她的額頭光潔如蠟，她的眉毛淡遠幽深，她的兩腮白的油亮、紅的羞潤；她的鼻樑高直滑潤，她的下巴微彎俏皮；她的手肘像薄冰裹著蔚藍的脈絡，她的小腿像新剝的筍肉凝蠟圓渾；她的牙齒如細玉密排，銀白閃光；她的嘴角高翹，流露出抑制不住的喜悅；她的眼睛如墨潭，深奧莫測，又泛著天真單純的光澤……那鮮潤柔嫩，誘人輕吻，又令人憐惜，不忍糟踏貞潔；那溝溝窩窩，含情脈脈，惹人撫摸，而冷峻的神情令人動作遏止，不敢放肆……』

這就是張愛清，站在我面前的鮮活的美女，印照在相片上生動的莫愁女——我未來的妻子張愛清啊！啊！紂王為妲己亡天下，董卓為貂嬋曝屍街頭，帕黎斯為海倫挑起特洛伊十年戰爭，普希金為愛情揮劍格鬥亡命……我，願意為張愛清獻身奮鬥！」

柯丹青邊走邊誦，那聲音由小而大，由低而高，由緩慢而急促，由平穩而激昂，最後，發瘋似地狂嘯起來。張愛清開始只是默默地走著，靜靜地聽，欣慰地笑，歡樂地跳。後來，她被柯丹青的失態驚住了，左右窺視，發現遊人向她倆投來了詫異的目光，就急了，趕上去捂住柯丹青的嘴，奪下柯丹青手中的日記本。

沉醉在愛情中的柯丹青被張愛清的舉動驚醒了，偷眼環視，羞紅了臉，卻故作鎮靜地說：「這是真情，怕什麼？」

他倆沿著湖邊散步。柯丹青又為張愛清講莫愁女的故事。張愛清聽著，歎息著。張愛清聽完後說她不相信莫愁女有那樣的悲慘的遭遇。她認為那是文人憐花惜玉編造的故事。她認為天地像自己一樣純潔天真，那陽光永遠是燦爛溫和的，那湖水永遠是澄清透明的，那樹永遠是青的，那草永遠是綠的……應該有這美麗的莫愁湖，不應該有那悲慘的莫愁女的故事。

時至今日，張愛清記憶猶新，那幸福美好光景就在這豬欄裡的暗淡中浮現著，栩栩如生。

「當——出工囉——」一個使張愛清驚心動魄的尖利聲音劃破長空，那美好景色轉眼即逝了。她雙手發抖，那本子掉到了地上。她慌忙去地上亂摸，因為那牆腳下的地面是黑暗的。她摸了本子和相片。可是，那相片沒有一點影像了，儘是斑斑傷疤。張愛清一陣痛惜，還是把相片夾進日記本裡，將日記本塞進枕套，撫平，放好，扛起挖鋤出工了。

這天夜裡，張愛清躺在床上，怎麼也睡不著。那美好歡樂的景象又出現了，轉而消去，出現了殘酷的鬥爭景象。她終於相信了那悲慘的莫愁女故事是真實的了，她不是比莫愁女更悲慘嗎？莫愁女還能為自己的情人服侍煎藥，挖出眼珠做藥引；莫愁女還能為他的情人投入莫愁湖殉情；莫愁女的愛情如玉，不讓濁世玷污。而張愛清呢？在柯丹青被槍斃時不能去抱屍痛哭，在柯丹青出殯時，不能披麻帶孝，直到現在她還不能為柯丹青祭祀哭泣……張愛清回憶著兩人在莫愁湖時的情景，睜著現在悲慘

的現實，她抽泣了，昏暈了，感到自己在莫愁湖中下沉。

第二天早餐時，張愛清又忍不住去看那日記本了。這第二張相片是她和柯丹青在中山陵的合影，影像完好。相片中的張愛清還是那帶鄉土氣息的打扮，花褂藍褲，粗長的髮辮甩在左胸邊，兩手撚著辮梢，頭微低，靦腆地窺偷世界。緊挨著她的柯丹青，西裝革履，頭微昂，嘴角兩邊隆起豎皺，兩眼遠視，目光嚴峻，神情凜然，那模樣表現出「大丈夫氣貫長虹」的氣概，表露著鬥士「愈挫愈奮」的豪情。相片的背景是中山陵大門，「中山陵」三個大字懸在高大的大門門額上。

中山陵，那確實是令人肅然起敬、振作奮發的聖地。柯丹青說他是第三次參觀中山陵，而張愛清發現柯丹青好像是初次來到中山陵，和在莫愁湖時的柯丹青判若兩人。柯丹青一來到大門，就成立正姿勢，瞻仰那「中山陵」三個大字。柯丹青立了好一會，才身板挺直，步伐穩重地走進大門。柯丹青在向張愛清解說景點時，像政治家在演說；柯丹青在默看牆上銘刻時，像哲學家在沉思。她倆到最上重瞻仰孫中山遺容時，柯丹青竟然跪在地上，雙唇翕動，淚流滿面。這時的柯丹青的心態，表情，舉動，張愛清並不具有。她只是受到氣氛的感染，感到孫中山陵是聖殿，肅穆安謐，使人的靈魂得到淨化，使人的思想得到昇華。

柯丹青和張愛清出了中山陵大殿，在大門廣場上拍了這張合影相片。

柯丹青帶著張愛清在一棵大樹的石椅上坐下。柯丹青向張愛清講了孫中山的生平和業績。他感慨地說：

「先生要是還活五到十年，中國社會就不會是這個亂糟糟的局面。北伐戰爭後，中國社會應該是個安寧建設的時代，可是先生早逝世了，國共戰爭不斷，日本投降了，內戰又開始了。唉，歷史的選擇有時是偶然的！」

「怎麼？打仗了？」張愛清吃驚地問。

「是呀，由小打發展到中打，看來要大打。兩個黨各有軍隊，看來不打敗一個不會太平。爭權奪利，發動戰爭，中國帝王的後遺症，不知道哪日才能結束戰爭？」柯丹青厭惡戰爭。

「總會太平的。」張愛清天真地說。她又安慰柯丹青說：「不管誰掌權，總要搞水利建設，誤不了你的專業知識。」

「那也是的。孫先生強調民生問題。我打算畢業後回到家鄉，先發展南湖養殖業，讓南柯人富起來。再去促成下雉縣成立水利科，培養一批水利專業設計、施工人才隊伍，對下雉縣全境河流、湖泊進行勘測，建設水電站，變水患為水利。」柯丹青抒發著自己的理想。

柯丹青是個容易動感情又愛表露的知識青年。張愛清至今還記得柯丹青在敍述下雉縣水利建設和描繪下雉縣美好藍圖時的激動樣子。可是，戰爭結束了，柯丹青卻因為在國民政府京城讀書而被當作匪徒槍斃了。現在，張愛清注視著眼前相片中生氣勃勃的柯丹青影像，漸漸地眼睛模糊了，那柯丹青的影像低下頭，彎著身腰，背心和太陽穴上出現了兩大窟窿，鮮血噴了出來，倒下了，躺在地上……

「丹青呀，你死得好冤枉呀——」張愛清淚水往肚裡吞，血水往心裡流，聲帶微顫，全身戰抖。

「當——出工囉——」那尖利的聲音又劃破長空。這次，張愛清沒有被驚嚇住，手從容地合折本子，放進枕套，恢復原狀，背著挖鋤出工了。

又是一個黑夜。張愛清睡不好，做著不連貫的噩夢。她夢見柯丹青躲藏在白雲山豬馬塘一個石洞裡，患了風濕，四肢癱瘓，用手爬著走。他渾身濕泥，哭聲哀嚎：「愛清呀，給我燒個紙屋吧，

燒些紙錢吧！」她抱著柯丹青哭：「給你燒紙屋、紙錢，我就和你的兒子活不成了。」……她又夢見在箭山塅茶鋪喝茶。突然，有一群人從石頭橋那邊跑過來，柯丹青被反綁著，脖子插支犯人標牌。柯鐵牛、柯國慶衝過來，把她抱住，要當眾強姦。她拚死反抗，掙扎。她聽見柯和義怒喝：「畜牲！住手。」柯和義拿起茶鋪的挑水竹扁擔向柯鐵牛、柯國慶打去。她看到柯和義胸口上挨了柯鐵牛的手槍子彈。柯和義仍然站著沒倒下，大聲叫喊：「愛清，帶著晴川快跑，不要管我。」她真的抱起晴川跑了。她跑到南柯村的中屋坡下。這時，不少社員在拔麥苗草，她放下晴川，參加拔草。驀地，從密柴林裡竄出一隻金錢豹，向正在山坡邊玩的晴川撲去。她舉起挖鋤向豹子頭打去，挖鋤把被摔斷了，豹子一扭屁股，鋼筋股尾巴把她打出老遠，叼著晴川跳動進柴林。她向社員們大叫：「救孩子呀——」但是，社員們在看，在笑，誰也不去救她的惡霸兒子……

「兒子呀——」張愛清大哭一聲，驚醒了。她連忙去摸身邊的兒子，睡得正香。張愛清摸著兒子的頭，抽泣起來。

第三天早飯時，張愛清看第三張相片。這是她結婚時全家的合影照，是她哥哥張興華帶來的相機拍的。說是全家人，卻多了一個柯和義。這張相片比前兩張晚兩年，人物頭面雖小，卻很清晰。張愛清的父母坐在中間高木凳上，張興華、柯丹青站在背後，張愛清跪在母親右膝邊，柯和義跪在父親左膝邊。張興華大張愛清六歲，從美國留學回來後，在武漢國民政府工作。武漢被解放軍佔領後，張興華就沒有音信了，有人說他被打死了，有人說他隨白崇禧去臺灣了。母親在張興華失蹤後得了熱病死了。父親張有餘先生從日本留學回國後，在南方鬧了一陣子民主革命，北伐戰爭後回到縣國民中教書。張有餘先生只教自然學科，不教社會學科。他為人豁達開朗，與世無爭，與人友善，與國民黨、共產黨的要員有些關係，同事們都說他有蔡元培風範。柯和義是陪柯丹青來接親的，張有餘先生就讓柯和義與全家人一起合影了。

對於柯和義，張愛清是有一個認識過程的。

張愛清第一次看到柯和義是在縣中學的父親的宿舍裡。那天中午，柯丹青帶著柯和義來，找張有餘先生，張愛清也在父親宿舍裡。當時的柯和義，中等個子，剃個光頭，頭皮泛青；上身粗棉布白褂，下身烏色粗布褲，那烏色不均勻，有深有淺，大概是下腳染料煮的色；腰上繫根麻繩褲帶，褲腰在前面扭捲，使胯襠凸起。柯和義面向張有餘先生站著，手沒地方放，經常扯動衣擺。柯和義的右腳愛動，原來是黑布鞋的鞋尖穿了孔，大腳趾頭露在外頭。張有餘先生叫柯和義坐下。柯和義就坐下，右腳卻盡可能往左腳跟後縮，低著頭，眼睛看著地下，不作聲。張愛清站在窗下條桌旁，看到柯和義這副土里土氣的尷尬樣子，忍俊不禁，捂住嘴嘻笑。她看到父親橫了自己一眼，才扭頭向窗外看。張愛清聽到柯丹青介紹說柯和義是自己的堂弟，讀書天分高，又刻苦，是尹安定先生的高徒。柯丹青還呈上了尹安定先生給張有餘先生的親筆信。張有餘先生就問柯和義讀了些什麼書，柯和義一一作了回答。張有餘先生就點了《孟子》的一段，叫柯和義背。柯和義就搖頭晃腦地大聲背誦起來，還解釋意思。張有餘先生連連叫「好」。張有餘先生問他算術學得怎樣。柯和義說學了些，還會算盤。後來，經張有餘老師的保薦，柯和義免考就上了縣中學，與張愛清在一個班，坐在一張課桌上。

柯和義算術底子薄，就拜張愛清做輔導老師。張愛清就以輔導老師身份給和義補算術，佈置作業，批改作業，有時還訓斥柯和義。柯和義都乖乖地服從。誰知在一年級期末考試時，柯和義國語、數學都得了第一名，使張愛清大吃一驚。

「柯和義做學問比柯丹青強。」父親對張愛清說。

一次，張愛清母親問父親，能不能給錢柯和義到鄉下買大米。

「柯和義是個值得信任的青年。」父親說。

又有一次，張有餘先生當著張愛清的面對柯和義說：「你不能少年老成，什麼事都要想好了再說再作。青年人要大膽，要有信心，說錯了，作錯了，不要緊，改過來就行了。」

在二年級第二學期時，張愛清發現柯和義愛看政治、哲學方面的書籍，就以輔導老師的身份教訓柯和義。誰知那柯和義激烈地反駁她，眼裡冒出火光，她被駁得理屈詞空，就到父親那裡告了柯和義一狀。柯和義就被一直不關心政治的張有餘老師上了一次政治理論課，受益一生。張愛清也對柯和義的認識加深了一層：柯和義並不是忠厚可欺、笨嘴拙舌的鄉下青年農民，也不是傻裡傻氣的書呆子，而是一個表面文靜老實、內心洶湧呼嘯的熱血青年學生。她反而更敬佩、關心柯和義了。張愛清為了使柯和義勞逸結合，想法子逗著柯和義去玩球，去賽跑，去看電影……還經常在柯和義看書入迷時發怪問，說俏皮話。柯和義不氣不惱，用話敷衍。

一次，張愛清問柯和義：「和義，你說我倆是什麼關係?」

柯和義隨口答道：「同學。」

「還有呢?」

「兄妹。」

「還有呢?」

「叔嫂。」

「還有呢？」

「師生，你是我的輔導老師。」

「你不覺得我是個女青年，是個女人嗎？」

「不覺得。」

「真是個木頭人。」張愛清嘸著嘴罵道。

還有一次，張愛清把她在莫愁湖的單人生活照給柯和義看。

「照得好。」柯和義隨便看了一眼。說。

「好在哪裡？」

「清晰呀。」

「你能對這張照片寫篇抒情文章嗎？」

「我寫不出來。」

「我給你看一篇抒情文，你好好學一學。」張愛清翻開日記本，把柯丹青寫的那篇短文給柯和義看，要柯和義朗誦。

柯和義就朗誦起來，平平的，淡淡的，無情無調。柯和義朗誦完後，瞧著眼前活生生的張愛清，心裡怦然一動，身上一陣痲慄。柯和義立即想到「叔嫂」、「兄妹」、「輔導教師」這些令人敬畏的詞來，將那剛冒出的一絲邪念熄滅了。

「寫得怎麼樣？」張愛清逼問。

「言過其實。」

「真是木頭人。」張愛清扯回日記本，夾了相片，賭氣走了。

儘管柯和義「真是個木頭人」，但張愛清願意與柯和義在一起。她感到與柯和義在一起，平等自由，無拘無束，有時還能當「輔導老師」。而和柯丹青在一起，低人一等，拘束不安，是個需要呵護的「小妹妹」，需要教導的「小學生」。漸漸地，張愛清少女的心靈偷偷地給柯和義騰開了位子。

一個少女處在兩個男青年之間，這是個危險信號，是少女無意地設下的陷阱，這就是少女靈魂深處怒放的奇香異常的黑花——愛情。幸好柯和義這個「木頭人」不去就座，否則，將會鬧出一場愛情悲劇來。

在柯和義和張愛清讀三年級第一學期時，長江邊火炮轟隆了，下雉縣縣城出亂了。柯丹青回家了，向張愛清父母提出了結婚的事。張愛清父母當然同意。張愛清悄悄地對母親說：「我還沒定弦。」母親說：「還定什麼弦？丹青這樣的好男子漢還不如你意嗎？你總不會去跟呆頭呆腦的柯和義結婚吧？」母親說話無意，可張愛清兩頰泛起了紅霞，說不出話來。過了兩天，張興華從武漢回家，帶來了錢和照相機，在張愛清出嫁那天，就拍下了那張全家合影照。

張愛清來到了南柯村柯丹青的家。柯丹青家是一棟連三間的青磚瓦房。柯丹青的哥哥柯純青和梁氏住在北房，柯丹青和張愛清住在南房。柯純青是當地著名的骨科醫生，行醫的全部收入都供弟弟讀書，自己靠四斗水田和三升麥子地生活。柯純青在柯丹青遭槍斃後一個月，患喉瘤死了，梁氏帶著兩個女兒改嫁了。

柯丹青是個沽名釣譽的人，鬧了洞房，第二天吃過拜堂飯，就拉著張愛清像游莫愁湖一樣去游南柯村。實則是讓鄉親父老讚賞他夫婦是非凡的一對。柯丹青邊走，邊給張愛清解說南柯村的風俗人情，介紹碰著面的父老兄弟。柯丹青穿的是灰色中山服，戴的高頂禮帽，蹬的油光黑皮鞋，就差了一根文明棍。張愛清留的是時髦的齊項短髮，穿著綠底白花旗袍，足穿棕色高跟鞋。兩人的這種打扮，在古樸的南柯村人特別引人注目。他倆走過的地方，都集中了人們的目光，那目光有驚訝，有羨慕，有嫉妒，有嘲諷。他倆身後留下一片嘰嘰喳喳的議論聲。兩人都感覺到了這一點，柯丹青引以為自豪，張愛清感到羞澀不安。

「丹青，我們回家去吧。」張愛清說。

「好，就從這家穿過去。」柯丹青說著，進了一家後門。

「丹青，祝福你。」屋裡灶旁一個四十來歲的婦女站起來，笑著說。

「嬸娘，托你的福。」柯丹青笑著回禮。柯丹青向張愛清介紹說：「這是李嬸娘，全村出名的賢德嬸子。」

張愛清微笑著向李寡婦點頭。

「侄媳，祝你早得貴子。」李氏上前，拉住張愛清的手，祝福著。

「嬸娘，聽你口音好耳熟。你是城關人吧？」張愛清高興起來，問。

「是呀，我娘家住老衙門對面的三眼井街，現在娘家沒人了。」李氏說。

張愛清就說了娘家住址，說了父母的名字。李氏說知道張愛清的父母。

「愛清呀，你找到老鄉了，以後常到李嬸娘家來坐。我們走吧。」柯丹青說。

「侄媳，這屋子黑，我牽你走。」李氏說著，牽了張愛清的手，進了中門，下了兩級臺階，來到窄巷。這窄巷是從中間一間房子隔出來的，很暗。張愛清感到眼前一黑，隨著李氏走。走了十來步，

就明亮了，來到堂前，出了大門，來到石板巷裡。

張愛清感到南柯村實在是個美好的村莊，有山有湖，風景秀麗，物產豐富，風俗淳樸，人情敦厚，只是封建落後些。

「喂，歡迎到敝舍一敘。」這是柯和義的聲音。柯和義在自家大門前石板地和幾個孩子在聊天，看見柯丹青、張愛清就喊。

「呵，我第一次聽到你說幽默話了。」張愛清見到柯和義就大膽了，大聲笑著說。

「好，我倆去觀摩一下墨子廟吧。」柯丹青笑著打趣。

柯和義領著柯丹青，張愛清進屋。張愛清感到柯和義這屋比李氏的屋更暗更昏。張愛清看到柯和義小臥室靠牆的一塊木板上有一尊觀音菩薩，笑著說：「你還信佛，想出家啦？」

他們三人就坐在小天井邊聊起來。中國人談話，三句不離本行。柯丹青、柯和義很快談到民事國事，談到孔子、孫文、洛克、盧梭。在談到中國眼前是民生問題重大還是民權問題重大時，兩人發生了爭辯。

柯丹青認為，民生問題比民權問題重大、艱難。中國民眾貧窮愚昧，只有先解決民生問題，使民眾富足開化，才能行使民權。他表示，不管誰當權，都一樣要解決民生問題。他談了自己要在下雉縣實現水利建設的計畫，他說能解決好一個縣的民生問題，就找到解決全國民生問題的路子。

柯和義則認為民權問題重大、艱難，解決民權問題是解決民生問題的前提條件。中國民眾的貧窮愚昧是專制政權弄出來的，只要有帝王專制，就永遠有貧窮愚昧，誰當權是大不一樣的。袁世凱當權，只解決自己如何坐穩皇帝位子的問題，並不想解決民生問題，他倒希望民眾貧窮愚昧，便於他統治。孫中山當權，不存在穩定個人皇權問題，還權於民，才能真正解決民生問題，希望民眾擺脫貧窮愚昧，行使民權。治國如治家，如果一個家長野蠻愚昧，守舊頑固，專橫獨斷，這個家庭就遭殃了，家長要保住他的特殊地位和尊嚴，成員就遭欺凌，受壓迫，麻木不仁，毫無創新之舉，談何富足開化？如果一個家長是家庭成員選舉出來的，這個家長是為家族成員服務的，是要全心全力把家庭搞好，就講民主，使家庭成員群策群力，創造財富，這個家庭就自然而然地興旺發達，富足開化了。

「依你的看法，我們又要回到『五四』時代去了，又要喊『打倒孔家廟』、『德先生、賽先生萬歲』了，社會不就倒退了麼？」柯丹青語含譏諷。

「社會已經在倒退，『五四』時代沒有過去，這是陳獨秀的觀點，我贊同。中國既要德先生、賽先生，又要孔夫子，這是孫中山的觀點。孫中山就說他的三民主義源於孟子。並非說說而已，而是確有根據的。『五四』時代是偉大的，但犯了一個錯誤，把德先生、賽先生與孔夫子、孟夫子對立起來。其實，孔子、孟子與洛克、盧梭有共同之處。」柯和義越說越激動。張愛清一言不發，只是聽，要看這兩個人的勝負。她心裡已經認為柯和義勝了。

兩人正爭得熱火朝天時，柯丹青嫂子梁氏喊吃飯了，才終止了這場爭論。

下午，柯丹青、張愛清沒出門，坐在房中閒聊，自然又聊到柯和義。

「妳怎麼看柯和義？」柯丹青問。

「傻得可愛，又可憐。」張愛清回答。

「這就是說，妳愛他，還同情他。」

「你怎麼這樣說呢？」張愛清生氣了。她又生氣地說：「我愛他，同情他，你又怎麼樣呢？」

「啊——」柯丹青愣了一下。他反而笑了，摟住張愛清說：「妳才真的傻的可愛，又可憐。我告訴妳，妳愛他，他不會愛妳。」

「怎麼說？」

「對柯和義最瞭解的是我，不是妳。」柯丹青說，「柯和義在生活上是墨子，摩頂放踵；在學問上，是孔子和盧梭的結合體；在友情上，是孟子的『義』塑造出來的關雲長。在他的眼裡，你永遠是他的嫂子，輔導老師，只贏得尊重、敬愛，絕不會產生愛情的『愛』。你和他睡在一個床上，我也不懷疑你們有男女之愛。」

張愛清聽傻了，自己是領教過柯和義的。她內心佩服柯丹青識人的眼力。她說：「這就是說，我和柯和義接觸，你不介意？」「絕對不介意。」柯丹青毫無顧忌地說，「如果我死了，我要把你託付給他哩。」

「你怎麼說出這種不吉利的話來？」張愛清捂住柯丹青的嘴。

「這只是個假設，說著玩的。」柯丹青拉下張愛清的手。

他歎了一口氣，又說：「在這亂世，誰料得死活的時候。我從南京回家時，就遇到過兵匪、流彈的危險。」

「不要說這些了，說些有趣的事吧。」張愛清說，「我們給柯和義介紹個女人吧，他那樣子，是不會自己找到對象的。」

「我說你傻吧，你不服氣。」柯丹青說，「柯和義是個外柔內剛的血性男子，肯定不會亂愛，若是愛起來，才癡狂哩，那是真心實意的愛。他不會接受別人介紹的女人的。」

後來，張愛清真的給柯和義介紹了幾個女人，柯和義都拒絕了。張愛清結婚一年後，下雉縣被解放了，接著是柯丹青遇難，柯和義坐牢。不但柯和義沒找到對象，張愛清也成了寡婦。

沒想到三年後，張愛清和柯和義有了說話的機會。柯和義提到柯丹青的「血字」，張愛清才勾起了許多往事。「那是什麼內容的血字呢？」張愛清要弄個明白。

「當——出工囉——」尖利的聲音又響起來了。張愛清合上日記本，藏好，扛起挖鋤上工了。

幾年後，張愛清寫了詩詞抒發自己的莫愁情——

詞曰：

詠莫愁情

莫愁女，莫愁情，日暮荒草無光明。
莫處愁，無法愁；莫心情，難言情。
一個是家庭門第因，挖眼珠，真失明；
無牽掛，投湖自盡。
有愁，殉情；佳話傳，有人憐。
一個是社會制度果，被囚禁，無光明；
有牽掛，難以自盡。
莫愁，無情；遭謗毀，沒人憐。
莫愁女的愁只是苦愁，張愛清的愁才是莫愁。
莫愁女的情只是純潔的愛情，

張愛清的情才是雜糅了冤情的莫愁情。

莫愁情，「柔腸一寸愁千縷」；「這次第，怎一個『愁』字了得？」

注：1.莫愁，古代女子名。一說洛陽人：「洛陽兒女名莫愁。」一說石城（今湖北鐘祥）人。此處指明代愛情劇故事《莫愁女》的女主人公。2.「柔腸一寸愁千縷」和「這次第，怎一個『愁』字了得？」，都是李清照詞句。

又，集錦詩云：

欲訪莫愁在何處（高觀國）？惆悵金泥簇蝶裙（韋氏子）。
高情雅淡人間稀（劉禹錫），曾經卓立在丹墀（元　稹）。
海神東過惡風迴（李　白），化為今日西陵灰（笑笑生）。
眾中不敢分明說（韋　莊），一點相思幾時絕（關漢卿）？

注：金泥，用來修飾塗抹的金屑、金粉。

張愛清走到新水井邊，身後響起了一個狼嚎的聲音：「張愛清，站住！」

張愛清低頭一瞄，是民兵連長柯國慶。她心頭掠過恐慌，兩腳痲軟一下，站住了。

不知張愛清是禍是福，且聽下回分解。

第九回　禽獸情

卻說張愛清聽見柯國慶的嚎聲，站住了，沒作聲。

「你這個婊子，面子大哩，支書叫你去社部繡字，照顧你。」柯國慶嘻笑著說。

張愛清仍不作聲，轉身走。她要把挖鋤放到家裡去再去社部。

張愛清走著，聽到柯國慶「咚咚」的腳步聲跟在後面。張愛清知道柯國慶在監視自己，就進屋放下挖鋤準備出門。可是，門光被黑影堵住了，柯慶國站在門檻內，隨手把門關上，小屋全黑了。柯國慶的呼吸像風箱一樣嘩啦，張開雙臂，撲向張愛清。張愛清本能地把身子一側，讓開。她清楚柯國慶要幹什麼了。那牆孔的光使屋內漆黑褪成暗淡，物體形狀可辨。張愛清看見柯國慶張牙呲齒，兩腮厚肉在鼓動，那像用利斧在朽木上砍出兩條縫的眼睛，露出淫邪的光。

「連長，我聽到支書的咳嗽聲了。」張愛清急中生智，說。

「你這婊子，支書在社部等你哩。繡字？嘿，我看是繡屄。他要我把你這草狗拉去給他入，不如老子先入了再給他。你這婊子，還敢說謊？還敢欺騙黨嗎？看老子不入死你才怪。」柯國慶咆哮著，又撲向前。

張愛清看這一招失敗，心亂如麻。正在她猶豫的一瞬間，柯國慶從背後抱住了她。

「連長，三大紀律中說不準調戲婦女。你犯了黨紀，要受處分的。」張愛清掙扎著說。

「呸！你算是婦女嗎？你是草狗。老子老遠看到你這狗屄，雞巴就硬了。老子入你是抬舉你。」

柯國慶氣喘如牛。

張愛清不敢叫喊。但她決不讓自己失去貞操。她拼命地彎腰扭腿，想掙脫出門。

「這個姿勢好，正像公狗騎草狗，從背後入。這婊子有兩下子。」柯國慶狂歡起來。

張愛清感到腰部壓著山，那魔爪伸到了她的腹下，在撕扯她的褲帶，一根硬棒在她的股溝裡頂動。求饒是沒有用的。張愛清心靈裡深刻的傷疤裂開了口子，仇恨和憤怒在運行，就像熾熱的岩漿匯到傷口處，「轟隆」沖出來，烈焰騰空。張愛清低頭拱身，左手支地，右手從前面褲襠下伸過去抓著了那根硬棒，使勁地折。柯國慶卻在得意淫笑。張愛清的手再伸過去摸到了兩個軟的卵子，就盡力捏了兩把。

柯國慶「哎喲」一聲慘叫，鬆開張愛清。柯國慶雙手捂胯襠，躬著身子，叫罵：「你這婊子，要除掉老子的根，絕老子的後代麼?老子要你的命!」

「老娘不要命了。我先宰了你這畜牲，再去死。」張愛清看到柯國慶要奔過來，拿起挖鋤自衛。張愛清由草狗變成草獅，十分嚇人。

柯國慶見狀，由老虎變成了老鼠，威風全沒了，躬著腰，向門外竄去。他萬萬沒有料到，一直任人打罵而不敢吱聲的張愛清，居然有這般的膽子和威力。

寫到這裡，也許今日的年輕人會批評說：「太誇張了!不會有柯國慶那樣的共產黨員和革命幹部吧。至少，柯國慶不敢在光天化日下那樣說、那樣做。毛澤東時代的幹部不都是大公無私、廉潔奉公的嗎?」

我不能責怪今日的年輕人有這種批評，因為他們所受到的教育，使他們永遠看不到真實的歷史資料和事實真相。但我要告訴年輕人：學魯迅讀報的方法，讀黑的，還要讀白的。我雖在寫小說，但我的想像力沒有吳承恩那樣豐富，虛構不出本書中那些離奇的故事來。我所寫的故事，都是自己耳聞目睹的真實生活。這一回所寫的事，就發生在離家只三百步遠的同一條石巷裡的一間小屋。那時我九歲，讀小學二年級，是一個星期日，我正好在家，還趕去看熱鬧，是第一個目擊者。我還在水利工地親眼目睹一個周將軍公開姦淫少女，比柯國慶野蠻無恥十幾倍。

卻說柯國慶從張愛清家逃到南柯社社部，向柯鐵牛彙報了張愛清用色相迷惑他，用挖鋤打擊他。柯鐵牛聽了，立即召開南柯社黨支部社委會成員會議。柯國慶捂著胯襠，編了一套話作彙報。

「看你那雞巴還硬不硬，吃苦頭了吧。」婦聯主任李紅風騷地笑著說。

「你摸到那婊子的破屄沒有？」民兵副連長劉會早繼續開玩笑。

柯鐵牛聽到有刺激性的風騷話，想起張愛清的美貌，兩胯間硬起一根棒子，心裡在責怪柯國慶那傻子壞了自己的好事。

「入你娘的十八代！你們還笑話我，階級立場到哪裡去了？」柯國慶火了，說，「我去叫那婊子來繡字，那婊子就騷起來了，伸手摸我雞巴。我想到自己是共產黨員，不能被敵人用美人計拉下水，就打了那婊子一耳光。那婊子騷狂了，就抓住我卵子狠捏。我不從，她又用挖鋤來打我。我痛得難受，就跑來了。」

「不要鬧了，嚴肅一點。」支書柯鐵牛鐵青臉說，「對惡霸陷害幹部這個反革命事件，大家討論一下，怎麼處理？」

「這是一起嚴重的階級鬥爭事件，用糖炮彈襲擊革命幹部，是階級敵人的新手法，是階級鬥爭的新動向。我建議，對張愛清先鬥爭，再交給公安特派瞿思危同志繩之以法。對柯國慶同志，要在全社

黨員、幹部會上表揚，號召大家學習柯國慶同志的階級立場堅定、不被敵人勾引的模範事蹟。」團支部書記柯業章一本正經地說。

幹部們你一句，我一句地討論起來，階級仇恨的怒火熊熊烈烈。

「張愛清就交給我們婦女來鬥爭。你們男子心太軟，對這種事又不好意思說出口。」李紅英勇請戰。

「我同意李紅同志的意見。」劉會早說。

「就這樣定下來。」柯鐵牛作出聖旨，「開兩個會，李紅、劉會早主持召開全社婦女鬥爭張愛清大會，柯業章主持召開全社黨員、幹部學習柯國慶拒腐蝕大會。」

李紅、劉會早一起說說笑笑地去了。她們先召開女黨員、女團員、女積極分子會議，物色了幾個鬥爭性極強的積極分子。李紅還對受害者柯國慶愛人周春進行階級鬥爭教育，武裝思想。

在南柯村大堂前設了鬥爭會場，李紅、劉會早、周春坐在祖宗堂主席臺上，婦女積極分子分兩邊站立。全社婦女陸續地來了。有的拿著正在做的鞋底，有的拿著正在縫補的衣服，有的抱著小孩。婦女們總是盼望著開鬥爭大會，因為有四個好處：第一，不出工，能休息；第二，能有時間做針線活；第三，能看熱鬧；第四，有談笑資料。大堂前充滿了婦女們說說笑笑的聲音，嘰嘰喳喳的聲音。

李紅作了鼓動性講話，嗓子喊啞了，仍壓不住會場上吵雜聲音。還是劉會早有煞氣，在李紅講完話後，向著婦女們吼起：「喂——喂——」那聲音像打雷，像獅吼，像虎嘯，吵雜聲嘎然而止，婦女的眼睛一齊向主席臺望去。

「把惡霸婆張愛清押上來。」劉會早咆哮。

兩個女民兵押著張愛清從大門進來。會場上的婦女們一邊觀看，一邊讓開人巷，讓三人走上主席臺。

張愛清看到主席臺上坐著李紅、周春、劉會早，知道今天的鬥爭會由這三個人主持，心裡懸著的一塊石頭落下了一隻角在地上，認為不會吃大苦頭。因為，她對李紅、周春有恩惠。她只是害怕大塊頭女將劉會早的拳腳。

先說李紅。李紅是柯鐘月的養女，是柯鐘月愛人明氏從南下逃亡的東北人棄在路邊撿回的三歲女嬰，取名望娣，意思是希望這女孩能給自己帶來個弟弟。可是望娣進門多年，明氏仍無身孕。柯鐘月和明氏就把望娣當親生女兒嬌養。柯鐘月發瘋打老婆，但從不打望娣。張愛清嫁到南柯村時，望娣已經十五歲。由於望娣是東北種，個子發育得卻像南柯村十八、九歲的女青年一樣，高個苗條，皮膚白嫩，鵝蛋臉，大眼睛。柯丹青曾對張愛清說：「望娣這孩子沒教養，將來會成為南柯村的妲已。」張愛清看法卻不同，讚美望娣漂亮，同情望娣沒娘家，就讓望娣經常到自己房子裡玩，教她識字，教她打扮，還帶她到縣城去玩，買衣服。柯鐘月當了村副主席，望娣十七歲了，就參加宣傳隊，演「車推車」、「划龍船」，什麼都像，都好，很快在方圓十幾里出名了。望娣革命了，尹苦海就給她取了學名李紅。

許多青年都追求她，柯業章追得最狠。李紅一概不理睬，心中只有一個人——柯和義。在她眼裡，柯和義雖然外表一般，卻是全村最靈醒的有知識的人，比柯丹青強。並且，柯和義孤單一人，沒有父母、兄弟、姐妹掛牽，不說柯和義有什麼出息，單憑柯和義的智力和體力就在田地務農，也比一般農民生活好。李紅多次親近柯和義，有一次還直接向柯和義表白心意。但是，柯和義不正眼看她，

儼然以族叔面孔出現，使李紅失望。柯和義認為李紅是好看不好吃的沒有教養的潑辣貨。其實柯和義錯了，如果能接受李紅，李紅將會變成一個內外都美的女人。李紅戀柯和義不著，就接受了柯業章的愛，兩人都入了團，李紅還當了婦女主任。李紅看到父親柯鐘月與柯鐵牛鬥爭當村裡第一把手失敗了，為了入黨保住地位，就讓柯鐵牛給自己破了瓜。柯和義被釋放回來那天，她還給柯業章跟蹤柯和義出主意，站崗望風。

再說周春。張愛清更是有好處在她身上。周春是個苦童養媳，三歲時到柯國慶家，五歲時就做家務事，六歲就放牛砍柴，上地幹活。她是柯國慶和他母親的出氣筒，虐待物。她被隔食，吃野菜，吃剩下的餿飯餿菜，受盡了折磨。張愛清到南柯村時，周春十五歲，那身材卻是十來歲的女孩，那面容像三十歲的婦女；頭髮好像十多年沒梳理，又亂又結；臉脖好像十多年沒洗抹，積垢有半寸厚；額上經常帶著青傷血痕，衣服破爛不成形。張愛清對她產生了巨大的同情，主動和她說話，把她當作一個人看待。一天天黑時，張愛清在房裡聽到廚房有豬吃食似的聲音，就提燈去看，裡面有個黑影。

那黑影看到張愛清堵在門上，就撲倒在地，磕頭，小聲求饒：「張嬸，我錯了，你莫打我。」

張愛清舉燈一照，是周春。在周春身邊有一個小瓦缽，缽裡有一半吃剩的肥肉油。張愛清拉起周春，說：「你是餓昏了吧？很久沒吃豬油了吧？起來，我煮給你吃。」

張愛清叫周春燒火，她將豬油倒耳鍋裡，加了些油筋瘦肉，一把麵條，煮了一缽，讓周春吃了個大飽。

第二天，張愛清又叫來周春，燒了一鍋熱水，拿出肥皂，教周春洗澡梳頭，還給了一套半新衣服讓周春穿上。張愛清又教周春縫補衣服，納鞋底。周春很笨，鞋底的針腳總是歪歪斜斜的。張愛清就用墨筆在鞋底上打出成行成路的黑點，叫周春接著墨點穿針。

在柯丹青被槍斃那年，周春十八歲，和柯國慶結婚了。也就在這年，柯國慶父母雙雙病死。柯國慶罵周春是「剋星」，把父母剋死，狠打周春一頓。結婚兩年後，周春沒生育，柯國慶罵周春是「石女」，不生孩子，又狠打周春一頓，還鬧離婚。支書柯鐵牛罵柯國慶說：「你把周春離了，誰願嫁給你這個又蠢又醜的王八蛋！」柯國慶才沒離婚。

周春為了生兒子，也抱了個望媳，是她娘家堂兄的四歲女孩。頭一年，周春對女孩還好。過了一年，周春就討厭那女孩了，把自己從公婆、丈夫那裡受的怨恨都發洩到那女孩身上，要那女孩做事，餓得那女孩皮包骨，打得那女孩呱呱叫。在那女孩六歲的那年冬天，一天晚上很冷。柯國慶在家裡生了個火塘，自己烤火。那女孩衣服破爛單薄，站在門檻邊冷得哆嗦。

柯國慶就叫那女孩也來烤火。那女孩坐在草墊上，把凍裂的一雙小腳伸到火邊，烤得太急，布鞋燒著了。那女孩縮回腳，用小手去撲火。柯國慶看著笑。周春大怒，不幫女孩撲火，卻把女孩的腳拉到火上去燒，用火鉗去捅那女孩的下身，邊捅邊罵：「我看你這賤屄還烤不烤火？把那好的鞋燒了，老娘讓你燒個夠！」那女孩發出淒慘的叫聲，昏厥在地。柯國慶開始笑著看，看到女孩快要死了，怕周春鬧出人命來，就打了周春兩巴掌，把那女孩的鞋脫掉，抱到床上睡去了。

周春的堂兄嫂——那女孩的親生父母聽說了，就帶那女孩回家，對周春罵道：「沒想到你這賤屄這樣狠毒。要不是看在我好心的妹夫身上，我們今天要剝了你的皮！」

周春比柯國慶還狠毒，這是什麼話？怎麼解釋？像周春這樣的村婦，本性並不兇惡，能吃苦耐勞，能受壓迫剝削。如果在路上，在車上，在街上，在商店裡，她那膽小怕事的神情，老實愚蠢的樣

子，營養不良的面孔，衣服襤褸的身子，可憐兮兮的目光……令人十分同情。周春從小被關在小農家窮冷的小黑屋裡，受著公婆、丈夫的欺凌，在貧困愚昧、無知、野蠻中成長，她的性子返回到荒蠻原始的獸性中去了，甘受強者侵犯，卻去侵犯比她更弱的弱者。周春是最容易接受階級理論的。一旦被階級鬥爭理論武裝起來，就成了一隻饑餓的雌狼，也就成了劉胡蘭式的女英雄了。如果讓她們受到良好的教育，正確的開導，她們也會成為善良文雅的張愛清一樣的婦女。

李紅找周春談話，要她去鬥爭張愛清。周春開始不願意，還有狗一樣的情義。李紅就向她宣傳階級鬥爭思想。李紅說周春為什麼貧窮，是因為有張愛清這些地主、富農的剝削。說周春的公婆、丈夫為什麼打她，是因為被張愛清這些地主、富農逼窮了、壓慌了，才亂打人。說張愛清為什麼對周春好，是黃鼠狼給雞公拜年，沒安好心，張愛清看到了共產黨要勝利，窮人要當家作主，就事先拉攏李紅和周春，好好保護張愛清過關。說張愛清為什麼調戲柯國慶，是想拉攏革命幹部，配給革命幹部做老婆，好讓自己翻身作主。說張愛清想佔周春的丈夫，使周春成為寡婦，無家可歸。說只要周春鬥爭張愛清表現積極，可以入團入黨，成為革命幹部。周春被李紅說得心子活動起來，特別是後面的幾句話，激起了她的憤怒和仇恨，她罵道：「沒想到張愛清那老屄這樣毒心，要老娘做寡婦，老娘要鬥爭她。」

現在，坐在主席臺上的李紅、周春，已經不是張愛清所認識的懂得恩怨善惡的正常人了，她們被階級鬥爭思想武裝起來了，成了心如鐵石的鋼鐵戰士，成了失去人性的砍頭如剁瓜的關雲長。她們必然一有機會就會演出一場場恐怖劇來。

「現在，鬥爭大會開始！」劉會早的嗓門像打鑼，「張愛清，低頭站好！」

張愛清低頭站好。

李紅第一個衝到張愛清面前，比張愛清高出一個頭。她右手抓住張愛清的頭髮，左手扭住張愛清的右膀，左腳向張愛清雙腳橫掃，吼道：「你還想站著迷男人呀！這裡沒有男人，儘是女人。」

張愛清一下子被摔倒在地，她的頭髮被李紅揪住，臉面正向著李紅的臉面。

她看見李紅漂亮的臉蛋儘是橫皺，杏眼圓睜，露出凶光，整齊細白的牙齒緊緊咬著，充滿仇恨。

李紅騎在張愛清的肩上，右手揪緊張愛清頭髮，將張愛清的面孔扭向左邊，仰著，讓眾人看。她惡狠狠地說：「你今天給老娘交待清楚，你是怎樣去捏柯國慶的雞巴來入你這草狗屄的？快說！」

張愛清受了奇恥大辱，本能地抗爭著說：「是柯國慶強姦我。你不能聽信柯國慶的話，你不能誣衊我。」

「你還敢強辯。」李紅給了張愛清幾巴掌，喝道：「給我捆起來！」

立即衝上去幾個積極分子，用麻繩把張愛清雙手反背捆結實。

「婦女同志們，」李紅雙手叉腰，演說起來，「張愛清這隻狐狸精，想用她的爛屄拉柯國慶下水；用她骯髒的身子把所有革命幹部拉下水，就是想打垮共產黨，過她以前惡霸婆的好日子。我們決不答應！」李紅揭發說，張愛清如何騙柯國慶到她住的豬欄，如何關門，如何自己脫了褲子，如何去拉柯國慶的雞巴，柯國慶如何不受迷惑，張愛清如何狠心地抓捏柯國慶的卵子……李紅一邊說，一邊表演，繪聲繪色。

婦女們聽得哈哈大笑起來，議論著：

「看不出來，那惡霸還那麼風騷。」

「城裡女人都騷些，不要臉的。」

「看她那螞蝗腰，就知道是隻迷人的狐狸精。」

「這種女人，要是在從前，恐怕早在祖宗堂卷了篾席，拖去落石沉河了。」

……

「周春，這狐狸精說是你老公強姦她，你說說，你老公是不是那種人？」李紅轉面問周春。

周春早想出風頭了，聽到李紅召喚她，就跳過來，破口大罵：「我老公是個正經老實人，放下我這嫩屄不入，還去入你這老草狗屄麼？」

周春學著李紅揪住張愛清腦後頭髮，把張愛清的臉向上。

張愛清看清了那張貼得很近的面孔：蠟黃的臉，嘴唇張開，紅色唇肉翻出，兩顆黃色大門牙，像要掉落似的，嘴裡噴出一口腥氣，惡毒的目光呆直，憤怒得腮肉在顫動。

周春也瞧著眼下這張臉：沒有原來的細膩白嫩，有黝黑塊斑點；一臉痛苦。周春全然忘了以前的事，就是這張臉向她露出慈祥神色，就是這張臉和藹悅色地教她做針線細工……此刻的周春，只有妒火，只有仇恨，只有表現自己比這張臉顯得優越的情緒，只有一洩為樂的衝動。周春向這張臉狠狠吐了幾口唾液，罵道：「你這惡霸婆，要霸佔我老公，要我成為寡婦，我就抓破你的臉，看你如何去迷男人！」

周春伸出右手，張開五指，那指甲又長又尖，在張愛清臉上亂抓一陣。張愛清的臉立即佈滿冒著鮮血的爪痕。

「我還要看你那草狗屄長得怎樣的好看迷人！」周春說著，又撕張愛清的褲子。

張愛清心中一股羞惱襲來，因雙手被綁著，就用頭去護衛下身。這一下，張愛清的頭就觸到了周春的胸口，把周春觸到地上坐著。

周春瘋狂地嚎叫：「這惡霸婆真惡呀，還打老娘！」

站在旁邊的李紅提起左腳將張愛清踢得仰翻天，又用右腳踏住張愛清胸脯。張愛清兩腳亂彈。李紅喝令四個積極分子把張愛清兩腳拉開，按住。周春撲上去，把張愛清褲子扒下，下身全裸露在外。

「哈，長得一撮好屄毛，老娘今天要拔光它。長得一張好屄皮，老娘今天要撕破它。」周春邊叫，邊獰笑，邊扯撕。

「撕那破屄！」積極分子們樂了，喝彩助威。

張愛清下身血流如注，發出慘絕人寰的呻吟聲。

積極分子們分子爭先恐後地湧上去，雜七雜八地喊：「讓我也扯一根屄毛看看。」這場景，正如劉邦的將士們爭著去割項羽屍體的肉去邀功請賞那樣。

「讓開！讓我來收拾這惡霸婆。」一直坐著看的劉會早起身擠過來。她那雙水桶般粗臂揚起，分開了打成一堆的婦女積極分子們。她那肥大的屁股一個急轉，婦女積極分子們倒了一圈，李紅趔趄到一邊。劉會早兩腳叉開，站在張愛清下身兩側。如果劉會早給張愛清一拳一腳，那張愛清就嗚呼哀哉了。可是，劉會早只是兩腳夾住張愛清，一手叉腰，一手揚起，吼道：「安靜下來，各人回到原位上去。」

婦女積極分子們退到兩旁去了。嘈聲停住了。

「我們……」劉會早正說著，看到周春握了一把白菜刀衝上來，向張愛清的頭砍去。劉會早眼疾

手快，左掌向後一擺，周春砍偏了，削下了張愛清右腦上一塊頭皮。那塊帶著頭髮的頭皮掉在地上，像用快鋤鏟下的一塊草坯。

劉會早扭落周春手上的刀，喝令周春回到座位上。她向婦女人高叫：「同志們，已經鬥倒了張愛清，我們勝利了，散會！」

「喂，劉會早——」李紅在喊。

「有了。若是弄出人命來，你我都不好交差。」劉會早截住李紅的話頭，說。

婦女們哈哈滾天地散會了。

「李紅，你先到社部去彙報，我把惡霸婆送到她的豬欄去，不能讓她死在祖宗堂。」劉會早說。

李紅拉著周春來到社部。「學習柯國慶大會」還沒散，李紅就走上主席臺，向大會彙報了鬥爭張愛清的情況，表揚了周春的鬥爭精神。站在李紅身邊的周春得意地笑了。李紅讓周春講話，周春講不出來，只喊了一句：「我——要——革——命！」

李紅再小聲向柯鐵牛打小報告，說劉會早有階級立場問題。

柯鐵牛表揚了李紅、周春，但畏懼尹苦海，不敢得罪劉會早。

卻說劉會早，喊聲大，而內心善良慈軟。她是趙月英的姨侄女。趙月英把她嫁給小毛為妻。尹小毛老實巴巴的，不肯出來鬧革命，劉會早自覺地衝出來了。她和李紅同年，但體態與李紅截然不同。劉會早個子中等，身體奇胖；皮肉黝黑堅硬，奶大而不下垂，背闊如門板；屁股肥大，撐得褲子露出股叉，小腿有男人大胯粗壯；十指短肥，掌肉厚實，聲音粗獷；純粹是一副鐵塔般男子漢體格。她喜愛穿軍服，是毛澤東所讚美的「不愛紅妝愛武裝」的中華奇志女英雄。劉會早在紅石區舉行民兵射擊比賽中，五發子彈命中四十二環，得了第一名。而民兵連長柯國慶五發中十一環。她自薦要當南柯村民兵連長。柯鐵牛說柯國慶是老革命，不好讓位，就讓劉會早當了民兵副連長。柯鐵牛十分愛羨劉會早的一身厚肉，曾去摸她的大屁股，被她甩了一個屁股花，趔趄得險些跌倒。劉會早說：「支書，革命幹部不能腐化呀。」從此，柯鐵牛不敢再惹劉會早了。趙月英總是擔心劉會早會幹出惡事，就經常教導她要慈悲行善，莫作惡事。劉會早很聽趙月英的話。

劉會早見到眾人全散去了，看那張愛清，衣服全被撕爛，面部胸部佈滿爪印，下身一片殷紅，辨不出皮肉來，兩膝蓋被扭脫臼，如果不是鼻孔有氣息，就是一具血肉模糊的屍體了。

在中國歷史上，婦女製造的慘景個案是很多的，妲己吃人心和人肉餅，呂雉將戚夫人變成「人彘」，慈禧把她討厭的貴妃拋進開水鍋像煮貓一樣。……但是，眾多婦女一同行動，在光天化日之下來製造張愛清慘案，這在中國歷史上還史無前例，是毛澤東時代南柯村婦女們的首創。這大概是毛澤東稱頌的「群眾首創精神」吧。

劉會早看了張愛清那個樣，心善了，解開張愛清的繩子，從神龕上香爐裡抓了一大把爐灰，給張愛清擦傷口止血，從張愛清的衣服上扯幾塊布條，把較大的傷口包紮了。她又給張愛清穿上褲子，把張愛清背回去，放在床上躺好。她又給張愛清喝了幾口水。劉會早辦好了這些，回去了，告訴了趙月英。

如果劉會早沒有趙月英的教導和影響，定會比李紅、周春兒惡狠毒十倍，怎會去救張愛清呢？張愛清早就一命休矣！

張愛清不醒人事了，她只感到有人背她，兒子在床邊哭。過了好一陣子，她又感到有人抱起她，

飛快地跑。

對眾女人鬥爭張愛清事件，遊民柯平斌有打油詩一首：

為何憨厚眾女人成為禽獸？
是因為學習了階級鬥爭理論。
鬥爭理論一旦武裝了群眾，
善良淳樸就無影無蹤。

不知張愛清性命如何，且看下回分解。

第十回　愛情焰

卻說張愛清在昏迷中，感到有人抱著她飛跑，耳邊有風呼聲，有噠噠腳步聲，急喘聲。跑了一陣後，她躺在一張軟床上。過了一會兒，她聽到有幾個人在說話。有人在撕剖她的身體，她感到劇痛。她無力反抗，也不想反抗。她清楚，她的身體和生命不屬於自己了，只能任人宰割。她等待著無常來勾魂魄，只是擔憂著兒子晴川。她想喊兒子，但喉嚨腫痛，喊不出來。她的眼在流淚，心在流血。又過了一會，她感到左手背血管有股清涼在流動，很快，乾燥苦澀的舌根有絲絲又涼又甜的味道。她昏睡起來。不知過了多久，她甦醒了，睜開眼睛。這房子窗明几淨，頭上高懸著一個吊瓶，一根白色管子連到她的左手背上，原來那又涼又甜的液體是從這吊瓶裡輸送來的。她看清了坐在床沿上的兩個人：柯和義，兒子晴川。

「愛清，你醒了！」柯和義驚喜地說，「左手不要動，吊針還沒打完。」

「這是哪裡？」張愛清問。

「區衛生院。」柯和義說，「要不是趙表嫂叫劉會早來告訴我，妳也許活不過來了。」

「你不該管我，又這要花多少錢？」

「救命要緊。妳不用擔心我的事，要盡快恢復健康。」

「健康？那有什麼用？還不是要再遭摧殘麼？」

「我不會讓你再受人欺凌了。」柯和義自信地說。

張愛清搖了搖頭。

「你不相信我？」

「這不是你的本領能做到的事。」

「對於整個局勢，我沒有本領扭轉。對於你，我卻能保護。」柯和義語氣堅定。

張愛清受的是皮肉傷，內臟沒受損害，住了五天，恢復健康出院了。柯和義護送張愛清母子回家。走到南柯村土路口石牌坊下，張愛清要休息一下。三人就坐在石獅旁石凳上。

「和義，我初到南柯村時，覺得南柯村風景秀麗，風俗淳樸，可親可愛。可是，現在我踏上南柯村這塊土，心裡就發怵，害怕。」張愛清說著，驚恐的目光向四面窺瞄，好像隨時有人襲擊她。

「愛清，你這是患了恐懼症。」柯和義說，「你不用害怕，回家照常生活。我這兩天不去上班，待在家裡暗中保護你，看誰再敢欺負你。」

坐了一會兒，柯和義、張愛清就各自回家了。

柯和義來到自己的小屋，打掃了一番，準備睡一會兒。這時，從巷子那頭傳來了吵鬧聲。柯和義擔心張愛清出事，就蹦出門去，向張愛清家跑去。果然張愛清門口擁著十幾個婦女。

「狐狸精，你倒會迷人哩，又迷上了柯和義，住那好的醫院，長白胖了，一連五天不出工，今天，就要鬥垮你！」李紅在尖利地喊。

「讓開！」在婦女背後突然響起一個炸雷。

婦女們一齊回頭，看到柯和義怒氣沖沖地撞過來，不由自主地讓開。

柯和義大步跨進張愛清的屋裡，把三個去抓張愛清的婦女積極分子三、五幾下趕出屋裡。柯和義站在門檻上，面向眾婦女。

眼前這柯和義，與原來剃光頭、打赤腳的柯和義判若兩人：一套嶄新藍卡機幹部制服，紐扣整齊，褲腿筆直，足蹬藍面白底力士鞋；烏髮右順，茶色皮膚，額寬明澈，鼻高冷峻；面容清臒而又豐滿，神態清雅而又獷悍，舉止風雅而又唐突，性格沉穩而又急躁；像一扇鐵色門板堵在張愛清門口，威武雄壯，英氣逼人。

「是哪個叫你們到這裡來胡鬧的？」柯和義對著眾婦女責問。

「是我。」從巷角轉過柯國慶。他指著柯和義喊：「你好大膽子，敢包庇惡霸婆，我要上區裡告發你！」

「我正要找你。」柯和義一個箭步衝去，右手扣緊柯國慶衣領，拉到門口，又舉起。柯國慶就像一隻被提起的鴨子，雙手在空中亂劃。柯和義對著柯國慶的臉大聲說：「你已經不是革命幹部了，是腐化分子，是罪犯。第一，你違犯了三大紀律，八項注意，調戲婦女；第二，你唆使你老婆周春拿白菜刀殺人，犯了國法。區裡已經知道你的罪行了，是張愛清看在同宗同村面子上，不要區裡來處分你。我如果向縣公安局寫你一紙狀子，你就要和你老婆去坐牢。蠢貨！你懂不懂黨紀國法？我今日放你一馬，今後你敢胡來，我決不放過你。滾！」

柯和義右手一推一放。柯國慶滾出一丈多遠，撞在巷牆上。柯國慶跌在地上，爬起，用手掌抹了抹脖子，咳了兩聲，朝柯和義傻瞪了兩眼，灰溜溜地走了。

婦女積極分子們看了這一幕，氣焰全沒了，有人朝後鑽。後面前來看熱鬧的婦女擠了一巷，聽了柯和義教訓柯國慶的話，議論起來：

「沒王法啦，亂鬥亂打了！」

「人家只是出身不好，也是個人呀，還有孩子，要活下去唄！」

「誰不曉得柯國慶是頭騷黃牯，張愛清怎會去調戲他呢？」

……

柯和義站在門檻上，看到立在李紅身邊的周春，就指著周春說：「春，我問你，你為什麼要拿刀子殺張愛清？」

「她是階級敵人唄。」周春也學會了眾人說慣了口的話。

「愛清欺負過你嗎？」

「沒有。」

「在你做苦媳婦時，張愛清打罵過你嗎？」

「沒有。」

「是誰給你洗澡，換衣服，教你打鞋底，做針線活？」

「愛清嫂。」

「在你最苦的時候，張愛清把你當階級敵人了嗎？」

「沒有。」

「是誰教你把張愛清當階級敵人，去仇恨張愛清的呢？」

「是李紅主任。」周春的話音越來越小了。

「春，你想一想，在你最苦的時候，柯國慶對你怎樣，李紅對你怎樣，張愛清對你怎樣。你是瞭解張愛清的，張愛清會去調戲柯國慶嗎？你自己要有腦筋，要有主張，不要聽別人教唆，做出沒良心的事來。」柯和義說。

「和義哥，我錯了。」周春哭了，扭頭就跑。

周春這類人就是這麼簡單。群起作惡時，沒有明確的目的，也不需多大的原因，只要有人鼓動，就像鴨子趕大陣一樣去作惡行兇。一旦事過去了，有人問她為什麼要這麼幹？她回答的理由簡單得令人吃驚：「大家都去了唄。」有人指出她做得不對，天良就驀地在她心裡恢復起來了，她會哭，會悔恨自己。她們是「一張白紙」，任人描繪。政治陰謀家不是把他們「畫成最美的圖畫」，而是把她們畫成鬼、塑成魔。

「李紅，現在該我倆說話了。」柯和義望著靠在巷牆的李紅說，「鬥爭張愛清大會是你主持的，原因是張愛清調戲柯國慶，陷害革命幹部。憑良心說，你相信會有那種事嗎？」

李紅沒有回答，她被柯和義問到了實處。她對柯和義又戀又恨、又敬又怕。

「李紅，你搞革命，當婦女主任都是好事。搞階級鬥爭，也不能亂鬥呀，不能不要黨紀國法去鬥呀。張愛清是個惡霸家屬，還不是階級敵人呀。即使是階級敵人，只要她老老實實地改造自己，我們就要幫她改造，不能逼她成為階級敵人。革命要搞統一戰線，這是黨的一個法寶。再說，在我們黨內也有階級敵人呀，張子青是天津地委書記，官大著哩，毛主席批準槍斃了他。黨內還有腐化分子，柯國慶就是一個。柯國慶和我們一起長大的，你心裡不清楚他是什麼人嗎？你還親口對我說他調戲過你。你今日怎麼聽了他的胡說八道來違犯黨紀國法鬥張愛清呢？」

李紅聽著柯和義說得句句有理。她低下頭，無言反駁。她沉默了一會兒，一個疑問從心底蹦出來：柯和義為什麼特別關心張愛清呢？她頓時妒火如焚，心裡絞痛，抬頭怒問：「柯和義，你為什麼

真心真意地護著張愛清？」

「她孤兒寡婦，又老老實實地改造自己，不值得同情麼？她是我們同村人，又是我同學，師妹，不值得我為她說句公道話麼？」

「好吧，你跟她結婚吧，讓她成為革命幹部家屬吧！」李紅聲音有點嗚咽，眼睛紅了，濕了，說完這句話，就扭身跑了。

柯和義被愣在門檻上。李紅的話像電流給他意外一擊，好像捅到心裡的隱秘處。他一陣心悸，也紅了臉。過了一會兒，他看到婦女們都散去了，才進屋去安慰張愛清。

「和義，過得了今天，過不了明天，我怎麼活下去呢？」張愛清坐在床沿上，淚流淌面地說，「我打算去娘家住。可是，我怎麼能給我年邁的父親帶去苦難呢？」

「我原來打算去找柯鐵牛說一說，就不會再鬥你的。現在看來這不是根本法子。」柯和義說，「你聽到李紅的話嗎？」

「聽到了。」

「李紅的話倒提醒了我，你不能獨住，搬到我家裡去住。我是區會計輔導員，比柯鐵牛、柯國慶高出兩級，他們不敢惹我。」柯和義在緊要關頭只考慮脫離險境，卻顧不上其他，就不加深思地說。

「這不行，我不能不明不白地住進你家，害得你將來成不了家。」張愛清卻瞻前顧後，想得細心，同時，也是在試探：「我被鬥死了，也不能害你。」

「眼下只有這個法子了，馬上搬東西，明天我倆到區裡領結婚證。」柯和義急了，說。說著，他就收拾起東西來。

張愛清聽了，又驚又喜，忙幫著收拾東西。東西不多，柯和義兩擔就挑完了。

李寡婦知道了，過來幫柯和義擺東西。柯和義在堂屋裡加了個木板床，說是一個人睡習慣了。

第二天大早，柯和義、張愛清到區裡去結婚。他倆到周秘書辦公室領結婚證時，周秘書問有沒有社裡的證明。柯和義說他在區裡工作，不需社裡證明。周秘書為難了，就去請示尹苦海書記。尹苦海叫郭區長去處理。柯和義聽了周秘書說郭區長來處理，心中一喜一痛，喜的是郭區長老婆是國民黨那位抗日英雄營長的太太，郭區長不會為難自己；痛的是回憶起抗日英雄黃誠在勞改土地上慘死的景象。

郭區長來了，坐在椅上。他問了張愛清的階級成份和社會關係等問題後，問柯和義：「你如果和張愛清結婚就被開除公職，你願意嗎？」

「我願意。」柯和義堅定地回答。

「你如果與柯和義結婚，柯和義就被開除回家，你忍心嗎？」郭區長問張愛清。

「這——」張愛清吱支唔了。她看到郭區臉在微笑，就大膽地說：「我本不是階級敵人，只是惡霸家屬，我和柯和義結婚，說明我願意站到革命隊伍中來。我相信黨組織不會因為我與柯和義結婚而處分柯和義。」

「你還能講出一篇革命道理來，不錯！」郭區長向張愛清伸出大姆指。他又對周秘書說：「給他倆裁結婚證。」

「區長，那社裡的證明要不要？」周秘書慎重地請示。

「當然，手續要齊全。」郭區長說。

「區長，那柯鐵牛和我有意見，不會給我開證明的。你就給我寫個字吧。」柯和義說。

「他柯鐵牛比我老郭的官大麼？我說給結婚，他就要出證明。」郭區長也是南下軍隊幹部，不識字，脾氣大。他又說：「小周，老辦法，你寫字，我簽名。」

周秘書很快地寫了字，郭區長在周秘書指定的地方簽了名。郭區長處理完了，就走了。

柯和義看那「郭邦武」三個字，橫歪直斜，不成字形，像道士畫的一道符。但柯和義心裡清楚，全區每個幹部都識得這三個字是郭區長的真跡，也像那道士畫的符一樣靈驗。柯和義又央求周秘書到南柯村替換自己寫證明。周秘書和柯和義關係好，就先為柯和義裁了結婚證，再和柯和義、張愛清一同到南柯村補開了南柯村證明。

柯和義和張愛清結婚了，沒舉行婚禮，沒辦席面，只是在大門頂上貼了個雙喜字，堂屋裡掛了郭區長、周秘書贈送的賀聯，在區裡分發了結婚糖。

柯和義與張愛清突然不聲不響地結婚了，這在南柯村是一反風俗的稀奇古怪事，並且，在暗中還更有稀奇古怪的事，柯和義沒有與張愛清同床，對外只是個名義夫妻，實際上沒過夫妻生活。

結婚那天，李寡婦過來幫忙做晚飯，一家三口也過來吃晚飯。她是個細心人，把晴川帶去和柯和貴一起睡。

天黑了，柯和義把柯丹青的兩塊血字給張愛清看了。兩人感歎了一回。說了些閒話，張愛清就去小臥室睡了。柯和義卻在堂屋的窄木床上睡。柯和義由於這幾天情緒激動，又不斷跑路，現在情緒平靜了，就感到特別疲乏，倒下便睡熟了。

張愛清在這些天受到的精神打擊和身體折磨是很嚴重的，本來很累，但她睡不著，猜不透柯和義在新婚之夜為什麼不和自己睡在一起。

「這人真怪！」張愛清自言自語。她自認為對柯和義很瞭解，今日卻感到迷惑不解了：「他冒那大的風險，克服了那麼大的困難，降低人格去求人，拿到了結婚證，卻不願和我成為真夫妻，這是為什麼呢？」張愛清為了找到答案，胡猜起來：「柯丹青說柯和義是『利天下』的墨子，是義重如山的關公，我和柯和義睡在一張床上，柯丹青也不會懷疑我倆會作做愛的。是的，柯和義是在做墨子，做關公，在救人利人，在護衛嫂子，在把我當作她的同學、師妹予以同情，保護；在受死者柯丹青的囑託關照我。於是就在危難之時急中生智，一時衝動，想出這結婚的法子來解救我和晴川。他並不愛我，我現在配不上他，不值得他愛。但這是什麼鬼法子？名義上的夫妻，一人守活寡，另一人終生不婚。我守寡並不算什麼，總比住在豬欄裡任人踐踏強百倍。但柯和義終生不婚的犧牲太大了，我不能這樣幹，我應該立即離開這裡，趁著現在影響不大時。」

張愛清想到這時，就坐起身來。她要去跟柯和義講明。但她沒下床，思想還很混亂，要想清楚。她坐著，想著。她想：「柯和義要利人，要講義氣，要完成死者的重托，要同情我，解救我，難道只有結婚這個法子而沒有其他法子嗎？其他法子是應該有的，譬如，他可以想法子讓區裡寫張證明，說我不是階級敵人；或者將我的戶口遷到他認為比較安全的地方去；或者幫我介紹個能保護我和孩子的好心男子漢，等等。他為什麼不去想那些法子而唯獨取結婚這個法子呢？這不正好說明他在危難時的一時衝動出來的心靈深處的東西，不就是潛伏著的『愛』嗎？」

張愛清對剛才的答案不滿意了，她要在柯和義幽深的隱秘的心靈隧洞中摸索，直到摸出洞口。

是的，張愛清推測到了「那危難時的急中生智、一時衝動」出的東西是一種「愛」。這種

「愛」，是在厚雪掩蔽、堅冰封壓著的地層下的一股泉水，受到地震從岩縫裡泌出來了。如果地熱繼續升溫，那堅冰就會融化，冰山就會倒塌，泉水就會噴出，變成汩汩的溪水了。

張愛清想到這裡，也就摸到隧洞出口處了。在她的眼前閃現出了柯和義熾熱的目光，那是在柯和義朗誦柯丹青的短文後望著自己發出的一閃即逝的目光。張愛清看到希望了，她要讓自己的地熱升溫，持續升溫，直到融化柯和義心靈的堅冰。

張愛清禁不住爬起身，下床，雙手摸牆，碎步來到小天井，在側門站著，聽那柯和義發出的呼嚕聲。她歎了一口氣，又回到床上。雞啼第二遍了，張愛清太乏了，迷迷糊糊地合上眼皮。不知過了多久，她睜不開眼皮，只是昏睡。這就是失眠狀態。

「娘呀，起來吃飯呀，叔叔做好早飯了。」張愛清聽到兒子晴川叫喊。她醒了，懶洋洋地下床，走到堂屋。

「昨夜睡得好吧？好好地睡它七天七夜，把失去的睡眠補回來。」柯和義笑著說。

「對不起，我起遲了，要你做早飯。」張愛清道歉著，去漱洗。

「我吃早飯後要去上班，所以起得早些。水缸裡的水是滿的，你不用去挑水。這幾天，你少出門。在臥室桌上放了兩本書，你看看，消磨時間。」柯和義說。

「你為別人想得真周到呀，真是個『利天下』的墨子。」張愛清說。

柯和義沒作什麼反應，只管盛飯端菜。

吃完早飯，柯和義上班去了，晴川玩子去了。張愛清洗了碗筷，關上門，端了個小凳，拿起桌上的兩本子，到小天井坐著翻看。一本《阿Q正傳》，張愛清不愛看。另一本是《三國演義》。她翻到

「千里走單騎」那回看。她敬佩關雲長對嫂子目不斜視、義重如山的高尚品質。她由此想到柯和義，臉上露出了微笑。她合上書，想了一回心事，就去找李寡婦閒談。

李氏坐在堂屋裡補衣服，見了張愛清，連忙讓座。兩個女人在閒聊中自然聊到柯和義。李氏說自己看著柯和義長大的，這孩子是好樣的，真正的男子漢，說張愛清沒看錯人。張愛清就說她和柯和義是名義上的夫妻，昨夜是分床睡的。

「啊，有這等事？」李氏吃驚了，隨口又說，「和義那好的身體，不是有男人病吧？」

張愛清聽了這話，羞得滿臉通紅。她低下頭說：「和義沒有男人病。」

「這就怪了。」李氏停住手中針線活。她沉思起來，說，「我娘家有個讀書人，結婚三天不與新媳婦做那事。後來，還是他媳婦主動去調撥他，才做了那種事。有人問他為什麼這樣，他說君子一時恥於淫樂。天下怪男人多著。愛清，我看和義就是那種君子男人，你要想法去調撥他。」

「他會罵我是個狐狸精的。」張愛清笑著說。

「不會的，我看他喜歡你。」李氏說，「你又不是新媳婦了，害羞什麼？你應該去調撥他，看他是有男人病還是有什麼其他原因？」

張愛清點了點頭。

又是一個長夜來了。李寡婦說堂屋的木板床不雅觀，要柯和義撤掉，又帶走晴川。柯和義還是睡在堂屋窄木床上，很快入睡了。張愛清再次失眠，眼睜睜躺在床上，聽著堂屋那邊的男人氣息。

下半夜，堂屋那邊傳了柯和義翻身發出的木床吱吱聲，張愛清就叫起來：「哎——喲——」

柯和義被驚醒了，趕忙來到小臥室，劃根火柴，把帶罩煤油燈點著，把光亮打成個半月形，小臥

室裡亮堂起來了。

「愛清，你又害怕了麼？」柯和義站在桌旁問。

「我夢見一隻野豬壓我，咬我。」張愛清側過臉面看著柯和義說。

「那是恐懼症。」柯和義說，「你要想到這屋裡有菩薩保佑你，沒有鬼，你就不會害怕了，慢慢會好起來。今夜你就點著燈睡吧，我走了。」

「和義，你就坐在床沿上陪我說說話，讓我平靜下來。」張愛清乞求著。

「好，好。」柯和義沒奈何地坐在床踏凳上，沒坐到床沿上。

這是八月的天氣，不冷不熱。柯和義只穿件白背心和藍色短褲。張愛清只蓋條被單，繫個抹胸，穿條紅底白花短褲。

「和義，你是不是在區裡找到對象了？我們就這樣過下去嗎？」張愛清相信柯和義不說謊，就無顧忌了，大膽地發問。她本來就不怕柯和義，又加上李氏的慫恿，更大膽了。

「過一段時間再說吧。」柯和義望著油燈說。

「到什麼時候？」

「到你脫離危險，到我幫你找到能愛你、保護你和晴川的男人的時候。」

「你盡在說傻話。我已經嫁了兩個男人。第一個男人讓我頭上戴頂惡霸婆的帽子，第二個男人和我辦了結婚手續，同住一屋，坐在我床邊，毀了我守寡名節。哪裡還有第三個男人真心愛我？」

「我倆是清白的，能向別人說清楚。」柯和義急了，申辯說。

「你不要說傻話了。你怎麼向別人說清楚？你和我領了結婚證，還有誰相信你是柳下惠、關雲長？你這不是救我，是害我。」

「總比你住在豬欄裡安全些吧。」

「我寧可住在豬欄裡，遭人欺凌，被人鬥死，死個明白，也不願住在這裡，頂上改嫁的罪名，受精神上的痛苦。你當然好，落得個仗義執言、救苦救難的名聲。」張愛清把想好的話一咕嚕說出來。她知道，只有把柯和義損己利人的品質反說成損人利己，刺激柯和義，使他受委屈而痛苦，良心不安起來，他才能採取大膽行動，擺脫困境。張愛清說得很激動，坐起來，胸脯在起伏，兩眼盯著柯和義。

「這——」柯和義果然受到刺激，而激動，內疚，說不出話來。

「和義，我問你，你是不是嫌棄我是惡霸婆？是不是嫌棄我是老太婆？是不是嫌棄我有孩子負累？是不是認為我是賤女人？是不是……」張愛清故意發出一連串委屈柯和義的責問來。

「不要說了。」柯和義右手一擺，制止了張愛清的發問。

「那是什麼？你回答。」張愛清窮追猛打，定要端掉柯和義的大本營。

「我不能娶你。你是我的嫂子。我只能尊重你。」柯和義抬起頭，眼裡有淚水，表情痛苦。

「可是我現在是一個任野蠻人蹂躪的毫無人格尊嚴的村婦呀。」

「你是我的師妹，是我朋友的妻子，朋友妻不可戲。」

「可是我現在是個寡婦呀。」

「丹青哥以血書重托我，我只能關心你和晴川的安全、生活，不能乘人之危，不能有非分之想。否則，我怎麼對得起信任我的死者？怎麼對得起天理良心？」

「那你為什麼要和我結婚？」

「那是我一時心急，無意中想出的解圍的糊塗法子，我現在後悔莫及。」

「你為什麼在情急時無意中想到結婚的法子，而不想到其他的法子？這說明在你的無意中對我有愛，只是這種愛被壓抑在心靈深處潛伏著，一旦遇到情急時就無意中泛了出來。當你有意識時，又認為那是一時糊塗，後悔莫及。是不是？」

柯和義呆若木雞了，成了「真是個木頭人」了。

「柯和義，你這木頭人。我現在不害羞了。暗示對你不起作用，我要明白地告訴你；我不需要你的憐憫，也不需要你的尊重，我只需要你潛意識中的那一點『愛』。至於我，在中學時，就愛過你，只是你麻木不仁，覺察不出來。如果你能像柯丹青那樣向我表示愛，說不定我倆早結婚了。現在柯丹青去世了，他給你留下的血字：『義關照清。』那『關照』二字含義深廣，不是你所理解的不能有非分之想，而是柯丹青臨死之前，想到只有你才能真心實意地愛我，娶我。他給我這血書：『接受義。』就是要我接受你的愛。在這方面，柯丹青比你強百倍，你是個死腦筋的人。今天，我倆結婚了，這是老天爺的安排，是柯丹青的願望。沒有對不起柯丹青的，還能使柯丹青在九泉之下得到安慰。如果你和我假結婚，毀我貞潔，又拋棄我，才幹了傷天害理的事，才是傷害了柯丹青的英靈，對不住死者重托，柯丹青會變厲鬼害你。」張愛清的話如一股滾燙的地熱在冰上流淌，時有衝擊波。

柯和義默默地聽著。他確實對張愛清產生過「愛」，那是讀柯丹青寫的讚美張愛清那篇短文後，瞧著眼前活生生的無比美麗的張愛清，全身麻慄，萌發了「愛」。可是，他把這「愛」當作「邪念」，立刻撲滅了它。沒想到這「邪念」卻往心底鑽，鑽到心靈最底層，變成了潛意識。更沒想到這

「邪念」一有機會就乘隙往外冒，使柯和義一時衝動，辦了與張愛清結婚的糊塗事。現在，張愛清的話句句在為這「邪念」開脫罪責，疏通管道，就像唐僧從觀音菩薩得到了一片咒，要去揭開如來佛那張封住五指山洞口的咒帖，讓孫猴子出山。柯和義開始管不住自己了，心靈深處的「邪念」真的像孫猴子一樣要蹦出山洞了；一股力量在衝擊，山崩地裂。柯和義的心理障礙——對嫂子的尊重，對師妹的疼惜，對大哥的情義，對死者的重托，等等道德倫理，一層一層地被沖垮了。頑石在裂縫，堅冰在破碎，那岩縫裡泌出的泉水汩汩地響，流成了溪河。

「和義，你坐到床沿上來。」張愛清繼續進攻。她彎下腰，伸出蓮藕般的右手，把呆若木雞的柯和義拉到床沿上坐下。她繼續說：「和義，在道德感情上，你是勝者，柯丹青和我都比不上你。但是，在愛情上，你是失敗者。你終生不敢愛，不敢大膽地去表示愛，更不敢去競爭愛。我知道，你是愛我的，哪怕我今日到了這步田地，你仍不會嫌棄我。你是一個健康的男人，是一個強壯的年輕男人，當然需要有愛情，也應該有愛情。你再不要有心理障礙了。來吧，我怕冷，你抱住我。」

柯和義淚水滿面，可憐兮兮，呆呆地瞧著張愛清。張愛清伸出雙臂抱住呆癡的柯和義。柯和義也身不由己地伸出手臂抱住張愛清，兩人倒在床上。

破碎的堅冰一塊塊的，轟轟隆隆地垮下來，嚓嚓嘩嘩地滑動，流淌。柯和義和張愛清不知不覺地做了那事。

柯和義躺在張愛清外側，大聲哭了，像小孩子一般哇哇地叫。他哽咽著說：「我不知道又做錯了什麼糊塗事。我覺得凌辱了你，玷污了你。」

「傻瓜，你只管憑著你的善良本性去做，永遠不會做出後悔莫及的糊塗事。你再不要說那些君子

傻話了。床上夫妻，床下君子。君子話放到床下去說。」張愛清一手挽著柯和義脖子，一手撫摸柯和義的胸脯，蜜情溫溫地說。

張愛清又拉著柯和義的手，教他撫摸自己。張愛清還告訴柯和義，男女做愛，要忘記自己是君子、是讀書人，只覺得是雌雄交合，才有天倫之樂。

柯和義由被動而漸漸主動，由羞愧而歡快。他撫摸著張愛清，感到睡在自己身邊的是一個赤條條的女人，是一個體態豐美、性感旺盛的漂亮女人。他感到剛才做愛是那麼不由自主，那麼急急匆匆，並沒有體會到男女性愛的快樂。柯和義在盡情地撫摸著年輕漂亮的胴體，禁不住又做起那種事來。張愛清又主動做動作，來刺激柯和義。一會兒，張愛清迷糊了，失態了，眼睛眯起，愉快地笑，頭面搖擺，裂開雙唇，發出「嗳嗳」的聲音。柯和義開始時，動作斯文，看到張愛清那個叫春癡樣子，就忘記一切，只知道一個勁地任性亂動。半個小時過去了，柯和義疲軟地十分快感地入睡了。

張愛清有感於與柯和義的愛情，賦了詩詞。詞曰：

滿庭芳

幾年幾日，小屋天井（邊），未語前、先靦腆。風雨過去（了），月圓在今晚。自然（的）男女恩愛，人為（的）「五常」斬不斷。你（那一絲）隱情，唯（有）我知曉：堅冰封（了）暗戀。

溫語煖暗戀，如湧泉，（那）繡床方寸亂，風搖柳腰軟，雨淋花燦。男人（既要）鐵硯磨穿，（又不把）西廂變南柯夢幻；（你我）巧良緣，似張君瑞，娶了崔鶯鶯。

注：1.「五常」，仁義禮智信。儒家的道德倫理。2.張君瑞娶了崔鶯鶯，《西廂記》裡的人物故事。

又集錦詩云：

春望逍遙出畫堂（張　說），間梅遮柳不勝芳（羅　隱）。
願結靈姻愧短才（潘　雍），心知不敢輒形相（曹　唐）。
青鳥常傳雲外信（李　璟），淚珠滴破胭脂臉（馮延巳）。
一叫一回一斷腸（李　白），如今重說恨綿綿（張　籍）。

柯和義和張愛清成了真夫妻了。這一夜睡得很熟，直到柯和貴帶著晴川來叫門，才起床，開門。

「娘呀，我跟小叔一起去放牛。」晴川說。

「不行，你還小。」張愛清說。

「嫂子，不要緊的，我不會帶晴川到遠山遠水去，只在附近放牛玩子。」柯和貴很認直地說。

「行，有我和貴老弟當老師，我放心。」柯和義笑著說。

兩個孩子高興地走了。

柯和義向張愛清誇讚了一通柯和貴。

欲知柯和貴的故事，且聽下回分解。

第十一回　激情文

卻說柯和貴讀四年級上學期時，在六月下旬的一個上午，第一節課的時間過了一半還沒打上課鐘。同學們不知道學校發生了什麼大事，議論起來，聲音由小到大，直到叫罵、敲桌子。有的同學溜出教室門去打聽，報告各種消息。

第二節課的時間又過了好些，班主任張青柏老師才急匆匆地走到教室門，大聲喊：「同學們，到操場集合，聽區委尹書記報告。」

學校的集合鐘聲也急促地響起了。全校同學蹦蹦跳跳地奔向操場。老師們都站各班的前排，值日教師整頓好隊伍，鐘校長講了大會紀律，大家歡迎尹書記講話。

尹苦海大步走上台，講起來。他講了國內外、省內外、縣內外、區內外大好形勢，宣讀了《農業發展綱要十條》。他最後提高嗓門說：

「毛主席號召我們要高舉總路線、大躍進、人民公社這三面紅旗，要大煉鋼鐵，治山治水，要實現共產主義，趕英超美。同學們，共產主義到來了，我們要打破罈罈罐罐，一切歸公。小灣合大灣，建設新農村，集體生活。吃大食堂，天下一家，走到哪裡都是家。全國行政機構一律按軍隊編制改成公社、大隊、小隊，還要成立各種戰鬥隊、突擊隊。學校也要合併，南湖公社十一所小學全部集中到獨山塊，成為一所大學校——南湖公社學校。南湖公社學校是一個團，下設營、連、排、班。同學們，你們都成了紅孩子、共產主義少年戰士了。你們要鼓足幹勁，力爭上游，投入到社會主義建設高潮中去。現在，學校提前放暑假，你們到各生產小隊去參加多快好省地建設社會主義運動中去。下學期，集中到南湖公社大學校去接受社會主義革命考驗。具體工作由鐘校長和老師們安排。」

尹書記講了兩節多課時間。他講完後，領著大家呼口號：

「鼓足幹勁，力爭上游，多快好省地建設社會主義！」

「社會主義好！人民公社好！」

「樓上樓下，電燈電話！」

「為實現共產主義而奮鬥！」

「東風壓倒西風！」

「打倒美帝國主義！」

「鎮壓一切反革命分子！」

「我們一定要解放臺灣！」

「三面紅旗萬歲！」

「中國共產黨萬歲！」

「毛主席萬歲！萬歲！萬萬歲！」

鐘校長代表全體師生向黨表示決心。鐘校長的講話是一篇激情奔放的散文詩。現在，除去首尾套話，錄全文如下：

「旭日東昇，陽光普照；東風勁吹，紅旗飄舞；舉國上下，萬眾歡騰。領袖一揮手，全黨、全軍、全國人民團結戰鬥，奮勇前進！一個翻天覆地的時刻到來了！一個偉大嶄新的世界出現了！共產主義，這個人類美好的天堂，馬克思、恩格斯描繪了它；社會主義，這條從舊社會過渡到共產主義社

會的虹橋，列寧、史達林建造了它；中國人民終於過渡了社會主義虹橋，來到了共產主義天堂，毛主席實現了它。

在偉大領袖毛主席領導下，在戰無不勝的毛澤東思想指導下，中國人民在《子夜》裡進行了《野火春風鬥古城》的激烈戰鬥，嘗過了《苦菜花》，經過了《紅岩》煉獄，奏響了《紅旗譜》，唱起了《青春之歌》，掀起了《暴風驟雨》，確定了《不準走哪能條路》，開展了艱苦的《創業史》，發生了《山鄉鉅變》，邁上了《金光大道》，迎來了共產主義《豔陽天》。

今天，三面紅旗飄起來了，大好山河紅起來了，豐厚的物質基礎形成了，高高的文明大廈豎起來了。千戶共一煙，全國成一家。共產主義在中國這塊古老的黃土地上實現了！這是中國前所未有的大事件，也是世界史無前例的偉大創舉。這個偉大的勝利，不僅敲響了資本主義喪鐘，而且宣告資本主義的最後階段——帝國主義徹底滅亡！在偉大勝利面前，讓美帝國主義為首的帝國主義陣營分崩離析吧！讓一切反動派日暮途窮吧！

我是一名革命知識份子，此時此刻，真是熱血沸騰，細胞跳舞，感到無上的光榮和自豪！我只有一種表示：聽毛主席的話，跟共產黨走，忠心赤膽，為共產主義添磚增瓦！

同學們，你們是最幸福的一代人，世界革命重任在肩的一代人，你們在幸福光明的日子裏，不要忘記在地球的西邊——美國土地上還處在《子夜》裡，那裡的人民還生活在水深火熱之中，生活在萬惡的鐵蹄下，在受苦，饑餓，呻吟，掙扎……他們是我們的階級兄弟，你們要把他們拯救出來。所以，你們要有『赤遍全球』的遠大理想，要有世界革命的思想準備！」

「俱往矣，數風流人物，還看今朝！」

鐘校長的講話，激起了師生們的高度熱情，讚歎，鼓掌，歡呼，跳躍，正是熱血沸騰，細胞跳舞；人人表示決心，要忠於毛主席，為黨的「赤遍全球」事業拋頭顱、灑熱血；個個義憤填膺，為拯救貧苦饑餓的美國人民誓與美帝血戰到底！大會散了，各班熱烈討論尹書記報告，直到下午才放學。

柯和貴跑出學校大門，離開了狂熱的場面，就感到自己饑餓了，想喝水吃飯。

柯和貴走進自家大門，發現家裡也發生了翻天覆地的變化：幾十年的土磚灶被搗毀了，一堆碎磚灶灰，鐵罐耳鍋都不見了。

「和貴，把地灰搬出去倒掉。」滿身灰塵的柯和仁對弟弟說。

「倒到哪裡去？」柯和貴問。

「隨便倒。」

「灶灰是肥料呀！」柯和貴不解。

「一切歸公了，自留地沒了，管它倒到哪裡都是公的！」柯和仁沒好口氣地說。

「和貴呀，別問了，聽你哥的。」母親李氏從裡屋走出來，一臉烏灰，說。她又對和仁說：「我留了一籮稻穀，一口甕，你去裡屋挖個洞，把穀藏在裡面。我總擔心這食堂吃不長，突然散夥了，回家吃什麼呀？」

「娘呀，別費心了，慶如哥在床下地洞藏了兩斗稻穀，被幹部和積極分子掘地三尺，挖出來了，慶如哥夫婦受了鬥爭。」柯和仁說，「要飽大家飽，要餓大家餓，難道只餓死我們一家人麼？」

「你這孩子就是缺心眼。人在關鍵時，要想前顧後。」李氏說，「屋裡藏不住糧食，你就到豬欄去撬開一塊石板，挖個洞，把新土拋到糞窯裡去，不就藏穩了麼？」

柯和仁覺得母親說得有理，也相信母親的經驗和感覺，就背了鐵鍬挖鋤，東張西望，像做賊似的，到豬欄幹起活來。

柯和貴問母親發生了什麼事，母親就把情況說了。原來在南湖小學開會時，南柯村也開了群眾大會，說是實現共產主義了，柴米油鹽、炊具桌凳、家禽房屋，一律歸公，徹底消滅私有制。從今天晚飯起，學工人老大哥，做起真正的無產階級，吃大食堂，住集體宿舍。

「今天就實現共產主義了，真是一日千里呀！」柯和貴很高興地說，「娘呀，共產主義是天堂，你還憂慮什麼呢？我們不用藏糧食。」

「和貴呀，我不相信柯鐵牛那些人的話，只相信你父親的話。你父親在十五年前看了《五綱經》，對我說，『千戶共一煙』，是共產黨坐天下，共產吃大鍋飯。你看，你父親說對了吧。你父親又說，『千戶共一煙不長久的，後面又是一個朝代』。這話我看也要成事實。」李氏說。

「娘呀，我們喊共產黨萬歲，毛主席萬歲，社會主義是鐵打江山，不會改朝換代的。」柯和貴說，「我老師說《五綱經》是反動書，看不得的。我父親是不是反動派呀？」

「孩子，每個皇帝都要老百姓喊萬歲的。我七歲時聽人喊袁世凱萬歲，後來又喊國民革命萬歲，日本鬼子來了喊皇軍萬歲，現在共產黨坐天下了，喊的萬歲特別多，哪有一個人活到一萬歲的道理。萬歲是靠不住的。」李氏說，「你父親是老實善良的讀書人，能算五百年前，能料五百年後，從不說謊話，哪能是反動派呢？你還小，知識淺，不懂事，別亂問了，聽娘的。」

「那好，就暫依著你。」柯和貴說。柯和貴一方面認為母親是從舊社會來的人，舊思想多，不懂革命的道理，一時說不清楚；另一方面，認為母親說的話也有些道理。

母子三人忙了好一陣子，把糧食油鹽和一個小耳鍋子、暖壇藏好，把屋子打掃乾淨，把東西上交了，讓幹部和積極分子來檢查過關了。

下午五點多，有人打鑼叫吃飯了。

柯和義、張愛清、晴川來到李氏家。張愛清幫著李氏清點了碗筷，都放在一個提籃裡。

「和義，幹部在你家沒查出什麼吧？」李氏關心地問。

「沒有。」柯和義說，「他們只是問我大鐵罐、大鍋到哪裡去了？我說半個月前賣了，準備去買新的，沒想到吃大食堂了。他們也就算了。」

「你把大件鐵器早賣了？」李氏吃驚地問。

「我叔父十五年前就算到了，我只是在一個月前看報估計到的。我當時拿不準，就去鳳凰山下拜訪李衡權老先生。李先生說：『再不賣就遲了。』我回家就賣了。」柯和義說。

「你叔父說李老先生是諸葛亮、劉伯溫，果然不錯。」李氏說。「你怎麼不約和仁一起去賣呢？」

「嬸娘，那是個反革命行動哪，我不敢對任何人說。鳳凰區前幾天有人賣鐵鍋被打成了反革命分子。」柯和義說，「李老先生說，以後還有搶購鐵罐的時候，那時，我約和仁一起去買。」

「你這孩子真是個讀書人，也能知前知後。」李氏說。

第二遍叫吃飯的鑼響起了，李氏一行六人向大堂前走去。

大堂前太屋場上豎著四面紅旗，上寫：七小隊、八小隊、九小隊、十小隊。隊長、副隊長都站在旗下，會計在登記人數。社員們吃革命飯的革命性真高，都到了。李氏六人只好站在七小隊排尾。

南柯社已改為南柯大隊，共十個生產隊，一、二、三、四、五、六小隊一個食堂，在梁李村；七、八、九、十小隊都是南柯村人，在村大堂前吃食堂。

人到齊了，民兵連長把各小隊地、富、反、壞、右五類分子拖出來，命令他們蹲在太屋場上吃飯，不能進入大堂前。各小隊在隊長、副隊長帶領下進入食堂，一個小隊一重屋，各人名字已貼在桌子上，大家按名字就座，十二人一桌。整個大堂前一下子熱鬧了，談笑聲、議論聲、叫喊聲、放碗聲、坐位聲……亂哄哄一片。

柯和貴很好奇，到處溜著看。整個五重都擺滿了桌凳，大方桌是各家各戶上交的，凳子是用臨時鋸下大樹新板釘成的。各個側門都有民兵把守。廚房在上重側房，滿屋蒸汽濛濛；每口大鍋可裝十來擔水，盛滿了翻滾的菜、魚、肉。炊事員用的菜鏟比鐵鍬還大還長，插到鍋底，翻動菜餚。灶孔像窯洞口那樣大，架著古木柴片，燒著旺盛的火，一丈遠就熱氣逼人。架在灶臺上的木飯甑，有一丈多高，三合抱圍，四周冒蒸汽。

開飯前，柯鐵牛支書講話。柯鐵牛的聲音如虎吼，但壓不住哄雜的人聲，聽不清楚。柯和貴就擠上前去聽。他聽到柯鐵牛說的話都是尹書記說了的，只是最後幾句還有些特別：

「今天，大家在起吃革命的大鍋飯，這是毛主席給我們的幸福，是共產主義好，人民公社好。飯，有的是，大家不用搶，放開肚皮吃。吃飯也要爭上游。現在，大家吃飯放衛星吧！」

開飯了，炊事員在每張飯桌上放了兩個新做的大木盆和一個大瓦缽，盛菜盛湯。在每重屋的前後放了大木桶米飯，各人自盛自吃。一會兒，上下五重沒說話聲了，只有筷子聲，調羹聲，喝湯聲，咬嚼聲，乒乒乓乓，嗒嗒咕咕，嗦嗦嗦，呼呼呼……動聽悅耳。

柯和貴餓極了，大口大口地吞食那又硬又爽的大米飯。李氏告誡兒子說：「越餓，越要慢慢吃，多喝湯，不要傷了脾胃。」柯和貴聽母親教導，才放慢吃飯速度。

社員們在大食堂裡為革命吃革命飯，奮鬥了一陣子，說話聲又回起了：

「我吃飽了，做了吃革命飯的上游了！」

「我吃了五大碗，足有三斤大米，放革命飯的衛星了！」

「只快只多，不算上游，要多快好省才算上游。」

……

說話聲中，夾有起立聲，拍肚聲，打嗝聲，嘔吐聲，收拾碗筷聲……又是一曲美妙樂章。

柯和貴吃了個大飽。柯和仁說肚皮快脹破了，還把吃剩的半碗飯倒進裝剩飯剩菜的木桶裡。

「你吃多少，盛多少，不能浪費糧食呀。好漢不如一粒米，不能有日忘無日。」李氏教訓柯和仁說。

「娘呀，你真是老思想，跟不上新時代了。現在是共產主義時代，國家有的是糧食，支書說吃飯爭上游、放衛星。我還只吃個中游哩。你別多操心了。」柯和仁說笑著，伸了個懶腰，舉起雙手高喊：「共產主義好！毛主席萬萬歲！」

李氏很尷尬，嘴裡嘟囔著。

「嬸娘，你說對了，餓死人的日子不遠了。」柯和義對著李氏耳邊小聲說。

張愛清橫了柯和義一眼，制止柯和義亂說。

這時，哨聲四起，柯鐵牛支書又講話了，說：

「大家吃了共產主義的飯，就要幹共產主義的事。吃飯鼓足幹勁、力爭上游，幹活更要鼓足幹勁、力爭上游。人與人比，隊與隊比，看誰幹的時間最長，幹得最多，幹得最好，幹得最省，多快好省嘛。我們要叫河水讓路，高山低頭，黃土變鋼鐵，大地換新裝。今晚，我們就要大幹共產主義，點燈幹，點火把幹。現在各隊社員到太屋場集合，接受任務。」

一陣騷動後，人群湧到太屋場，在各小隊的旗幟下排成隊列。一會兒，隊伍發生了變化，有些人被點名到太屋場東側，組成好幾個隊列，豎起了好幾面紅旗，上寫：巡邏糾察隊，黃繼光突擊隊，劉胡蘭突擊隊，老黃忠戰鬥隊，穆桂英戰鬥隊，紅孩子戰鬥隊。各隊隊長佈置了戰鬥任務，各隊會計清點了人數，各隊保管分發了工具，各隊打起火把，點起馬燈，出發了。隊伍分別開向對面堖，柯家後堖，上頭林，下頭林，莊屋林，橫山崗，馬家山，紮湖壢……在黑夜裡，火把像正月十五元宵節玩龍燈一樣，蜿蜒在田塍、山地上，又像是電影中紅軍南征北戰那樣戰火紛飛。

一場鬥天鬥地鬥人的大戰爭開始了。

柯和貴也是其中的一員小戰士，被編在紅孩子戰鬥隊，開赴紮湖壢燒蘆葦蕩。

欲知後事如何，且聽下文分解。

第十二回　毀人性

卻說柯和貴被編在紅孩子戰鬥隊，隊長是柯和丁，任務是到紮湖壢放火燒蘆葦蕩。隊長柯和丁舉著火把，副隊長柯和貴提著馬燈，紅孩子戰鬥隊高唱〈共產主義兒童團歌〉：

「帝國主義者，地主和軍閥，我們的精神使他們害怕。快團結起來吧，時刻準備著，地地打地打，地地打地打。……」

柯和貴張口盡力高唱，昂首邁著有節奏的步伐，體會著電影《紅孩子》裡小英雄們的戰鬥精神。他真想成為一名兒童團裡的戰鬥英雄。他想：要是這時有敵人出現，自己就會和敵人拚死戰鬥，咬住敵人的脖子，刺敵人的心臟，壯烈地犧牲。他真悔恨自己沒有出身在戰爭年代，使自己不能成為戰鬥英雄。柯和貴這些幼稚善良的孩子們已經被煽起仇恨了，被鼓動起來了。如果這時有誰被他們當作了敵人，誰就非死不可；如果有誰被他們崇拜為領袖，誰就可以把這些小生命當作人肉炸彈拋出去。

卻說紅孩子戰鬥隊一直來到下壢嘴太公墳墩旁。柯和丁登上墳頂，吹一聲口哨，把隊伍整頓好，按隊列順序報了名，共一百五十五人。柯和丁作了革命報告，把隊伍分成五個排，發了火種，命令到東邊放火。一會兒，蘆葦蕩著火了。開始只有幾片小紅，隨著東風，那蘆葦烈焰騰空，呼啦啦地燒起來，幾丈高的火舌順著東風向西邊卷去，湖壢一片火紅，湖水一片火紅。柯和丁連吹口哨，把紅孩子們又召集到太公墳墩旁。紅孩子們為自己點燃了革命烈火拍手，歡呼。

柯和丁對士兵們說：

「我們已經點起了革命的熊熊大火，要等把這蘆葦敵人消滅了才能回去。現在，還有時間，我們

不能閒著，要來操練革命隊伍。我們把隊伍分為兩部分，一部分扮演中國，一部分扮演美國，來演中國打美國，好不好？」

「好！」孩子們齊聲應喏。

柯和丁指著說：「演中國的站到墳墩左邊去，演美國的站到墳墩右邊去。」

紅孩子們一下子都跑到左邊去了，右邊沒有一個人。

柯和丁說：「美國那邊絕種了，這戲就演不成了。」他想了一下，又說：「柯和貴，你是副隊長，站到右邊去演美國。」

「美國是敵人，我不去。」柯和貴說。

「戲臺上演敵人都是中國人。這是演戲呀，又不是真的。」柯和丁說。

「不當真麼？」柯和貴問。

「不當真的。」柯和丁笑著說。

「那好，我到右邊去演美國。」柯和貴走到墳墩右邊。他轉身對左邊的紅孩子們叫喊：「願意跟我的，過來吧。」

紅孩子們都喜歡柯和貴，一窩蜂似的湧去了八十多個。

「你們不要擔心，我到你們這邊演中國。毛主席打仗是以少數打贏多數。」柯和丁對左邊的紅孩子們說。他又吹一聲口哨，大聲說：「我來把兩邊界線劃好，聽我一聲口哨，從界線出發攻佔墳墩。先佔領了墳墩的就是勝利者。兩方都去準備武器，不能用硬東西打人，只能用蘆葦、青草、稀泥、蘆灰作武器。」

柯和丁說完，走下墳墩，在左、右兩邊各走了兩百步，作了界線。兩邊紅孩子們小聲商量佔領山頭的方法。柯和貴叫自己的人用青草包稀泥、牛糞做炸彈，每人三個。他又把隊伍分為四組，叫一、二組站在兩邊，聽到哨聲，就衝向對方側面，向對方前排每人甩出一個炸彈，讓對方滑倒，阻止前進；再向對方中間甩一個炸彈，讓對方後面接應不上；最後沖到墳墩左邊下，攔住對方。三、四組跑步沖向墳墩，到了墳墩下，甩出第一個炸彈，到了墳墩頂，再甩第二個炸彈；第三個炸彈甩到搶攻墳墩的敵人臉上。佔領墳墩後，高喊：「中國勝利了。」柯和丁那邊準備的武器是蘆葦杆，留住杪葉，一齊衝鋒，一邊衝，一邊用蘆杆葉掃對方面部，讓對方後退。

中國、美國雙方準備好了，柯和丁狠吹一聲口哨，雙方進攻了。柯和丁衝在前頭，腳下踩到一個炸彈稀泥，摔倒了，接著跌倒十幾個。後面的被堵住了，又遭到稀泥牛糞炸彈的襲擊，向兩側潰散。柯和丁爬起來，又衝，臉上被擊中兩顆稀泥炸彈，眼睛睜不開了。柯和貴那邊佔領了墳墩，每人手裡還有一個炸彈。

「中國勝利了！」柯和貴高喊。

「中國勝利了！」站在墳墩上的孩子們高喊。

「你們搞的什麼鬼名堂？誰叫你們用稀泥、牛糞的？」柯和丁站在墳墩左下邊，惱羞成怒，質問柯和貴。

「我們用的是炸彈，炸彈比長矛厲害。」柯和貴說，「稀泥、牛糞不是硬東西，又沒有打傷你們。」

「你們是美國，怎麼喊成中國？」左邊隊伍有人質問。

了。

「我們先是美國，打贏了就變成中國。你們失敗了，就是美國佬。哈哈哈。」柯和貴說著，笑了。

「哈哈哈，」右邊的孩子們都笑了。

「好了，不玩了，大家去洗手臉，又到太公墳墩集合。」柯和丁說。

柯和丁把紅孩子們整成隊伍，叫柯和貴清點人數，少了一個。

「報告隊長，我隔壁的狗子不見了。」上屋的二牛說。

「去找吧，狗子是不是被燒死了？」柯和貴說。

「找什麼？革命隊伍只準前進，不準後退。」柯和丁說，「就是狗子被燒死了，也是為燒革命的火犧牲了，是英雄，是烈士。我想當還當不成哩。」柯和丁說著，一揮手，喊：「回營！」

紅孩子們又唱著歌，往回走。

本來漆黑的夜晚，現在變成了一個火紅的夜晚。不僅是南湖湖壢的蘆葦燒燃燒起來了，各個山頭、湖汊都燃燒起來了，三山五嶽，五湖四海，都火光沖天，天空一片火紅。火光中，紅旗在飄揚，人群在吶喊。在劈劈啪啪的燃燒中，夾著嗵嗵的伐木聲，嘩嘩的大樹倒下聲，嗥嗥的麂子慘叫聲，啾啾的飛鳥哀鳴聲……這治山治水的浩大聲勢，使百獸驚魂落魄，無處藏身；使天地神泣鬼號，無孔可入。

紅孩子們踏著火光，凱旋而歸了。大人們都不能睡覺，要以愚公移山的精神戰鬥在山坡上、湖汊裡。

第二天一大早，紅孩子戰鬥隊三年級以上的學生都接受了放牛的戰鬥任務。柯和貴放牧的那頭老水牝昨天被宰殺進了食堂，他新接手的是一頭大水牯。放牛可以各人自由放，柯和貴就騎著牛到處去找青草。

柯和貴到下頭林牽牛。下頭林的古樹被砍倒五、六棵，有十八個社員在林中鋸板。林裡枝葉稀疏了，地面上有成片的陽光。柯和貴騎著牛來到上頭林。上頭林的古樹被砍倒了十幾棵，只剩下幾棵彎拱的樹了，不成林子了。柯和貴來到後墈坡，想到坡東邊草地上牧牛。現在，坡東邊不見一根青草，挖翻成一片黃土。後墈坡的坡頂和西邊的柴林，也不見青枝綠葉，只見被燃燒成黑乎乎的一片。黑色的樹幹光禿禿地豎著，地上一層層厚厚的灰燼；不少地方還在冒著青煙。九小隊的社員被分成四個班，一個班在砍火燒柴棍，一捆捆地堆成垛。一班在挖樹兜，一個班在翻地，一個班在南坡築土高爐煉鐵。黃繼光戰鬥隊專門挖墳墓，起碑石，拋屍骨，石碑被扛到山下面路，骷髏在北坡堆成一大堆，準備火化。劉胡蘭戰鬥隊在東坡翻地，唱著〈公社之歌〉：

「公社呃是根長青藤嗯，社員呃都是藤上的瓜。藤兒連著瓜，瓜兒連著藤，藤兒越肥瓜越甜……」

坡頂上，柯平斌和尚最引人注目。他光著腦袋，坐在一棵樹兜上，面前的小木凳翻放著，凳腳上架著一面小鼓，左手敲鼓，右手打竹板，搖頭晃腦地唱著自編自演的詞句，給社員們鼓勁。他唱道：

一說那公社呀真正的好嘞，咚咚咚，食堂哩吃得呀肚皮飽了，咚咚咚。
二說那公社呀真正的好嘞，咚咚咚，社員哩幹勁呀鼓得高了，咚咚咚。
三說那公社呀真正的好嘞，咚咚咚，火光哩四起呀紅旗飄了，咚咚咚。
四說那公社呀真正的好嘞，咚咚咚，一夜哩難尋呀樹和草了，咚咚咚。

五說那公社呀真正的好嘞，咚咚咚，碑石哩骷髏呀無處找了，咚咚咚。
六說那公社呀真正的好嘞，咚咚咚，黄土哩成鋼呀鑄長矛了，咚咚咚。
七說那公社呀真正的好嘞，咚咚咚，痞子哩個個呀成英豪了，咚咚咚。
八說那公社呀真正的好嘞，咚咚咚，強盜哩下山呀當領導了，咚咚咚。
……

這時，有個口才好的調皮青年社員接過柯平斌的唱詞和起來：
九說那公社呀真正的好嘞，咚咚咚，和尚哩回家呀抱寶寶了，咚咚咚。
十說那公社呀真正的好嘞，咚咚咚，尼姑哩出庵呀嫁孤老了，咚咚咚。

社員人們齊聲喝彩，哄笑。

笑聲，歌聲，此起彼伏，彼伏此起，一片歡騰景象。

柯和貴騎著牛轉了一大圈，找不到放牧的地方。那大水牯的肚子餓得兩邊癟成一個氹，又吃不到一根青草，就惱怒起來，一頭觸向路邊高坎，用牛角拋起一陣又一陣的黄土細粒。柯和貴坐不穩牛背，只好下來，拉著牛向西邊湖壢走去。

一路上，山上的樹草都被燒了，路邊的雜草都被鏟去了，真是「三光」了：田塍光，地邊光，路上光。

在西邊湖壢，也是一番鬥天鬥地景象：一支支紅旗插成一個十幾里長的半月形，人們在築堤造田。蘆葦被燒光了，只有灘塗邊有貼泥皮的青草。柯和貴把牛放到灘塗邊，拿著牛鞭到他撿死魚的高壢上去玩。在那高壢上，看不到老鷹水鳥了，更沒有死魚可撿了。他又到捉烏鯉的水氹邊，水氹沒水了。他到港灣去，港灣的水一清到底，連只老蝦也沒有了。他就沿著築堤的隊伍走。

這些築堤隊伍是從南湖公社各大隊抽調來的勞動大軍，每個大隊做一段湖堤，以紅旗為界。柯和貴發現社員們都萎靡不振，挑土的有氣無力，鍬土的拄著鍬就打瞌睡。戴著「巡邏」紅袖章的人提著竹根鞭來回走動，看到挑土的腳步慢了就吆喝，看到瞌睡的就揮鞭抽打。柯和貴知道社員們鼓足幹勁幹了一整夜沒睡覺，還在堅持幹重活，太陽又毒，哪有幹勁？哪有氣力呢？

柯和貴看到前面圍著一大圈人，有叫喊聲。他就跑過去，擠進圈內。人圈中間站著一個青年社員，赤著上身，被反綁著，積極分子們在鬥爭他，巡邏隊用鞭子抽打他。他不吭聲，只是閉著眼睡，身子在搖擺。

「這人是不是階級敵人？」柯和貴問身邊的一個五十多歲的社員。

「原來是貧農子弟，聽說現在成了階級敵人。」那老社員說。

柯和貴自從加入紅孩子戰鬥隊，就有理想當個與敵人作戰的戰鬥英雄。他想像中的敵人是電影中兇惡而狡猾的傢伙。眼前的這個青年社員，雖然身材高大健壯，卻沒一點兇惡狡猾相，老實巴巴、可憐兮兮的，真使戰鬥英雄表現不出英雄氣概來。柯和貴反而同情起他來，反而覺得那些積極分子倒像兇惡狡猾的敵人。當然，柯和貴不能去與革命積極分子作鬥爭，不能讓自己成了階級敵人。柯和貴這樣一想，成為戰鬥英雄的理想消失了一大半。

「他昨天下半夜發高燒，打死他也鼓不起幹勁來。」有個老頭子在說。

那青年社員不知是聽了老頭子的提醒，還是真的有重病，僕倒在地，口吐白沫，像死了一樣。

「隊長，他真的燒得燙手。」有個積極分子蹲下身，摸著那青年社員額頭說。

過了一會兒，有人叫來了赤腳醫生，給那青年社員灌了兩小瓶「救急水」，說：「他中暑了。」隊長才指揮人群散去幹活。

中午開飯了，柯和貴隨便到一個小隊去吃飯，因為全國一家人，到處可吃飯。

柯和貴一直到吃晚飯時才騎著牛回家。一回家，他聽說九歲的狗子昨夜被蘆葦大火燒死了，就急忙趕到狗子家裡。狗子的屍體躺在門板上，全身被燒焦了，黑乎乎的，有的皮肉裂出白痕。狗子的父母在哭。有兩個大人給狗子穿衣服，包稻草，放進新做的木匣裡。

「戰友們，我們的狗子為革命英勇犧牲了！他學習邱少雲，烈火燒身也不退出戰場。他是我們紅孩子的榜樣，是我們紅孩子的光榮！」紅孩子戰鬥隊隊長柯和丁站在門檻上，對在場的紅孩子們演說。

「狗子像劉胡蘭一樣，生的偉大，死的光榮！」劉胡蘭戰鬥隊隊長李紅大聲說。

「入他娘的十八代！狗子是革命隊伍的英雄，死得好，要你們哭什麼喪？」民兵連長柯國慶吆喝狗子的父母，「你們再哭，老子就鬥爭你們！」

「大哥，嫂子，連長說得對。你們一哭，狗子就不是英雄了；不哭，就是化悲痛為力量，你們就是英雄的父母了。」李紅在勸著狗子父母。

狗子的父母真的忍住不哭了。

兩個大人抬著盛裝狗子的木匣出了大門。柯和丁舉著一個早準備好了的木牌，上寫：「生的偉大，死的光榮。」紅孩子戰鬥隊跟在後面，送狗子到大荒坪安葬了。

後來，柯鐵牛支書還主持召開了紅孩子戰鬥隊「學習小英雄狗子」的大會。

「狗子也是戰鬥英雄麼？這就是『生的偉大，死的光榮』麼？」柯和貴心裡狐疑。

柯和貴帶著這兩個問題去請教自己敬仰的柯和義堂哥。

「和貴，狗子死得很可憐。組織七、八、上十歲的孩子們去放火，那不是送孩子們的命嗎？狗子不是戰鬥英雄，不是『生的偉大，死的光榮』。那是號召你們去白送死。」柯和義又悲痛，又氣憤地說，「和貴，人最寶貴的是生命，不能拿生命去冒險，不能聽人教唆去作什麼戰鬥英雄，去犧牲生命。你現在不大明白我的話，但你要記住我的話。」

柯和貴聽柯和義這樣一說，好像明白了什麼，但不全明白。柯和貴記住了柯和義的話，打消了做戰鬥英雄的念頭。直到十年後，他才明白柯和義的話的真正價值意義。

鬥天鬥地運動過去了半個月，水稻「雙搶」季節到了，紅孩子戰鬥隊參加了「雙搶」大戰。

一天晚飯後，區委書記尹苦海來到南柯食堂，佈置了一項特殊的重大的革命戰鬥任務，柯鐵牛支書作了具體部署，各戰鬥隊都接受了具體戰鬥任務，紅孩子戰鬥隊到石家壟鏟「三光」——田埈光，地邊光，路旁光，光到不見雜草。

黑夜裡，火把，馬燈，螢火蟲，鬼火，都在遊動。社員們從遠處的尹東壟、葉家壟、下畈、上畈，把快成熟的稻穀一棵一棵地帶泥搬運到公路邊的石家壟來。黃繼光戰鬥隊、劉胡蘭戰鬥隊都站在公路邊的幾丘稻田裡，把田裡的稻穀分開，把搬來的稻穀一棵一棵地移栽到原田的水稻空隙處。又將水稻杆和穗子扶直復原，就和原稻田的水稻成為一片，像生長在原稻田裡的一樣，看不出是從別田移植過來的。這項勞動的技術性很高，農科所的技術負責人在臨場指導。移來的水稻和原田要細心地比較杆子的長短，穗葉的顏色，才能決定移栽到何處。幹群們幹了一個通宵，才完成區委規定的移栽水

稻面積任務。

天亮了，尹苦海率區委幹部和技術人員檢查質量，該返工的立即返工，該整理的立即整理，最後打掃戰場，清除去移植的痕跡。

太陽出來了，金燦燦的陽光照在稻田上，昨天稀稀疏疏的石家壟稻田裡的稻穗，一夜之間，變得密不透風了，黃澄澄的稻穗分上、中、下三層，很有序列，像自然生長的一樣。農科所所長讚揚說：「這是分層栽種技術，是高科技種田。」他又說：「一定要解決通風問題，不然，幾個小時後水稻就被爛掉，快派人站在稻田兩頭扇風。」柯鐵牛立即命令紅孩子戰鬥隊每人拿一把蒲風或紙扇，蹲在田塍上向稻田扇風。

尹苦海站在公路旁試驗牌邊，指著試驗牌對幹群們說：「這牌寫的是紅石區黨委水稻試驗片，畝產二千斤。這移栽技術是鳳凰區李得紅書記發明的，我去學了一點。我們水稻高產目標實現了，但和別地方畝產幾萬斤、十幾萬斤相比，差距大得很，我們還要……」

尹苦海還沒說完，公路東邊傳來轟隆隆聲，還有爆竹聲，鑼鼓聲。尹苦海翹首望去，一個車隊奔來，公路上塵土蔽日，紅旗飄揚。車隊在尹苦海面前停下了。

第一輛大卡車車廂前欄杆站著一排人，中間一個高個子，一手抓住前欄，一手指著尹苦海高喊：「老尹，別瞎忙了，稻穀、苧麻、鋼鐵三項上游被我拿了。」

社員們很熟悉那高個子，是清匪反霸時駐南柯村工作隊隊員，原南湖鄉黨委書記李得紅。這李得紅本在縣公安局當局長，三面紅旗了，他主動請戰到鬥天鬥地鬥人的前線鳳凰區去當書記，去再立新功，再撈政治資本，以便升官。

「李書記，祝賀你！」尹苦海大步走到車旁，向上舉手握住李得紅伸下的手。

「老兄，你這試驗牌上寫水稻畝產二千斤，太保守了，快抹去，至少要寫備產一萬三千斤。人家河北徐水縣小麥畝產四萬斤，湖北麻城縣水稻畝產三萬六千斤，廣西環江縣水稻畝產十三萬斤，《人民日報》都登了，大詩人郭沫若還寫了賀詞。我鳳凰區水稻畝產二萬六千斤，苧蔴畝產五千斤乾蔴肉，解放書記還批評說相差革命距離太遠。你呀，不能做小腳女人，不能犯右傾保守錯誤。」李得紅以老同志、老同事的情誼勸誡尹苦海。

尹苦海聽罷，很受感動，就舉手高呼：「向鳳凰人民學習！人有多大膽，地有多大產！」

站在路邊看熱鬧的社員們，有的跟著尹苦海舉手呼口號，有的私下議論：

「活見鬼！畝產三萬六千斤，那一畝田的穀粒會堆上兩尺高。畝產十三萬斤，一畝田稻穀粒就有一丈多厚，連稻草田泥一起稱，也沒那個數字。」

「真是鬼話！苧蔴畝產五千斤乾蔴肉，那每根苧蔴要有合抱大的杆子，還不能有蔴骨。」

「郭沫若還寫了賀詞，他是不是個瘋子呢？他知書識理嗎？這麼簡單的理也不懂。」

「虛報那大的產量，要多少人的口糧去上交呀。我看要餓死人呢。」

……

「是哪個現行反革命分子在攻擊三面紅旗？」李得紅站在車上，時刻保持著高度的階級警惕性，他耳靈眼尖，在稀稀落落的口號聲中，聽到了發自幽谷洞穴中微弱的反革命聲息。他口中大聲喝斥，目光在人群中搜巡。

「我看清楚了，就是那兩個狗入的。」站在李得紅身旁的鳳凰區紫金山大隊支書明正大是金睛火

眼，指著車下人群中兩個青年人喝道。

「那兩個傢伙不許動！」李得紅盯住了那兩個青年，右手食指指著。李得紅的食指就像孫悟空的金箍棒，畫地為牢，那兩個青年被定在地上，動彈不得了。

社員們一下子讓開，空出那兩個青年和一個小學生。

「和貴，快過來。」人群中柯和義在小聲叫喊。

那個小學生是柯和貴，站在柯和丁身後，聽到柯和義叫喊，就鑽進人群。

那兩個青年一個叫柯和丁，紅孩子戰鬥隊隊長；一個叫李祖恩，黃繼光戰鬥隊副隊長。兩個青年都只穿條粗布短褲，赤膊著，皮膚黝黑，滿身泥漿。兩個青年一下子被嚇得渾身哆嗦，沒一點黃繼光的英雄氣概，沒一點紅孩子的勇敢機智。

這也非怪，這兩個青年，因為他們不是在有法制觀念的國民黨反動派面前，而是在無法無天「朕即國」的共產黨的區委書記李得紅面前，允許你申辯麼？那怕是真的黃繼光、小兵張嘎、劉胡蘭來到李得紅面前，也要被嚇得不敢說話，又有何英雄氣概呢？說大一點，即使是「不怕死的婦女領袖向警予」來到李得紅面前，恐怕沒機會高唱〈國際歌〉和發表演說了，方志敏也無法在獄中寫《可愛的中國》，郭亮和江竹筠不能慷慨陳詞，周文雍、陳鐵軍更不可能在刑場舉行婚禮。如果現代的青年人不相信，那麼你就在李得紅這類書記的面前去說說理由試一試，你準是英雄氣短。現在，我們來看著這兩個青年人的下場吧。

「老尹，你是怎麼搞的？這兩個現行反革命分子竟敢在光天化日之下散佈惡毒的反革命言論？」李得紅喝斥尹苦海。

「好，我馬上調查處理。」尹苦海心裡明白情況嚴重性，連忙說，「柯國慶，把那兩個傢伙押走，聽候處理。」

「還查個雞巴！事實很清楚，他們已經轉化成現行反革命分子了，立即就地正法！」李得紅命令道。

尹苦海被怔住了，沒動。

李得紅躍下車，明正大也跳下車，招呼車上跳下幾個帶槍的民兵。

李得紅是軍人出身，到地方後，仍然穿軍裝，束軍皮帶，腰紮手槍，保持軍人威武。他身材碩大，一個箭步衝上去，兩隻大手將兩個青年推倒，又提起，向上一拋，那兩個青年像老鷹爪下的死魚被甩出一丈多遠，重重地跌在砂石馬路上。

「活埋掉！」明正大階級仇恨像火一樣爆發，指著站在一邊的社員大吼，「你們幾個上坡挖坑。」

從車上下來的民兵端槍對準六個社員，押著拿鍬扛鋤，上坡挖坑。

「饒了我吧，我沒說反革命的話，我是貧農子弟。」李祖恩見狀，嚇得跪在地上磕頭求饒。

「你他媽的，你已變成反革命分子了，還敢狡辯？」李得紅掌心仍在發癢，沒過足打人癮，罵著，衝上去，右手指抓住李祖恩喉管，像提一隻鴨子一樣提起李祖恩。李祖恩狡辯不出聲音了，口中冒血泡。明正大用槍托向李祖恩嘴上打去，兩排門牙落在地上。柯和丁像一條死狗一樣，躺在地上不敢喘氣。

尹苦海看著，也不敢作聲。尹苦海在紅石區說一不二，在李得紅面前卻像小鬼見了鍾馗。他知

道，李得紅是周雷霆將軍的警衛員，周將軍讓解放帶他下鄉來鍍金鍛煉，然後提升上去做黨的棟樑之材。解放書記也畏李得紅三分。李得紅心急如火，性暴如虎，碰著他的氣頭上，給尹苦海當胸一槍是幹得出來的。他尹苦海惹得起麼？同時，尹苦海懂得《矛盾論》中的轉化論和突變論，這兩個青年已經從量變飛躍到了質變，成了階級敵人了，叫尹苦海有什麼辦法？

在場的四百多個幹部和社員，都呆立著，伸長脖子，踮起腳跟，看著挖坑，看著拖走兩個青年，看著兩個青年被推下土坑，看著一鍬一鍬的黃土向兩個青年身上澆，看著黃土漸漸掩上兩個青年的腹部、胸部、脖子，看著兩個青年的手在亂抓，看著兩個青年的頭在晃動，臉色煞白，看著在金色陽光下閃著光的黃土蓋住了兩個青年的腦袋，看著黃土成了墳尖……南柯村人只聽說過日本鬼子埋活人，但從沒看到過實景。今天，南柯村人總算看到了埋活人的現場表演了。因為活埋的是階級敵人，黨是不會錯的，所以大家也就一飽眼福，心安理得了。

站在人群中的柯鐵牛、柯國慶開始也被驚得傻了眼，漸漸地，他們從心裡敬佩李得紅書記階級覺悟高，對敵鬥爭性強，決斷英明，值得自己好好學習了。

李得紅活埋了兩個小青年，得到了「與人鬥，其樂無窮」的滿足，臉上露出了笑容，拍了身上的土粒，從身邊服務員接過純白手帕，擦了擦兩手，把手帕搓成團子，扔出老遠。他縱身躍上汽車。他又扭頭對尹苦海說：「老兄，對敵鬥爭要像戰場上打仗一樣，不能學宋襄公。不拿槍的敵人比拿槍的敵人危險十八倍。你可要好好地檢查自己的階級立場呀。」

李得紅說罷，一揮手，車隊出發了，飄來了車上的革命戰鬥歌聲：

「向前，向前，向前！我們的隊伍向前進……」

尹苦海呆癡地望著車隊過去。他突然像醒悟了什麼，拾起一把鍬子，大叫：「快跟我來，把那兩個可憐人救出來！」

社員們也像從夢中被驚醒一般，一窩蜂地跟著尹苦海衝上山坡。大家扒土，扶人，抬人，把兩個青年弄出土坑。柯和義和柯和貴去把大隊赤腳醫生叫來。一陣急救後，李祖恩的腦殼被挖鋤打破了，死了。柯和丁的下巴挨了一鍬子，嘴歪了，但救活了。

「柯鐵牛，讓社員們回去睡一覺吧。」尹苦海沉沉地說一句，就拖著沉甸甸的步子，慢頓頓地向尹東莊走去。

欲知尹苦海將有什麼後果，且聽下回分解。

第十三回　守人性

卻說尹苦海沿著田塍路，慢頓頓地向尹東莊家裡走去。他忙了一個整夜，身體很疲乏，四肢無力。他經歷了李得紅瘋狂埋活人的事，情緒很雜：有恐懼，有氣惱，有悲傷。他不知不覺地去救了那兩個青年，思想很亂：根據階級鬥爭和唯物辯證法的大道理，李得紅是正確的；可是，從他心靈幽深處冒出的一縷良心，沖動著他，使他去救了人。李得紅指責他是宋襄公，有立場問題，他是對是錯呢？那李得紅還指責他水稻畝產二千斤是右傾保守思想。他為什麼把水稻產量定低了呢？又是那從他心靈幽深處冒出的一縷良心在作怪。尹苦海突然感到自己落伍了，跟不上革命形勢了，有一種危機感襲上心頭。

「革命形勢發展得太快了。難道我真是毛主席批評的小腳女人麼？」尹苦海在質問自己。

尹苦海回憶起這半個月來革命形勢的急劇變化。

毛主席接連發指示，中央接連發文件，市委縣委接連召開區委書記級幹部大會。不到三、四天，全國都成立了人民公社，小灣合大灣，吃大食堂，燒山挖山，攔湖築堤，土高爐林立，到處冒煙。接著是糧食創高產爭上游，報紙、電臺接連報導小麥畝產幾萬斤，水稻畝產幾萬斤，到十幾萬斤，一個土高爐日產生鐵幾萬噸，純鋼幾萬噸，衛星一個比一個放得大，放得高。下雉縣前天又開了區委書記會，先是到鳳凰區開現場會，參觀學習，又是集中到縣委開會鼓勵。解放書記表揚了李得紅，號召學習李得紅，提出「人有多大膽，地有多大產」的口號。尹苦海看了李得紅的試驗田，知道那是弄虛作假，把十幾畝田的水稻移栽到一畝田裡去，即使是那樣，也不能達到畝產二萬六千斤呀，更甭說畝產三萬六千斤、畝產十三萬斤了。

「那是吹牛皮！」尹苦海心裡在說。

論吹牛，尹苦海是牛經紀出身，是行家，李得紅不是他的對手，他要把四面上游錦旗都吹到自己手裡是輕而易舉的事。但是，尹苦海沒有那大的膽，所以沒有那大的產。同時，尹苦海於心不忍，那樣一吹，紅石區五萬多人的肚皮就被吹癟了，這比槍斃尹安定、柯丹青幾個人作的孽深重萬倍。

「我不能爭糧食創高產那個上游。」尹苦海在開會時心想，「不做上游，做個中游吧。但做中游也要畝產上萬斤，還不是一樣餓死人麼？這中游也做不得。」尹苦海又否定了自己的想法。「中游做不得，那就做下游了。做下游就是做小腳女人，跟不上革命形勢，就要受批判，被罷官，不能革命了，那能成麼？」尹苦海犯愁了，拿不定主意。

縣裡的會開到晚上九點才散。縣委要求幹部們發揚「二萬五」的艱苦奮鬥精神，連夜步行趕回去創高產。尹苦海就摸黑步行，碰著了李得紅，拉他上了一輛吉普車。李得紅可真會享受，有些聰明，命令區機務隊把一輛東方紅拖拉機改裝成了吉普車，開會時開到縣城偏僻處放著，回家時再用。尹苦海免了步行三十多里之勞，回到了家裡。

家裡，趙月英還守在煤油燈旁等著尹苦海。趙月英服侍尹苦海洗了，吃了。可是尹苦海沒有睡意，坐著吹旱煙，歎氣。趙月英是個細心伶俐的女人，就追問尹苦海的心事。尹苦海就把縣裡開會的內容和心裡犯愁的事向趙月英說了。這時的趙月英已是區委委員，婦聯副主任，有權利知道黨委開會內容。她只是一直沒上班，住在尹東莊。

趙月英聽了尹苦海的話，又驚又喜。她驚的是：這創高產放衛星，會把老百姓的生命放到西天

去；喜的是：難得尹苦海還有一份未泯的良心。趙月英決心向尹苦海進諫，讓他定下主意。趙月英噗嗵一聲跪在尹苦海面前，哭泣起來。

尹苦海見狀，不知發生了什麼事，雙手扶起趙月英坐好，叫她有什麼話直說。

趙月英就說出一番話來：「懷德呀，我在為全區五萬老百姓請命。我真想不到，為什麼總有人那麼狠心腸，為了自己一個人的功名成就去讓千百萬人死亡？你可不能去做那種狠心腸的人呀。如果你去爭那個上游、中游，虛報糧食高產，全區五萬多老百姓就要被餓死了，那可是作大惡呀！如果你實事求是報糧食產量，讓全區老百姓活命，那可是行大善呀。懷德呀，陰陽是有的，善惡報應是有的，我們只能行善呀。你做下游吧！大不了被開除黨籍、工作籍、丟官，最壞結果是作五類分子，總不會被槍斃吧。我願和你一起吃苦受難，服侍你終生。你下決心吧。」

「哎呀——」尹苦海歎了一口氣。他說：「就這樣決定，在糧食創高產上做下游，在其他方面力爭上游。」尹苦海不犯愁了，定下了決心。他又轉臉笑著說：「你這是婦人干政呀！」

「我是學長孫無忌進諫唐太宗，可沒學呂雉篡政作惡呀。」趙月英也破涙為笑。

第二天，尹苦海召開全區三級幹部大會。會上，尹苦海大吹特吹大煉鋼鐵，號召鼓幹勁治山治水。在講到糧食創高產時，他狠狠地批評了南柯大隊支書柯鐵牛謊報水稻畝產一萬斤的弄虛作假行為，強調共產黨員要實事求是。他規定隊、社兩級幹部水稻試驗田畝產數字不超過一千五百斤，區委試驗田不超過兩千斤。他決定蹲點南柯大隊，在石家壟搞水稻高產試驗片。

尹苦海這樣講了，也這樣做了。他沒想到李得紅那傢伙來給自己製造了那大的麻煩，再次給他造成思想混亂。

「入他娘的十八代！你李得紅神氣什麼？有朝一日，老子要參你一本！」尹苦海想到這裡，胸中怒火燃燒。

尹苦海陰擺擺地走著，肚子咕咕地叫，回到家裏。

趙月英看見尹苦海渾身泥漿，濕濕的，黏黏的，連忙去拿了乾淨衣服，打了熱水，讓尹苦海洗了，換了衣服。她又從食堂裡弄了飯菜，給尹苦海吃了。

尹苦海去睡了。他一覺睡來，已是下午三點多鐘。尹苦海躺在床頭，見趙月英滿面愁容地坐在床邊。

「又怎麼啦？」尹苦海問。

「我剛才聽說李得紅活埋人。你和他是平級幹部，他活埋的是你的人，你為什麼不制止？」趙月英質問。

「我惹得起李得紅麼？」尹苦海反問。他又解釋說：「根據階級鬥爭和唯物辯證法，李得紅是正確的。」

「平白無故地活埋人，還正確嗎？」趙月英氣憤了，說，「就拿階級鬥爭的大道理來論吧，李祖恩、柯和丁都是貧下中農子弟，都是隊長，立過功。就因為說了一句真話該治活埋罪嗎？」

「你只知道階級鬥爭的道理，還有唯物辯證法呀。這個理你不懂。」尹苦海繼續解釋。他說兩個青年人在幾分鐘以前是無產階級的人，他們突然攻擊三面紅旗，也就突然從人民這邊飛躍到敵人那邊去了，成了敵人。

「說得好玄哩。」趙月英不服，大聲說：「我看那辯證法是胡說八道，橫扯蠻拉！」

「你給我住口！」尹苦海發火了，吼道，「我不準你說這種話！」

趙月英被愣了。她從來沒看到尹苦海對自己發這大的脾氣，看來自己犯了大忌。她哭了。

「月英呀，你知道不知道，你說的是惡毒攻擊毛澤東思想，是現行反革命言論，被外人聽去了，就大難臨頭了。」尹苦海又心疼趙月英了，小聲告誡。

尹苦海口裡在禁止趙月英說話，心裡卻被趙月英的話打了一悶棍，對那唯物辯證法產生了懷疑。他想：「這辯證法也真怪。我以前靠它說服了解放書記，和趙月英結婚了。今天，李得紅又靠它活埋了兩個青年。你左說也有理，右說也有理。這到底是什麼法術呢？」

「懷德，我雖然不懂辯證法，但我有一種預感：老百姓要大禍臨頭了。」趙月英看著發呆的尹苦海語氣緩和地說。

尹苦海盯著帳頂，一個勁地吹旱煙，沒作聲。

趙月英的預感是正確的，一年後，發生了全國性農民大饑餓。在吃大食堂的第二年三月，即一九五九年三月，是青黃不接的季節，大食堂沒糧食了。社員們由每日半斤大米減到二兩，又由二兩減到一兩，最後連一兩也沒有了。社員們就挖野菜，刨樹皮，掏苧蔴蔸，捏觀音土，到處有餓死的人。爭得三面上游錦旗的鳳凰區餓死的人最多，整村的人被餓死和得浮腫病。

尹苦海在趙月英的慫恿下，第一個解散了大食堂，把區裡、社裡糧食庫存的糧食開倉出來，每人分得一百斤大米和一百斤幹薯絲回家。尹苦海還在區裡辦了個臨時鐵砂廠，日夜為社員加工鐵罐、耳鍋。他又開放南湖水產植物，讓社員自由摘採。尹苦海被逼著忍痛向鳳凰區調去二十萬斤救濟糧食。

在全國大饑荒中，毛澤東在江西廬山召開了黨中央會議。會上，彭德懷向毛主席上了「萬言書」，攻擊三面紅旗是黨內小資產階級狂熱性的產物，全國大饑荒是人禍不是天災。很顯然矛頭直指毛主席。毛主席大怒，發動和領導了批判彭德懷右傾機會主義。接著全黨開展了批判右傾機會主義。

在下雉縣委召開的批判右傾機會主義區級幹部大會上，李得紅說尹苦海是下雉縣的彭德懷。李得紅揭露和批判尹苦海罪行有五：一、試驗田裏水稻產量為二千斤，右傾保守；二、營救階級敵人，階級立場錯了；三、瞞產，私自庫存糧油和開倉放糧，對黨不忠；四、解散大食堂，反共產主義建設；五、私開鐵砂廠，為社員個體加工炊具，走資本主義道路。李得紅強烈要求縣委撤銷尹苦海黨內外一切職務，責令檢討反省。

尹苦海一眼看出了李得紅以攻為守、李代桃僵的策略。李得紅把鬥爭矛頭指向尹苦海，不僅開脫了自己的罪責，還會成為反右傾英雄，又立新功了。尹苦海本以為自己在救荒中立了功的，本不想誇耀自己和批判別人，保持謙虛謹慎的態度。但沒想到火燒到了自己身上。他知道，一旦成了運動對象，那可真沒有好下場了。他不能不拚死掙扎，不能不反擊李得紅。他在聽李得紅發言時，在思考反擊的理由。他真想不通偉大英明的領袖毛主席為什麼不反左傾、要反右傾，更想不通因為一個彭德懷問題還要在全黨範圍反右傾，這不是支持和有利李得紅這種人麼？不是要全國人民的命麼？既然形勢不利於自己了，尹苦海也必須拿出充分理由來駁斥李得紅。他搜腸枯肚，終於找到了兩個理由：其一是盧山會議提到反「五風」，其二是實踐論和辯證法。尹苦海發言了：

「剛才李得紅書記批判我是下雉縣的彭德懷，列舉了我五大罪狀。我們知道，盧山會議上的彭德懷主要罪狀是反對毛主席。毛主席是人民的大救星，彭德懷反毛主席就是反人民，他已經由革命的功臣轉化為人民的敵人了。我今天要就這一點來和李書記比較一番，到底誰像彭德懷，到底誰反人民而

轉化成人民的敵人了。

「其一，李書記說我的試驗田裡水稻畝產二千斤，這是事實。李書記的試驗田裡水稻畝產二萬六千斤，這是大家都看到的。這兩個數字哪個接近事實，哪個是『浮誇風』，在座的心裡有數。毛主席在《實踐論》中教導我們要實事求是，實踐——理論——實踐。浮誇風是反對實事求是，反對革命實踐論的，也是反毛主席的。這說明李書記是反毛澤東思想的，也是反毛主席的，他才是下雉縣的彭德懷。其二，李書記說我『營救階級敵人，階級立場錯了』。被李書記活埋的兩個青年，都是貧下中農子弟，一個是黃繼光戰鬥隊副隊長，一個是紅孩子戰鬥隊隊長，他們只是對李書記的浮誇風議論了兩聲，就被李書記當反革命分子活埋了。毛主席教導我們，在人民內部要開展批評和自我批評。難道對李書記不能批評麼？一批評就是反革命分子麼？這是什麼怪論？這就是說，李書記的立場站到人民的對立面去了，把人民當敵人，他自己也就轉化為人民的敵人了。毛主席是人民大救星，李書記反人民，他才是下雉縣的彭德懷！其三，李書記說我『瞞產私自庫存糧油和開倉放糧，對黨不忠』。紅石區的糧食沒有存到我家裡去，而是存在國營的糧店裡，放糧救民是紅石區黨委的決定，不是我一個人的決定。紅石區黨委還執行縣委決定調了二十萬斤糧食給鳳凰區饑民，是紅石區和下雉縣黨委組織是黨組織，還是李得紅一個人是黨組織？我不知道鳳凰區為什麼在這個時候還不開倉救荒？難道鳳凰區沒有饑荒麼？事實並不是這樣。全縣饑荒最嚴重是鳳凰區，餓死和患水腫病最多的是鳳凰區人民。李書記畝產水稻二萬六千斤，糧食到哪裡去了？鳳凰區人民說李書記和他的幹部們至今每天三餐三兩肉，吃剩的肥肉片在污水溝上漂流，還不準饑民去撈剩飯殘羹。李書記把公有的東方紅拖拉機改造為私人的吉普車，帶著幾個情婦到處兜風。為什麼李書記對鳳凰區餓死和患浮腫病的人視而不見、而自己在大量浪費糧油、生活腐化呢？李書記還是一個為人民服務的共產黨員麼？還有一點人民性麼？這不正好說明李書記不是毛主席的戰士而是彭德懷的反人民的戰士麼？其四……」

「『其』你個鳥？你他媽的尹苦海算個鳥？老子還是你的入黨介紹人哩。老子是看錯了你，要親自槍斃你！」李得紅沒等尹苦海說完，咆哮起來。他掏出手槍，朝尹苦海這邊的天花板上放了一槍。

「把他的手槍繳下來！」解放大聲命令。

坐在李得紅周圍的幹部圍上去抱住了李得紅，幾個員警衝上去，下了李得紅的手槍。李得紅是全縣區委書記唯一有資格帶手槍的人，那手槍是周雷霆將軍贈給他的。今日，被解放收繳去了。

「你他媽的！你李得紅算個鳥？」紅石區區長郭邦國站起來了，喊道，「你是南下幹部，老子也是。你是個警衛員轉業到地方，老子是連長轉業到地方。別人怕你，老子不怕你。那日要是老子在場，還讓你在我紅石區耍野埋活人麼？」郭邦國為尹苦海說話了，真是人各為其主。

「安靜下來！」解放拳著桌子站起來，大叫。

全場安靜下來。

「今天會議是批判彭德懷，不是叫你們互相吵架。同志之間有什麼意見，只能開展批評和自我批評，以理服人，不能互相攻擊。」縣委副書記兼組織部長溫小玲說。

「既然大家聯繫到各區情況，那就要在批判彭德懷、右傾機會主義的時候，開展批評和自我批評，解除隔閡，團結起來，共同奮鬥。繼續發言。」解放說。

「開展批評和自我批評是解決人民內部矛盾的唯一好方法。現在，我來就尹苦海書記的發言談談個人的看法，歡迎尹書記批評指導。」李得紅的秘書李信群站起來說話了，又是一個各為其主的

人。李信群說：「尹書記讀了《實踐論》、《矛盾論》，很熟悉唯物辯證法。我想和尹書記一起用辯證法來分析具體的問題。列寧說：『辯證法的活的靈魂是對具體問題具體分析。』《矛盾論》告訴我們，矛盾著的方面有主要方面和次要方面，主要方面決定事物的本質，分析問題要抓住矛盾的主要方面，才算抓住本質。這裡，我要談的問題如下。第一，什麼是目前革命形勢的主要方面。三面紅旗是一場在中國爆發的全新的浩大的社會主義革命運動。革命的主流是走公有制的社會主義道路，這就是矛盾的主要方面，是事物的本質。其他方面是次要的，是前進中的問題。社會主義和資本主義是社會的一對對立統一的矛盾。三面紅旗標誌著社會主義已經轉化為矛盾的主要方面，戰勝了資本主義，使社會發生了質的變化，這是第一次否定，資本主義私有制變成了社會主義公有制。李得紅書記在下雉縣第一個辦起食堂，第一個放高產衛星，就得了三面錦旗，恰恰是抓住了矛盾的主要方面，投身到革命的主流中，所以，他是革命的急先鋒，推動了公有制的完成。尹苦海書記在那個時候，不敢率先辦大食堂，不敢放高產衛星，像小腳女人一樣被運動拖著走，甚至反對運動，這就沒有抓住矛盾的主要方面，沒有投入到革命的主流中。這說明尹書記對社會主義公有制的實現不理解，持懷疑態度，這恰恰是右傾機會主義的表現。一年以後，發生了變化，一些次要問題暴露出來了，比如產量高到不合實際，大食堂沒糧食了，有餓死人現象。這說明社會主義是從資本主義裡產生出來的，它必須帶有舊事物的某些特徵，這是一種回復現象。但它不是本質上的回復，而是某些舊的外部特徵的回復，不是向舊事物回復，而是新模式的伸展，這就是第二次否定。我們要否定的是舊的特殊而不是新的本質。我們就不能因此說三面紅旗錯了，社會主義公有制本身有問題，這不是主要問題，而是前進中的問題，是為了革命勝利的革命者和人民群眾作出的應有犧牲問題。我們不能因為革命戰爭中有犧牲就否定革命戰爭的正確性。彭德懷就是抓住這些次要的、非本質的問題當作主要的、本質的問題來攻擊毛主席，攻擊社會主義制度本身。這在辯證法上犯了法蘭克福學派的『否定一切』的錯誤，在政治上犯了右傾機會主義錯誤。尹苦海書記今天的發言就是再次犯了彭德懷的右傾機會主義錯誤。尹書記攻擊的不只是李得紅書記一個人，而是攻擊整個社會主義公有制和三面紅旗，是典型的右傾機會主義言論。第二，什麼是人民性？尹書記的發言不斷使用『人民』、『人民性』這兩個概念，好像尹書記是人民的救星，而別的黨委領導都是反人民的。什麼是『人民』？『人民』不是指群眾中的某一、兩個人，而是一個整體的抽象的概念。『人民』也有階級性，資產階級把他們小圈裡的一小撮人稱為『人民』，無產階級把絕大多數人稱為『人民』。既然『人民』是整體的抽象的看不見的、摸不著的概念，那就要有一個具體的形象的看得見的摸得著的『人民』的典型代表，那就是黨、黨的領袖人物。國民黨、蔣介石是代表資產階級的，共產黨、毛主席是代表無產階級和廣大群眾利益的。我們談到人民的事業、人民的利益，就要說黨的事業、黨的利益，更具體一點，就是毛主席的事業、毛主席的利益，毛主席就是全國人民利益的最高代表者。忠於毛主席，就是忠於人民。其他的打著為民請命旗號的人如彭德懷，則是反毛主席，反人民的。在地方，各級黨委，黨委書記就是地方人民利益的代表，群眾中的任何個人不能算是人民利益的代表者。具體一點，南柯大隊的兩個青年攻擊三面紅旗，攻擊李書記，能代表人民嗎？不能，只能代表反革命分子。維護三面紅旗的一級黨委書記的李得紅書記，能代表地方人民的利益。尹苦海書記不懂得這一點，卻把兩個反革命青年說成是人民，而把與反革命分子作鬥爭的李得紅書記說成是站到人民的對立面去了，這顯然不合階級鬥爭、無產階級專政的原理，又不合辯證法的原理。

尹苦海書記實在有階級立場問題。如果說尹書記也是一級黨委的領導代表地方人民利益，在與李書記對問題看法有不同時，也只能在黨內開展批評與自我批評來解決，不能站到階級敵人一邊來攻擊李書記呀。我們用唯物辯證法一分析，就能清楚地看出，尹書記犯的是本質上的錯誤，屬於彭德懷的右傾機會主義；李書記犯的次要錯誤，是前進中的問題。尹書記剛才所用的辯證法，是黑格爾的唯心辯證法，是詭辯法，不是馬列主義的唯物辯證法。唯物辯證法是宇宙的根本法則，是共產黨人的鬥爭哲學，是為黨的利益即人民的利益作鬥爭的思想武器。尹書記實在應該好好地檢查和反省自己的右傾機會主義錯誤，好好地學習唯物辯證法。」

「講得好，有理論，有事實，這才是真正的唯物辯證法。」解放書記讚揚著，鼓起掌來。

全場鼓掌起來。

尹苦海傻眼了，發懵了。他遇上了辯證法的真正高手了。他的辯證法被李信群的辯證法批判為唯心辯證法、詭辯法，他隱約感到李信群的辯證法也有詭辯的成份，但一時說不清楚，只是他的心靈深處的那一縷人性和良心還在不服氣地說：「我不服，我沒有錯！」這人性和良心上的話能說出口麼？不能。人性和良心屬於資產階級人性論，是違反階級性和黨性的，是反馬列主義、反毛澤東思想的，是反唯物辯證法的。尹苦海不敢作聲了，在等待著批判和處分。

這次會議，對尹苦海的結論是：犯有嚴重的彭德懷右傾機會主義錯誤，但屬於人民內部矛盾。對尹苦海的處分是：記黨內嚴重警告處分一次，撤銷紅石區黨委書記職務，保留區委常委，降為紅石區「人大」副主任。對尹苦海的結論和處分，還是解放書記看在老部下的情面上網開一面。

這次會議，對李得紅的結論是：階級立場堅定，兩個覺悟很高，大是大非明確，具有英勇犧牲的戰鬥精神。對李得紅的嘉獎是：升為市委公安局局長。李信群也因此升為鳳凰區黨委辦公室主任，明正大升為鳳凰區副區長。

尹苦海從縣裡開會回家，把自己受的批判受處分的事對趙月英說了。那趙月英不但不憂傷，反而很高興。她說尹苦海沒有錯，有人性，有良心。她還說降職好，不操那份心了。她對尹苦海更加尊重、愛護、服侍周到了。尹苦海也因此得到了安慰，感到無官一身輕的舒服。

但是，尹苦海心仍然有兩個不服氣：一是李信群用辯證法戰勝他的辯證法，二是李得紅、明正大活埋兩個青年不但沒有受處分反而升官。

對第一個不服氣，尹苦海檢討自己，可能是沒有學好辯證法。他又去用心讀《矛盾論》，試著分析具體問題。他的理解更深刻了，認為李信群的辯證法是唯物辯證法，他的辯證法也沒有違反《矛盾論》。但是，一運用到分析某個具體實際問題，卻得出了絕然相反的兩個結論。譬如，對三面紅旗的認識。李信群說三面紅旗是社會主義革命，是主要方面，是對資本主義的否定，而放衛星、辦大食堂、餓死人是革命實踐中前進中的問題，是應有的犧牲，是次要方面。結論出李得紅是正確的。這叫人怎能信服呢？如果按尹苦海來分析，放衛星、辦大食堂、餓死那麼多人，是十分嚴重的，是主要方面，是社會倒退，並沒有否定資本主義，資本主義不也是製造壓迫剝削人民的災難的麼？結論出：李得紅是錯誤的，是在犯罪。再往深處一想，三面紅旗是毛主席親自發動和領導的社會主義革命運動，否定了三面紅旗，不是否定了毛主席麼？否定了李得紅不是否定了毛主席麼？好嚇人哩！尹苦海不敢往下想了。尹苦海就換了一個方面來想。是不是唯物辯證法本身是詭辯法呢？唯物辯證法是馬克思、恩格斯、列寧、史達林、毛主席發明創造的，被定為宇宙的根本法則，定為共產黨人的鬥爭哲學。說

唯物辯證法是詭辯法，那不是說偉大導師領袖們都是詭辯家了麼？這不是說馬列主義、毛澤東思想是詭辯主義麼？尹苦海被嚇住了，不敢想了。尹苦海實在沒有知識和膽略來解決這個知識問題。

直到十年以後，尹苦海遇上了柯和貴，他才明白了辯證法的真諦。柯和貴問尹苦海：「表兄，你生一雙手，是為了互相對立、互相矛盾、互相鬥爭呢，還是為了互相協調動作呢？」尹苦海答不出來。柯和貴說：「表兄，你不要去讀辯證法了，說不清楚的。所謂的辨證法，根本稱不上哲學，是與政治權力捆綁在一起的法術。你有權力，就能運用辯證法，把自已從左到右、從上到下、從內到外打扮成真理的化身。而沒有權力或權力小的人去運用辯證法與上級抗辯，就會被權力大的人斥為謬論、詭辯法。你與表嫂結婚，並不是你運用辯證法起了作用，而是解放書記另有原因，才贊同你的辯證法。你講辯證法得到下雉縣委、黃土市委的表揚，是因為你講的有利於縣委、市委的政治需求。你用辯證法去與李得紅、李信群抗辯，實際上是與當時的政治局勢對抗，解放書記就不贊成你的辯證法，只贊成有利於當時政治局勢的李信群的辯證法。你的辯證法就成了謬論，李信群的辯證法就成了真理。同樣的辯證法，不同的人使用，不同的政治局勢使用，就有不同的結果：有時得福，有時得禍。」

雖然，在尹苦海眼裡，柯和貴是個狂妄自大、思想反動、地位低微的教師，但是柯和貴對辯證法的論述，使尹苦海內心折服，他有親身體驗呀。尹苦海經過與李信群、柯和貴的較量，悟出階級鬥爭大道理的玄機，同樣也悟出了辯證法的玄機。他咒罵起辯證法來：「入他娘的十八代，辯證法不是人法，是鬼法，是魔法。老子被騙了十多年！」從此，尹苦海再不相信那雞巴毛的辯證法了。

對第二個不服氣。尹苦海在第二年即一九六零年反「五風」時，消了胸中怨氣。在反「五風」

時，趙月英慫恿尹苦海抓住機會，帶柯和丁和李祖恩父親向解放書記控告李得紅、明正大、李信群，還威脅解放書記說：「如果縣委不處理，南柯村大隊就有人背冤單直上中央、毛主席那裡去告狀了。」解放書記也認為活埋人的案件重大，就向黃土市委反應了。黃土市委就組織了調查小組，解放書記任組長。結果，明正大被判死刑，立即鎮壓了。李得紅因制止不力，工作有失誤，記了黨內大過處分，撤了黨內職務。李信群為罪犯辯護，記黨內警告處分一次，撤銷鳳凰區黨委辦公室主任職務，安排到鳳凰區中學教書。

一天上午，區裡通訊員給尹苦海送來一份緊急通知，要他立即趕到區裡開始緊急會議。尹苦海心中一驚，就坐在通訊員自行車的後座，向區裡趕去。

欲知尹苦海是凶是吉，且聽下回分解。

第十四回　災民情

卻說尹苦海急忙趕到區裡，新上任的區委書記郭邦國早在大門口等著他。郭邦國一直在尹苦海手下當區長，深受尹苦海的影響，兩人私交也深。

「老尹，我在急等著你哩，快到我辦公室去談。」郭邦國說著，拉著尹苦海進去了。

「老尹，這第一把手不好當，我遇上麻煩事了，要你幫忙。」兩人坐下，郭邦國急忙說。他向尹苦海敍述了那麻煩事。

事情發生在南湖。南湖周邊的社員一齊下南湖搶摘蓮蓬、菱角、撈魚、捉蝦，不下田地幹活了。南湖公社石書記帶各大隊支書和民兵下湖捉人，被打了。郭邦國聽到彙報後召開區委擴大會討論解決方法。大家意見不一，主張鎮壓的佔多數，主張勸解的佔少數。現在，區武裝部長和公安特派員瞿思危帶民兵去南湖處理去了。郭邦國想到問題嚴重，心裡不安，就請尹苦海來幫忙拿主意。

「絕對不能鎮壓！」尹苦海聽後，果斷地說。他解釋說：「郭書記，紅石區餓死人少，是因為我們在三月份給社員們開倉放了糧。現在糧店沒糧發下去了，社員們的糧早吃光了，在餓肚子。社員們為了不餓死，才冒死不上田地幹活而下湖找野食。我倆是在舊社會餓過肚子的人，應該知道餓肚子的滋味。我們現在能吃定時定量的供應糧油，沒有挨餓的痛苦，可不能忘記社員們餓肚子呀。我們怎能去鎮壓饑民呢？再說，鎮壓必然會發生饑民的拚死反抗，激起大事件，我們又怎麼向黨向人民交待呢？我建議：立即撤回民兵，召開小隊、大隊、社、區四級幹部會議，規定：一、每戶讓一個人去找野食，青壯年上田地幹活；二、田地活主要是在六月份挑水把紅薯栽活，過一個月，薯藤薯葉可以充饑了；三、每個人口分兩厘自留地，種瓜度荒。」

「老尹，你來了，我就有主張了。」郭邦國說，「就這樣，你去南湖撤回民兵，平息事件。我在區裡召開四級幹部會。」

「我去南湖可以，但我擔心名不正、言不順，撤不回幹部和民兵。你下一道指示，派一個副書記和我一同去。」尹苦海說。

郭邦國立即指派區委劉副書記和周秘書陪尹苦海一同去南湖，並指示說：「老尹是代表我去全權處理南湖事件的，一切聽從老尹。」

尹苦海三人乘坐一輛拖拉機出發了。拖拉機來到紮湖壢胡神廟，沒有機耕路了，尹苦海三人下車步行。

這紮湖壢沒有蘆葦蕩遮掩了，能一眼望穿全湖。尹苦海看到壢嘴有一群人，三支青煙直升天空。尹苦海猜到情況緊急，就跑步走。他來到壢嘴人群中，一個箭步躍上太公墳墩上，喘著粗氣，面對人群站定。劉副書記、周秘書也隨後登上了坎墩。站在墳墩頂上的尹苦海，像從湖中被撈出一樣，白竹布衫和藍的確良褲子全被汗水濕透了，緊貼在皮膚上，胸肌、背脊、臍孔、股溝都裸露出來。在尹苦海面前，出現了人為慘景：在剛西斜的白花花的灼熱的陽光下，湖岸邊排滿小木船，湖岸站著上萬個男女老少，女的蓬頭垢面，男的赤膊黑瘦，一個個臉上浮腫，眼泡增大，有氣無力。但是，社員們手拿鐮刀、短板、木槳、魚叉，篡緊拳頭，目光可怕，怒視著對面幾排人。在社員的對面十幾步有三排民兵，端著槍。區武裝部董部長和公安特派瞿思危，一個全身軍裝，一個全身警服，左手叉腰，右手握手槍；在董、瞿兩人身後，有三個被綁住手腳的青年社員跪在地上。在水邊，南湖公社石書記在指

揮柯鐵牛、柯國慶等人用鐵錘砸木船，用乾草燒船，有三隻木船被燒著了，青煙升向無風的天空。

「同志們，郭書記派尹主任全權處理南湖事件，大家聽尹主任的。」劉副書記喊。

尹苦海面對著眼前的陣式，處理步驟在腦子裡形成。他指著石書記、柯鐵牛大聲命令：「你們跑步到我這邊來，再燒船，就撤你們的職！」

石書記、柯鐵牛帶一群人來到尹苦海身後。

尹苦海又命令道：「董部長、瞿特派，收起手槍，民兵都集合到墳墩北邊來。」

董、瞿兩人帶民兵撤到墳墩北邊。

「鄉親們，兄弟姊妹們，聽我說幾句。」尹苦海面向群眾大聲說。尹苦海喊出這兩個稱呼時，流出了淚水。這淚水和額頭上流下來的汗水摻和在一起，佈滿了尹苦海仰著的面孔，在陽光下閃光。

社員們都聽到了好多年沒聽到的親切的稱呼，看到了尹苦海臉上的兩種水，緊張的心情鬆弛下來了，憤怒的目光柔和下來了，拳頭松下了，手中的鐮刀、短板、木槳、魚叉下垂了。

他們對尹苦海很熟悉，知道尹苦海為了不餓死他們犯了右傾，受了處分，降了職務。他們同情尹苦海，熱愛尹苦海，敬仰尹苦海。現在，他們都仰面注視著尹苦海，聽尹苦海說話，希望尹苦海解救他們。

「我知道，三月份發給你們的那點糧食，早就拌野菜吃光了，你們在餓肚子。以前餓肚子就去討飯，現在全國一樣，都在大饑荒，沒處討飯了。上級又沒有糧食發給你們，你們要活命，就到這南湖來找食吃，這是天經地義的，郭書記和區委理解你們。」尹苦海的話說得通情達理。

「郭書記，尹書記，大好人呀！」人群在有人叫喊。

「嗚——，嗚——。」人群在有人在哭泣。

「鄉親們，這南湖四周有二萬多人口，把湖裡能吃的東西都吃光了，也只能吃一個多月。現在是陽曆六月，到八月份後，你們吃什麼呢？」尹苦海親切地發問。

人群靜默無聲。

「鄉親們，早稻禾苗乾了，二季稻栽不下去，我們只能靠旱地插紅薯了。我們挑水把紅薯栽活，挑水抗旱讓紅薯藤長滿地，藤葉可以吃了。再過三個月，紅薯又能吃了。這樣，才能度荒呀。今天下午，郭書記要召開區四級幹部大會，決定兩點：一是每戶派一個人上山下湖找吃的，青壯年都上旱地栽培紅薯；二是每人分得兩厘自留地，各自種瓜菜。大家說一說，這兩個法子好不好！」

「我們聽尹書記的。」有人喊。

「好，聽尹書記的！」眾人喊。

「真是青天大老爺呀！」幾個老年人跪在地上，磕起頭來。一下子，眾人都跪在地上。

「大家起來，大家起來！」尹苦海向眾人伸直兩手，掌心向上，說，「既然大家認為這樣好，那就駕船回家去，由生產隊隊長安排。」

尹苦海說完，走下墳墩，去解開被綁著的三個青年的繩子，叫他們回家。社員們都散走了，尹苦海也帶著幹部和民兵們回府了。紅石區四級幹部會開後，幹部們都有秩序地忙碌起來，呈現出一片安定團結求生存的局面。

紅石區的土政策被縣委知道了，解放書記狠狠地批評了郭邦國，要郭邦國糾正右傾錯誤。尹苦海自告奮勇挑起責任擔子，請求再受降職處分。尹苦海被降為紅石區貧協會主任的閒職，保住了紅石區

土政策。

柯和貴有詩云：

歷史的控訴

一

天地自然利無害，違逆天道犯天威。
盜誇發瘋鬥天地，全黨妄作戰鬼神。
狂吠高山把頭低，叫囂大河繞道行。
胡吹畝產三萬六，妄作黃土煉鋼筋。

二

謊說人民公社好，實是農奴集中營。
片片綠水變灘塗，座座青山成禿墳。
盜誇只呈一己私，農奴卻死千萬人。
冤魂何日能昭雪？大惡難逃遭天懲。

注：盜誇，《道德經》詞語，強盜頭子。

尹苦海這個紅石區貧協會主任的閒職，到了一九六八年卻成了忙職，因為「貧下中農管理學校委員會」成立了，尹苦海就為培養革命接班人忙碌起來。

欲知尹苦海在培養革命接班人方面為黨作出何種貢獻，且看下回分解。

第十五回　陰陽情

卻說紅石區貧協會主任尹苦海又遇上了為革命操勞的機會了，兼任了「紅石區貧下中農管理學校委員會主任」。

自從「林彪事件」後，尹苦海就為毛主席的革命接班人擔憂和操心。毛主席是全中國人民的大救星，是全世界人民的紅太陽，創造了最偉大的無產階級革命事業，如果沒有真正的馬列主義者去接毛主席的班，中國人民就又要「吃二遍苦，受二茬罪」了，生活在美帝、蘇修統治下的水深火熱中的世界人民就得不到解放。尹苦海認識到這一重大問題的嚴重性，就既信仰毛主席，又同情毛主席，決心為毛主席分憂，去為毛主席培養革命接班人。

尹苦海把代表們分別分配到了各個學校，他本應蹲點紅石高中的，卻沒去，去了社級的南湖沿鎮中學。

尹苦海為什麼偏偏要去沿鎮中學呢?因為沿鎮中學有個學生叫柯天任。

尹苦海對柯天任比較瞭解。柯天任是表嬸李寡婦的孫子，表弟柯和仁的兒子。這些倒不重要，培養接班人不能顧及私情。更重要的是，柯天任八字帶「雙龍」，自小就聰明勇敢，有組織能力，是紅小兵司令員，在背《毛主席語錄》競賽中得第一名，六歲就做南湖學校革委會副主任，成了「五好接班人」，是個好苗子，好料子。只要好好培養，加工，就能成為毛主席的大忠臣，說不定毛主席百年之後，柯天任到了「三十而立」時，能接好毛主席的班。到那時，他尹苦海就為毛主席分大憂了，成為國師了。

尹苦海精神很亢奮，捲起被蓋到沿鎮中學住下了。尹苦海沒有急於找柯天任談話。一邊觀察，一邊在想可行的教育內容和教育方法。尹苦海看到柯天任還只十一歲，革命道理講深了他不懂，行為準則太細了，又束縛了他。尹苦海動了一個多星期的腦筋，終於根據毛主席提出的「接班人的五個條件」想出了五點革命秘訣，用淺顯易懂、簡潔明瞭的話概括出來了。

一日，尹苦海把柯天任叫到自己住房，自己說，柯天任記，記下了「五點革命秘訣：第一，要貧窮，不要貪財；第二，要讀毛主席的書，不要讀雜書；第三，要忠於在位的上級領導，不要忠於離位的上級領導；第四，要階級親，不要骨肉親；第五，要狠鬥階級敵人，不要對階級敵人心慈手軟。」

柯天任記下完了。尹苦海說：「現在我向你講解這五點，你心領神會，去運用就行了。第一，越窮越革命，富了就變修了，富人總是革命的對象。你去勤儉積財，變富了，也是一場空，被窮人革了命。做官，做得不貪財，好官。人民不怕窮，就怕貧富不平均，就恨貪官汙吏。第二，讀毛主席的書不怕多，不僅要背《毛主席語錄》，還要讀通讀懂《毛澤東選集》。讀了就要活學活用。毛主席說的話一句頂一萬句，句句是真理。其他的書要讀一點，那是為了作報告。其他的書絕莫多讀，多讀了就中毒，就反毛澤東思想，這就是『知識越多越反動』的道理。你看，反胡風，反右派，都是反大知識份子。文化大革命的『文化』也是知識，說是打『走資派』，實際上是打倒有知識的奸臣，打倒學術權威。你不要入那個知識份子的隊伍。第三，忠於毛主席、忠於黨，忠於人民。怎麼『忠』呢？毛主席那麼遠接觸不上，『黨』和『人民』看不見，摸不著，所以，只有忠於自己眼前的上級黨的領導人——第一書記。上級領導發生變動了，你就不要去講私情還去忠於老領導，要忠於新來的第一書記。這就叫做立場堅定、路線鬥爭覺悟高。第四，共產黨人只講階級親，不講『四舊』的父母、兄弟、姊妹、親戚朋友親。這就叫做『天大地大不如黨的恩情大，爹親娘親不如毛主席親』。你一旦發現了反毛主席、反黨、反人民的言行，就要六親不認，揭發鬥爭。這是立場堅定、階級鬥爭覺悟高。第五，只要是階級敵人，不管是親人還是別人，都要猛揭狠鬥，鬥爭時寧可過火些，不可軟和些。這就叫做立場堅定、鬥爭性強。我說的這五點，是符合毛主席的接班人的五個條件的，是我總結自己的革命經驗得出的革命秘訣，現在傳給你。我自己對第四、第五點執行得不徹底，所以犯錯誤，沒升上去。你要全面地堅持這五點，就能當好『五好接班人』，不斷地升上去，做大接班人，甚至升到天安門去，接毛主席的班。」

「升到天安門去，能喊『柯天任萬歲』嗎？」柯天任問。

尹苦海聽了一愣：「這小傢伙真是一條龍，小小年紀有這大志向。」尹苦海的臉立即浮起笑容，點了點頭，告誡柯天任說：「你這句話不能對外人講，藏在心裡就行了。到那時候，自然會有人那樣喊的。還有，我說的那五點革命秘訣也不能對外人講，只能你自己暗記著，去辦就行了。」

從此，尹苦海讓柯天任與自己住在一起，有時給柯天任吃中餐。尹苦海給柯天任治了蛔蟲病和疳積病，使柯天任身體像入春的芥菜，一日一個相，茁壯地成長起來。尹苦海時時處處指導柯天任的言行，使他按著「五點革命秘訣」去思索，去行動。他為了讓柯天任理論聯繫實際，指導柯天任組織學生和貧下中農批鬥老師。他還教給柯天任的權謀之術，使柯天任能走通革命幹部的「仕途」之路：入黨，入政，當第一書記。

柯天任本來有革命接班人的基礎，尹苦海的指導，使他在性格上和思想上迅速成形起來。柯天任在尹苦海的培養下成長起來，雖然期間有許多波折和坎坷，雖然毛主席逝世時只有十九歲而沒有接上

毛主席的班，但是在尹苦海、郭邦國、瞿思危等等老幹部的幫助和提拔下，於三十一歲時就當上了中共下雉縣第一書記，是全國最年輕的縣委書記，是有機會做最大的革命接班人的。

柯天任當了中共下雉縣委第一書記，算是打下了下雉縣這片天下，坐上了這個小王國的帝位。用他自己的話說：「我要學毛主席在瑞金搞蘇維埃的作法把下雉縣當作一個國家來治理，以下雉縣為根據地，擴張開去。」柯天任開始施展他的英明君主的政治謀略了。毛主席說：「政治路線確定之後，幹部就是決定因素。」這也就是古訓所云：「一朝天子一朝臣，朝朝天子有能人。」柯天任懂得這個治國大道，第一步人馬大換班。柯天任指示同學李建樹抓宣傳工作，在縣電視臺、《下雉報》，大張旗鼓地宣傳中共下雉縣十大會議精神和毛主席吐故納新的革命幹部路線。柯天任派出五個選舉監巡小組，到各機關、鄉鎮指導黨委會選舉工作。一個月後柯天任又主持召開縣人大、縣政協「兩會」，選舉縣政府領導班子。在選舉中，根據縣委提議，柯天任和他結拜的十八兄弟都被選舉在重要職務上。各級領導班子全面地實現了總設計師鄧小平所說的「年輕化、革命化、知識化」。

選舉工作結束後，柯天任就進行全縣黨政整改工作，規定：一、年滿六十歲的幹部一律退休，年滿五十歲的一律退居第二線；二、加強黨紀、政法、信訪工作，對人民群眾的來訪要熱情接待，來信要記錄在案，及時查處。

一時間，下雉縣沸反盈天了。人民群眾一邊高歌：「柯天任，咱們的好書記」，一邊怒氣衝衝地揭發老幹部的違法亂紀罪行。

在選舉和整改中，原縣人大副主任郭邦國、政協主席尹苦海、政法委書記瞿思危、宣傳部長李信群等一大批老幹部退休閒居了。這些耍權使威一輩子的當官專業戶，突然變成了無所事事的老百姓，本來就一時不習慣，心裡有怨氣，又加上花翎頂戴一摘下，就有人揭發他們在職時的種種罪行，不由得對柯天任怨恨起來。老幹部們不知不覺地集合到尹苦海家，傾吐內心的痛苦，發洩對柯天任的不滿。他們發出一連串的質問：尹苦海培養的柯天任是哪個階級的接班人？柯天任為什麼如此仇恨革命老幹部？他是不是共產黨員？是不是黨的領導幹部？他要把革命引向何方？是不是在繼承「四人幫」的反革命事業？老幹部們議論出兩個方案：一、推舉尹苦海先去教育一下柯天任，使其有所收斂；二、如果柯天任不收斂，革命老人們就要發揚「一不怕苦、二不怕死」的革命精神，與柯天任決一死戰。尹苦海感到事態嚴重，也感到柯天任做得太過分了，真有點像「四人幫」那樣要把老革命趕盡殺絕。尹苦海心中被激起一股革命責任感，就接受了眾老所托，去向柯天任進諫，為「幹」請命。

冬天的一個上午，十幾位老革命們來到尹苦海家，催尹苦海去教育柯天任。尹苦海安慰大家安心搓麻將，自己就出門去了。

冬霧瀰漫著大地，太陽像個圓燈籠掛在東方上空，紅光冷颯颯的；瓦上有薄霜，水上有厚冰。楊柳伸著光禿禿的丫枝，梧桐樹枯枝上掛著幾片大葉，衰枯的草死氣沉沉地趴在地上，辣椒的幹葉像被醃過一樣，一派蕭索的景象。

尹苦海穿了件灰色呢子長大衣，戴了頂藍色呢布鴨舌帽，雙手籠在袖裡，佝僂著身子，走到街邊，咳了一陣，吐了一堆濃痰，叫了輛麻木，到了縣委大院門前。尹苦海擠下麻木車門，拉了一下帽沿，緊了一下大衣，正了一下身子，昂首闊步，走進去。門衛向他點頭致敬，他隨便「嗯」了一聲，彷彿這個院子還是他的家。他徑直過院上樓，來到書記辦公室，推開門。

柯天任正在召開常委會，瞥了尹苦海一眼，沒打招呼，繼續講話。有人擠出一個空位，向尹苦海

招手。尹苦海就大模大樣地坐下去，參加會議。

會開完了，常委們都起身走。柯天任也夾起小黑包準備走，被尹苦海攔住。

尹苦海大聲叫：「天任，我有話對你說。」

柯天任坐下，丟了一支煙給尹苦海，說：「大伯，我很忙，你有什麼話快說吧。」

「這次我來找你，不是為私，而是為了革命事業和革命同志。」尹苦海嚴肅認真，以長輩口吻說，「你上班不到半年，搞選舉，搞整改，搞掉了一大批老幹部。毛主席說：『老幹部是革命寶貴財富』，老中青『三結合』，不能少了『老』呀。老幹部們都來質問我：『你培養的柯天任是革命接班人，還是「四人幫」的接班人呢？』聽著這些話，看著你幹的事，我心裡很難過呀，就來提醒你。」

「啊，你是來做說客的。」柯天任嘻嘻地笑著說。他猛抽兩口煙，板起臉，又說：「我料到那些老傢伙丟了官比死了父母還傷心，但我沒有料到他們竟然官迷心竅到要與青年人爭權奪利起來。你不用來教導我，你去質問那些老朽們：懂不懂吐故納新的常理？為什麼偉大的秦始皇不能萬萬歲？為什麼導師馬克思還要逝世？為什麼黨要有退休政策？如果他們的前任不離不退哪有他們今天的官位？他們是當官的老幹部、還是『四人幫』所說的打著紅旗謀特權來經營自己安樂窩的老反革命分子？」

柯天任一連串侮辱老幹部的反問，使尹苦海很氣憤。但尹苦海忍著不爭吵，想以理說服柯天任。

他說：「我今天不與你論理，我只講黨的領導方法和革命人道主義。你想想，如果不是老幹部們信任你、培養你，你能坐上這個位子嗎？你對老幹部們就應該有深厚的無產階級感情，要設身處地地想想他們，要用和風細雨的方法安慰他們，說服他們，讓他們有所安排，有所養，過安靜幸福的晚年。你現在對老幹部的方法就太簡單粗暴了，作出幾項硬性規定，還讓人民群眾揭發老幹部的所謂罪行，老幹部們能沒有怨恨嗎？所以，我來勸你：要正確對待老幹部，再不能讓人去揭發、批評老幹部了。」

「老幹部們能工作的到了第二線、第三線，已有所安排；不能工作的都領了豐厚的退休工資，已有所養。他們為什麼還不滿足呢？他們在職時為什麼不設身處地地為下崗職工、做農虧本的農民想一想，讓工人、農民也有所安排、有所養呢？今日，人民群眾自發揭發一些老幹部們的違法亂紀行為，也是有怨氣呀。共產黨人是為人民服務的，幹部是人民的公僕，應該聽聽人民的呼聲呀。人民在呼喊：郭邦國、陳繼烈、瞿思危、尹苦海這類人是罪犯，應該取消功名利祿，去坐牢殺頭。我抽屜裡就有不少群眾揭發你們的罪證。我正是懷著你們對我恩情，壓著群眾的揭發材料沒作處理。你去告訴那些老朽們：『識相一點，捫心自問一下，應該知足了，安分守己過日子。』否則，他們不會有好下場！我的話說到頭了，要辦公事了。你好自為之吧。」

柯天任說著，看了看手錶，夾起小黑包，揚長而去。

尹苦海沒想到柯天任過河拆橋，沒想到親手交給柯天任的戈到頭來反擊到自己身上。他喘著氣，張口結舌，渾身發抖，癱在沙發上。他坐了好大一會，用力撐著沙發背和扶手，站起來，感到一陣頭暈目眩。他支撐著身子，不讓自己倒下，兩腳沉重，步子一高一低，緩慢地走著。他出了縣委大院，叫了輛麻木車，回到家裡。他懶得去見那群等待他回話的在樓上搓麻將的老幹部們，就讓保姆服侍著，進了自己的臥室，倒下就睡。

樓上的老幹部們聽保姆說尹苦海回來了，一窩蜂地下樓，湧進尹苦海臥室，七嘴八舌地問。尹苦海閉目不語，搖手不答。老幹部們看到一直大聲大氣、悠哉悠哉的尹苦海，突然口訥舌木，滿臉愁容，就猜到尹苦海在柯天任那裡受了窩囊氣，有苦說不出。他們知道大事不妙，就你一句，我一句，

謾罵起柯天任來。老幹部們發洩了一通，各自離去。

尹家沉寂起來。

尹苦海躺在床上，大聲咳嗽，向痰盂嘔吐了一灘帶血的濃痰。他感到特別冷，叫保姆開了電熱毯，加了厚棉被。他又感到燥熱，心跳砰砰，血管奔突，高燒盜汗。

保姆見到尹苦海這個樣子，就急忙打電話叫來尹苦海的兒女們。兒女們圍在尹苦海床邊，商量著把尹苦海送進醫院。

尹苦海擺著手掌，低聲說：「俗話說：一直不病，一病必死。我這病是治不好的。我已八十二了，應該死了。我只有一事要交代：我死後，不能火化，按民間風俗葬在尹東莊祖墳山裡，好保佑你們。我和鐘德班老師早就選好了風水地，點了墓穴。」

「父親，這事要柯天任答應呀。」大兒子尹家新說。

「是的。」尹苦海說，「你把手機打開，讓我叫他來我身邊說話。」

尹家新連忙打開手機，拔了柯天任號碼，貼著尹苦海耳朵。

「天任，你快來一下，我死之前要見你一面。」尹苦海對著手機說。他沒等對方回話，就推開手機說，「我相信天任會來的。」

卻說柯天任和愛人鄢豔、兒子學優吃午飯時接到了尹苦海的電話，對方只說了一句話就關機了。柯天任很不耐煩地對鄢豔說：「尹苦海那老傢伙上午跟我吵了一陣，這時又來電話叫我去，說是死前要見我一面。他真會裝樣子，我才不去哩。你帶點東西去看望一下，說我接見外賓去了。」

「人生七十古來稀，說死就死。你要去看望一下尹老頭。」鄢豔說。

「現在的尹苦海不是以前的尹苦海，幫不了我的忙，還盡找我的麻煩。他如果在病中再向我為那些老朽請命，我不好回答。我還是不去為好。」

「尹老頭出面跟你吵，說明那些老幹部怨氣重。那些老幹部雖然被掃到了一旁，但是能量很大。如果他們聯合起來對付你，就難對付了。你根基未穩，不能得罪老幹部太重了。」鄢豔說，「尹苦海是下雉縣的陳毅，你要學毛主席弔唁陳毅，化解老幹部們的怨恨。他來電話，可能在死前有個人要求，你要去聽聽。如果他再提老幹部的問題，你就又開話題，不正面回答。」

柯天任覺得鄢豔說得有理。午睡後，柯天任帶著鄢豔、學優一起去尹苦海家。

尹苦海一家人正在屋裡亂哄哄的，見柯天任來了，都退到四壁，給柯天任一家人讓出空間。

柯天任問了尹苦海的病情，胡猜是心臟病。他知道心臟病一受到刺激就會猝死。他母親就是那樣突然死去的。柯天任心裡驀然產生一個險惡的念頭：狠狠地刺激他，讓他早點死去。

柯天任和鄢豔、學優進房去探望尹苦海。尹苦海看到柯天任來了，很高興，想掙扎著坐起來，被柯天任勸止住了。

「我要與天任單獨說話。」尹苦海對家人說。

尹氏家人和鄢豔、學優就退出房去。柯天任去關了房門。

尹苦海說：「今天上午，我去與你吵了，是聽了別人的唆使，我向你道歉。你能原諒我嗎？」

柯天任說：「大伯，你與我吵，說明我倆關係特殊嘛，我怎會計較你呢？」

「你這樣說，我心裡就寬慰多了。」尹苦海說，「我馬上要去見馬克思了。我想向黨組織提個小要求：我的屍體不能火化，要拉回老家，按民間風俗安葬。你能答應我嗎？」

「這——」柯天任說了一個字，沉思起來：「這老傢伙還信風水迷信。這就是他死前的心病。」柯天任認為刺激尹苦海的時機到了，就說：「大伯，這就難了。中央有關於黨的幹部火葬的規定，你在職時，下雉縣縣委也有關於黨的幹部一律火葬的規定。你提出的不是個人的小要求，是要我去違犯黨紀呀。以後還有老幹部去世，提出同樣要求，叫我怎麼辦？這個例子開不得呀。」

「你說的這些大道理我也想過。我認為，火葬是基督教搞的，是西方資產階級文化，不合中國國情，不合毛澤東思想。毛主席就不理它，去祭祖墳。我們共產黨人只信仰馬列主義、毛澤東思想，堅決反對資產階級自由化，反對全盤西化，也要向火葬說『不』。我是個黨員，誓死反對火葬！」尹苦海態度堅決。

柯天任聽了，心裡發笑：「這老傢伙真有一套理哩，會用最時髦、最閃革命光彩的詞句來裝飾自己的骯髒靈魂，使自己的無理要求革命化、合理化。」柯天任忍住笑，凝視著尹苦海：臉色蒼白帶青紫，喉結上下滾動，喘急痰響。「這個垂死的傢夥，心還沒死。再擊他一下。」柯天任心裡在喊。

柯天任對尹苦海說：「大伯，我聆聽過你許多教導，越來越糊塗了。你們革命前輩們到底是裝糊塗的政治陰謀家還是真正自己昏昏的一群老混蛋呢？你們罵天安門的大學生們在搞全盤西化，其實你們也是在搞全盤西化呀。馬克思並不是中國的馬姓人而是西方猶太人，恩格斯是希特勒的同胞，列寧是落後的俄羅斯人，史達林是野蠻的高加索人，你們把馬列主義硬搬到中國來，不是全盤西化又是什麼呢？你們就根據自己奪權、耍權的需要，把不利於你們的思想文化斥為不合馬列主義的『封、資、修』；把有利於你們的思想文化垃圾揀起來，說是符合馬列主義。這不是像小孩子在玩翹板遊戲麼？當你們的權力受到中國傳統思想文化威脅時，你們就翹起馬列主義那一頭，舉起馬列主義旗幟，批判孔孟之道和孫文主義，造成一批革命積極分子，把中國知識份子打成右派、黑幫、牛鬼蛇神；當你們的權力受到西方民主自由思潮衝擊時，你們就翹起帝王專制、忠君思想的那一頭，舉起愛國主義、民族主義旗幟，批判資產階級自由化，反對全盤西化，對美帝國主義說『不』，造就一批民族英雄，把宣傳民主自由的知識份子打成賣國賊、崇洋媚外分子、民族敗類。中國老百姓就在翹板的兩頭來回奔命，互相仇恨，互相鬥殺，你們就漁人得利，政局穩定，政權穩固。就拿這火葬來說吧。本是西方文化，屬資產階級的，正如你所說，毛澤東懂得《易經》，信風水，多次去自己家祖墳山祭祖，自己死了不火化，把屍體盛進水晶棺，葬在中國的風水寶地——天安門南邊，想他的皇位由毛氏子孫繼承。可是毛澤東贊成火葬。中國歷史上不是有許多挖別人祖墳的農民領袖和皇帝麼？大伯，你可沒有毛澤東那大嚇人的權威呀，不要妄想葬風水地，保佑你的子孫也像你一樣當官得利。你死後還是火葬好，不要害我降職罷官。我再不會被老革命們愚弄了。」

柯天任的話真如一把把鋒利的匕首，剖解出尹苦海的心機。尹苦海內心一陣陣絞痛，連連嘔吐出血痰來。過了好一會，尹苦海緩過氣來，仍然不甘心地自歎：「我一生忠於黨，為人民服務，從沒提出個人要求，難道死了連一個屍體也保不住嗎？」

柯天任看到尹苦海還作垂死掙扎，進一步說：「大伯，對一個人的評價不能由他自己說了算。劉少奇一生忠於毛澤東，在被毛澤東逼死前的一刻才醒悟，說道：『歷史是人民寫的』。『人之將亡，其言也善』。劉少奇說得對呀。我接到人民群眾揭發你的劣跡的信件很多。人民是這樣評價你的：尹苦海的一生，先是做敗家子、流浪漢，再是做牛經紀，最後做人經紀，是插科打諢的一生，是吹牛拍馬的一生，是整人為樂的一生，是陷害打擊知識份子的一生，是說謊詐騙的一生，是吮吸民脂民膏的

一生，是……」

柯天任越說越起勁，尹苦海越聽越急火攻心。柯天任看到尹苦海喘氣越來越劇烈，喉嚨越來越呼響，面部抽搐，全身扭曲，目光呆直，快要咽氣了，才停住嘴。柯天任獰笑著，俯下身子，對著尹苦海的耳朵，殘忍地說：「老傢伙，去死吧！」柯天任直起腰，看著奄奄一息的尹苦海，轉身，走出房門，來到客廳。

「柯書記，父親對你說些什麼？」尹家新試探著問。

「大伯要求不火化，按民間風俗安葬。」柯天任說。

「那怎麼辦呢？」尹家新問。

「哎，這是要我違背黨紀呀。」柯天任裝著難堪的樣子，歎了一口氣。他停了一下，說：「家新，我不能擔得太重了，你也要擔著點。這樣吧，你先暗後明。在大伯逝世前，你先把病人弄回去。若是去世了，就在家裡入棺，然後通知縣委。我就裝著什麼都不知道，只發訃告。這樣，誰也不會過問火化的事了。」

「難為老弟了。」尹家新說。

「老人對你我都疼愛了，葬禮要辦隆重些。」柯天任補充說。柯天任說出這句話，是因為在他心裡又生出了一個政治陰謀。

柯天任交待了這些話，帶著鄢豔、學優走了。

卻說尹苦海的心靈接連受到柯天任的撞擊，內心像發生了地震一般，震得神志恍惚，朦朦朧朧，見到各種影像：活潑可愛的柯天任吊著兩顆長流牙咬他，瞿思危在他的背後放槍，李得紅在揮著鐵鍬活埋小毛、尹家新，柯鐵牛、柯國慶把他的孫子往烈火中丟，趙來鳳在掏挖趙月英的心臟，一大群饑民向自己討飯，尹安定的心在流血……

「凶呀！慘呀！」尹苦海在喊，但喉嚨閉塞，喊不出聲來。漸漸地，尹苦海腦裡模糊零亂的影像清晰有序起來，化成了一場惡夢。

兩個無常鬼來到尹苦海面前，一個牛頭，一個馬面。牛頭用鐵索套住尹苦海的脖子，向前拉；馬面用夜叉頂住尹苦海的背腰，向前推。尹苦海知道自己被帶到平時所聽說的陰世地府中。

地府冥冥，霧霾沉沉，陰森恐怖。

尹苦海來到一條河渡口，有牌子寫著：奈何橋。奈何橋是一根百丈腐藤，從河的這邊懸崖上牽向對岸的懸崖上。腐藤下是一片水，像河，又像海，烈焰騰騰，沸水翻湧，水面上若明若暗地顯出兩個字：火海。牛頭上了橋，尹苦海不敢上，馬面就用力推。尹苦海在腐藤上戰戰兢兢地挪步子。突然，尹苦海一滑腳，掉下去了。尹苦海感到皮肉灼痛，五臟俱焚，喉頭乾裂，鼻孔噴火，有一股腥焦味。尹苦海嚇得大聲喊「救命」。牛頭、馬面卻在藤橋上發笑。

尹苦海遭火燒油炸一回，被牛頭提起來。

「你在人間火燒油炸過別人嗎？」馬面問。

「沒有。」尹苦海老實地回答。

「你還敢隱瞞自己的罪行麼？」牛頭瞪著凶眼說，「你在管理學校時，指導柯天任組織學生和貧下中農批鬥老師，這不是火燒油炸文人的心靈麼？」

「啊！」尹苦海恍然大悟，原來老天有眼，時時處處在檢察著每個人的言行。

過了奈何橋，看到前面一座白花花的山，像是冰山。走近一看，原來是刀山，插滿了白光閃閃的四面鋒利的尖刀。尹苦海嚇得跪在地上，不肯走。「走！」牛頭馬面齊聲喝道。他倆浮在刀光上面，尹苦海走在刀叢中間。尹苦海的腳板、腳跟、小腿被刀鋒劃破，刺穿，鑽心地疼痛。他倒在刀叢裡，卻被拖拉著走，臀部、腹部、胸部、頭部都劇烈疼痛起來，鮮血在刀山留下一條紅河。

「你逼別人上過刀山嗎？」牛頭問。

尹苦海痛得說不出話來，只是搖頭。

「你這傢伙又不認罪了。」馬面說，「你和解放、李得紅、柯鐵牛、柯太仁、柯業章不是向尹安定、柯丹青施這種酷刑的嗎？」尹苦海想起了尹安定、柯丹青跪瓦鋒、滾狗子刺的情景。

尹苦海被押進一座黑色宮殿，上頭坐著一個黑臉判官。尹苦海跪在判官前面。

黑臉判官看了尹苦海一眼，對牛頭馬面說：「這傢伙的心子中間還有一點軟紅，沒全部硬黑。你們先把他帶到十八層地獄看著，以醒其迷；再送回陽間去受一段活罪，以警世人。」

牛頭馬面押著尹苦海走。

尹苦海被押到一堵峭壁前，有一個高大石門，門頂上寫著黑漆大字：十八層地獄。黑色鐵門鎖著，兩個凶神守著。馬面開了鐵鎖，押著尹苦海走進出。走過一段黑巷道，就豁然開闊，好像一個大廳堂，光線暗淡，寒風颯颯。這裡有望不到頭的小房間，每個小間都有人在受酷刑：有的被壓在大石磨裡研磨，血水肉漿從磨縫裡流出來；有的舌頭被鐵鉤掛起，有的在釘床上打滾，有的在燒紅的鋼板上烤……發出種種淒慘的呻吟聲。

馬面說：「這是地獄的第一層，罪人都在這裡受審受刑。」

尹苦海被帶到一間房裏。

牛頭對他說：「我們不必帶你去看十八層地獄了。你就站在這面大鏡子前面，心想看什麼，鏡面上就出現什麼。過了一刻鐘，我們來押你出去。」

牛頭、馬面走了。

尹苦海這才發現在房子北牆上有一面圓鏡子，像道士道袍上印著的太極陰陽圖案，黑白各占一半。尹苦海盯著鏡面，心想：「這叫什麼鏡子？」鏡面上立即出現幾個字：

夢幻太極陰陽鏡

尹苦海感到神奇，就想看自己想知道的東西。

尹苦海第一個想知道的是自己死後在陰間哪個地方。鏡面上出現了第一層地獄的一個小間隔，牆上掛著一個本子，封面上寫著：尹苦海帳簿。翻開第一頁，寫的是尹苦海簡歷。簡歷之後，詳細記載著尹苦海一生所作的事，明事暗事都有。作惡頁上記了犯罪四條：第一條，遊手好閒，賭博嫖娼，不讀書，破家產；第二條，背信棄義，陷害叔父尹安定；第三條，夥同解放、李得紅、瞿思危、李信群、柯天任等惡徒迫害文士，製造冤案；第四條，教柯天任作惡。在行善頁上記有五條：第一條，給尹安定收屍；第二條，照護了善人柯和義、李朝清；第三條，救了被活埋的青年柯和丁；第四條，反對糧食虛報產量；第五條，制止瞿思危鎮壓南湖摘菱角饑民和柯鐵牛等惡徒殺害無辜。結論：罪大於功，惡重於善，罰到第一層地獄，來世投胎為人，患陽痿不育症。

「我應該受這種懲罰。」尹苦海心裡在說，「不知道趙來鳳受何種處罰？」

鏡面上出現第十六層地獄，在一個陰暗的角落裏，一個鐵籠裝著趙來鳳，像一隻脫毛開膛的白雞

婆，舌頭被鐵勾拉出，手腳被折斷，肚腸流著墨汁。鐵籃邊上掛著一本帳簿，記著趙來鳳做的惡事。

尹苦海懶得去詳細看趙來鳳的帳簿，就想知道解放、李得紅、瞿思危、李信群等人的下場。鏡面上出現第十七層地獄的一間暗房。解放是一隻黑鷹，鼻孔上穿一支尾毛，掛著解放的帳簿；下顎被鐵勾穿透，吊在頂板的鐵環上；兩翅被鐵絲纏住，牽拉在兩牆上；屁股眼裡掉下一截黑腸，滴著黑血。李得紅、瞿思危是兩隻狼狗。李得紅是一隻白狗，被埋在地裡，只露出狗頭；後腦殼上打進一枚長釘，釘上掛著帳簿；脖子上套了桎枷，與地皮連在一起；向上仰著面，張開狗嘴，接吸那黑鷹滴下來的黑血。瞿思危是一隻黑狗，毛被烙光，肉裂成紋，被鐵鐐鉗住脖子、手腳，繫在地上鐵樁上，蹲在地上，舔著黑鷹滴在地上的黑血；胸腹都被剖開，漆黑的心腸，帳簿繫在鐵樁上。李信群是一隻花狗，身子被一塊大石頭壓著，脖子和雙腳套著鐵鏈，被提起，鐵鏈的另一頭繫在高高的屋樑上，舌頭被鐵鉤拉出來，張大狗嘴，帳簿掛在舌頭上。

尹苦海想到柯鐵牛、柯太仁、柯業章，鏡面上出現了第十五層地獄，三人都是看家狗。

尹苦海不願想地獄的事了，想看看天堂。他想：「偉大的秦始皇不知道死後在天堂的哪一重？」

鏡面上出現了第十八層地獄，在一個單間暗房裡，烏色的牆上貼著一隻大甲魚，頭額、脖項上了鋼箍，套釘在牆上；後腳被紮在地上，前腳板被拉開釘在牆上，甲殼被撬開，從脖項到肛門被剖開，四根短鋼筋條撐開胸腹，只剩下一副甲殼；滿身流著骯髒的血污，發出腐腥氣味。在頭上立著一隻大甲骷髏，根根枯骨被打了孔，用鋼絲穿紮起來。在這大甲骷髏左右，排著一大串骷髏。大甲魚的後腳板上掛著帳簿寫著「秦始皇」。每具骷髏的帳簿都寫有名字，是各朝各代的皇帝、盜頭。

尹苦海沒心思去一一辨認，自語著：「原來秦始皇真是民間傳說中的甲魚精，不是星宿下凡。不知那蔣介石是不是傳說中的烏龜精?」

鏡面白處上出現一片波濤洶湧的大水，水面上有一葉扁舟在打旋，舟頭上站在著一個人，光頭，灰色長袍，雙手抓手杖，身子在晃動。那人是在電影中出現的蔣介石。

「奇怪，那蔣介石怎麼不在妖精之列、打入地獄呢?」尹苦海犯疑了，「秦檜、汪精衛應該入地獄吧。」

鏡面白處出現了一處園林，林中有精美的亭子，亭上有一個匾，上寫:秦汪亭。有兩個人坐在亭上對奕，一個穿古裝，一個穿西服，兩人一邊走棋，一邊歎息自己在人間所受的冤屈。

尹苦海感到更奇怪了:「陰間的是非標準怎麼與陽間截然相反呢?怎麼把偉人、英雄打入地獄，把賣國賊、漢奸請進天堂呢?」

鏡面上出現了幾行字:「陰間陽間的是非標準本來是一樣的，都是根據天道人性定的。可是，陽間從秦始皇時就被妖精統治了，將是非標準顛倒了。孫逸仙把是非標準更正過一次，後來又被人顛倒過去了。錯在陽間。」

「孫逸仙是誰呢?」尹苦海在問。

鏡面上出現一副畫面:孫中山站在一片海灘的一塊岩石上，右手摟著一個剛出世的嬰兒，左手揚起，在向一群學生、漁民、軍人演講。在孫中山背後，站著老子、莊子、墨子和幾個叫不出人名的西洋學者。

「不知道那些入了地獄的人來世怎樣?」尹苦海想。

鏡面上出現幾行字:「第一層到第五層者，負罪投人胎，以正其心。第六到第十層者，投胎家畜

家禽，為人役使、食用以贖罪。第十一層至第十六層，投胎飛禽走獸蟲蟻，任人捕殺。第十七層、第十八層者，永囚地獄，不得翻身。」

尹苦海就擔心起趙月英來，不知道該在哪裡。

鏡面上出現一個花園，趙月英、李寡婦、張愛清在一起澆花，說笑。

他想起自己陷害過的叔父尹安定和柯丹青。鏡面上出現一個殿堂，坐著許多學者，尹安定、柯丹青也在其間讀書，寫書。

尹苦海放下心了。

他又想：「柯和貴又將怎樣呢？」

鏡面上出現了一個浩瀚無邊的天空，柯和貴身穿道袍，手執拂塵，腰繫金葫，腳踏彩雲，在遨遊，不屬三界管轄。

尹苦海還想看，牛頭、馬面進來了，把他押走。

尹苦海被押著往回走，走到奈何橋，看到橋對面站著趙月英，向他招手。尹苦海急著要過橋，卻被牛頭、馬面齊聲大喝：「下去」，推下橋，向火海跌下去。

尹苦海一陣驚嚇，喉嚨肌肉猛地緊縮，叫出聲來：「月英，救我！」

對尹苦海的這個噩夢，有詩一首云：

人生原本一場夢，千年世道是陰溝。
抱阮哭泣《金瓶梅》，僧人笑吟《好了歌》。
曾經迷信辯證法，幾度追隨殺人魔。

老年驚夢陰陽鏡　，赤身露體返南柯。

注：「抱阮哭泣《金瓶梅》，僧人笑吟《好了歌》」：抱阮，《金瓶梅》作者笑笑生，號抱阮；《好了歌》，《紅樓夢》裏的一首詩歌。

欲知尹苦海是死是活，且聽下回分解。

第十六回　藕絲情

卻說尹苦海在惡夢盡力驚叫一聲。這一叫，將一腔濃濃的血痰吐出，醒了。

「父親，父親，你醒了！」尹家新在驚喊。

圍在旁邊的一家人都轉憂為喜。尹家中拿了枕巾給尹苦海揩抹脖上胸上的血痰。

尹苦海微微睜開眼睛，看到了熟悉的空間，看到了熟悉的面孔。可是，頃刻間，這熟悉的空間化成了地獄，這熟悉的面孔變成了牛頭、馬面、鷹犬、骷髏……尹苦海嚇得從床上蹦起來。一家人被驚愣得一下子退開床旁。

尹苦海看到牛頭、馬面退出路來，就霍地一躍起身，跳出房門，衝到外面去了。

「父親中邪了！」尹家新猛然醒悟，叫著，衝出去，在院門外拉住了尹苦海。尹家中也趕來拉尹苦海。

尹苦海見到牛頭、馬面又來捉他，憑全身力氣，把兩人摔倒在地，向街上跑去。

尹苦海赤著腳板，穿著單衣單褲；頭髮蓬亂，臉色紫紅，嘴角流涎，鼻孔滴涕，高一腳低一腳地亂走，口中念念有詞：

「天理有眼，我有罪，入地獄，得報應！」

有時，尹苦海朝天哭著高呼：「神明赦我，月英救我！」

尹苦海竄到集貿市場，看見擺在攤上出賣的甲魚，指著大笑：「領袖，英雄，英雄，領袖。」他看到那案板上掛著的脫毛的雞，又大笑：「趙來鳳，趙來鳳！」他看到開膛的狗，哈哈大笑：「李得紅，瞿思危，柯鐵牛。」

……

尹苦海日夜不回家，被家人扭回家，又跑出去。他渴了，喝下水道的污水；餓了，吃地上的髒物。

「尹苦海瘋了！」這個爆炸性新聞很快傳開。

尹苦海的確瘋了。柯天任的無情無義，使他看到世人的陰毒殘忍；柯天任的挖苦諷刺，使他認識到自己悟錯了理、走錯了路；死亡的威脅，使他感到人生的短暫；火化的恐懼，使他感到肉體的虛無；夢中的懲罰，使他悔恨自己的所作所為；閻王的帳簿，使他畏懼天理神明；地獄的慘狀，使他感到惡人終究難免死亡和靈魂的懲治；天堂的美景，使他嚮往善人，良心得到安慰，靈魂有個安宿……種種情緒，樣樣念頭，像爆炸開的大大小小的石頭，在尹苦海腦殼裡亂蹦亂撞，亂打亂碰。他那被人洗過的腦子，被人梳順向一個方向而又扭成辮子的神經纖維，猛然遭到撞擊，辮子散亂成一團，纖維根根斷裂，思維沒了秩序，思想失了方向，觸覺沒了冷熱，視物沒了明暗，聽音沒了大小，動作沒了輕重……只有在那神經中樞的纖維末梢裡還殘存著一個清晰的影像——趙月英。

卻說趙月英，是個八十歲的老太婆了。她飽受了清匪反霸、土改肅反的痛苦和恐懼，後來被迫配了尹苦海，入了共產黨，當了區婦聯主任。她一直感到自己有罪，沒去上班，也沒去城關住小洋樓。她總勸戒尹苦海行善，自己到處求神拜佛，想解脫自己和尹苦海的罪孽。趙月英看到寺廟裡和尚尼姑雜居，斂取錢財，菩薩要香火紙錢財才肯「渡人」，心中有了疑慮：

「佛門聖地並不聖潔，佛祖菩薩仍要錢財。」

正在趙月英迷惘時，有個叫高雲英的基督教徒到南柯村來傳教，李寡婦、柯和義、張愛清都入了教。趙月英就去找高雲英說出心中苦悶。高雲英說：「佛教並不信神，只講自信、自修。但人有原罪，並不能自救，靠自力是不能修到功德圓滿的，必有他力幫助。菩薩是人用木用泥用石膏做的，智慧低於人，怎麼能渡人呢？唯有上帝和他兒子耶穌才是真神，是全能萬能的主，才能救人。」趙月英就去教堂聽課，大受感動，認為自己找到了「救主」，就入了教。她把家裡的神龕和菩薩牌位撤了，換上了十字架，每日早晚向著十字架做祈禱，求耶穌來救贖她和尹懷德。

一日中午，趙月英聽房叔尹懷福說：「大哥瘋了。」趙月英渾身顫抖，內心鑽痛，連忙向主祈禱：

「主啊！我是罪人，趙月英受不了惡勢力的迫害，配了罪人侄兒尹懷德，犯了亂人倫罪。今日尹懷德瘋了，我罪上加罪。但是，我保有一段藕斷絲連的自然真情。求主耶穌寶血洗淨我，赦免我一切的罪，我願意接受你，我的救主。從今以後，求你保守我，帶領我，一直行在你的話語上。奉主耶酥的名禱告。阿門。」

趙月英反覆祈禱，入神入化。這時，有個噪音傳來：

「神明赦我，月英救我……」

一條黑影投到十字架上。

門外響起了雜亂的腳步聲和議論聲。

趙月英扭頭一看，尹懷德站在背後，大門擠滿了看熱鬧的人。

「有什麼好看的？走開！」尹懷福吆喝著人群。

人們走開了，屋裡只剩下趙月英和尹懷德。趙月英看那尹懷德：身穿一套藍條白內衣，內衣成了百衲衣，被屎尿、污泥、油膩弄成黑一塊，黃一塊，紫一塊，灰一塊；內衣又像件百鳥羽毛粘貼衣，一片片，一條條，隨著顫抖的身軀在抖動；赤著腳板，腳跟凍瘡腐裂，像一棵腐爛老樹兜；腳趾甲翻捲，露出鮮紅的趾頭肉；頭髮像一堆被揉白的麻絨，夾著爛草渣和灰塵；額上凸起一個個大小不一的肉包，像擺在白瓷盤上的桂圓、荔枝、草莓之類；顴骨突起，左顴像用小刀刮下一片紅薯皮，翻出紅肉來；鼻翼像被人打了一拳，向右歪著，左塌右鼓；嘴角撕裂，流著血，白牙縫裡卡滿果皮、草屑。白胖魁梧的尹苦海已不成人形，像一株被雷電打斷了梢杪的油樹幹，皮開肉綻，瘢疤累累，瘦骨嶙嶙。

趙月英心中一陣慘楚，淚如雨下，沒有言語。她握住尹懷德滿是汙穢的冰冷的雙手，示意尹懷德面向十字架，立正，合掌，祈禱。尹懷德看著慈祥的趙月英面孔，就順從著趙月英，學著趙月英，注視著那十字架。他感到有一種清靜肅穆的氣氛，感到有一種神秘莫測的力量。

趙月英站在尹懷德前面，面向十字架，虔誠地說：「主呀，我不能替尹懷德禱告，我要引導他禱告，讓他歸了主。」

趙月英就教尹懷德禱告，尹懷德跟著趙月英的聲音，心中默默地念：

「父神啊！你無所不知，無所不能。我從前不知道有你，更不知道你這樣愛我。現在我明白了：主啊！你來釘死在十字架上，是為我擔當我的罪。我罪孽重大（尹苦海默念自己的罪行）。我願接受我主為我預備的救法，願主赦免我的罪，帶領我一直行在你的話語上。奉耶酥基督的名。阿門！」

祈禱完了，趙月英去燒了一鍋熱水，給尹懷德洗了，換乾淨衣服；又給尹懷德煮了紫蘇蛋麵條，

給尹懷德吃了，讓尹懷德去睡。

尹懷德睡在柔和溫暖的被子裡，心裡安寧了好些，口中又不自覺地禱告起來。他一遍又一遍地禱告，態度十分認真，心子十分誠懇。忽然，他看到了父神在空中顯現：面容煥發光彩，慈愛可親，衣服潔白似雪，吐語如玉：「你要我救你嗎？」尹懷德高喊：「主呀，快救我！」救主右手掌向下，往高空擎起。尹懷德被一種親和力提起，升入天空，到了一個聖潔美好的世界。尹苦海心中的一切恐懼、痛苦、顧慮、怨氣全沒了，看不到那人間的鬥殺了，看不到那地獄的慘景了。尹懷德向下看著自己屋裡，看到趙月英在十字架前禱告，就高興地向著趙月英喊：「月英，我得救了！」

卻說趙月英服侍尹懷德睡後，收拾了一陣屋子，和衣與尹懷德睡在一起。到了下半夜，趙月英感到尹懷德的身子越來越冷，就細聲叫他：「懷德，懷德。」尹懷德沒作回答。趙月英用手去摸，尹懷德的身子僵硬了。趙月英連忙摸黑穿衣，起身，拉亮電燈，俯身觀察尹懷德：面容安詳，嘴角掛著一絲微笑，鼻孔沒了氣息，心臟停了跳動。趙月英叫了一聲：「懷德，你得救了，你隨主走好。」

尹苦海逝世了，又是一條新聞傳開了。

欲知尹苦海的喪事怎樣料理，且聽下回分解。

第十七回　祈湖魂

卻說尹苦海去世了，尹懷福忙起來，叫人給尹苦海穿壽衣，攤板門，打電話叫尹家新等人回來。

尹苦海的兒女們租車回家了，尹東莊的人圍來了，一時間，尹苦海家哭聲震天。哭鬧了一陣，南柯村支書尹家兵來了，白鶴先生鐘德班老師也被請來了。尹家新就對尹家兵說：「柯天任答應不讓父親火化，叫我們入棺。」尹家兵說：「苦海大伯是尹東莊的光榮，我們要把喪事辦隆重體面些。」尹家兵就成立「尹苦海治喪小組」，自任組長，尹懷福任常務副組長，鐘德班任副組長，組員有四人。「治喪小組」討論決定：陳屍三天三夜，眾人瞻仰遺容；停柩兩天三夜，眾人謁拜英靈；出殯那天比常人提前三個小時開飯，家人先做起碼祭，起碼祭不能超過兩個小時；縣人大再做追悼會。考慮到送殯的人多車多，需七、八里長的路段才能拉開陣式，而靈堂到墳地只有兩里多遠，這就要拐彎到公路再繞到墓地。「治喪小組」作了兩條規定：第一，凡尹東莊男女老少，不分輩分，一律披麻戴孝；第二，尹苦海兒女在送葬期間不能為安葬費、禮物、遺產的分配爭吵。「治喪小組」對追悼會場作了精密的設計和周密的佈置。白鶴先生鐘德班在定時辰時第一次遇上了困難。平常死人，只需根據死者的生辰八字定出吉利時辰就行了，而為尹苦海定時辰，既要根據死者生辰八字，又要根據組織定的時間來定。鐘德班折騰了好一陣子才弄出入棺、入土的時辰。

最忙的要算尹懷福，既要管內務又要管外場。他叫來料屍人。料屍人把十個煮熟的打狗米粉坨放進尹苦海的上衣口袋裡，把桂圓、荔枝、紅棗穿成兩串，繫在尹苦海左、右腕上。兩個女兒給尹苦海的手腕上各戴了一個金殼手錶，三個兒媳各拿出麻將、紙牌、撲克放在尹苦海腋下。料屍人用樹皮、

艾葉、蒜稈煎水給尹苦海抹了屍體，用白布包裹了屍體。

尹苦海直挺挺地躺在板門上，臉上蓋著一片黃紙錢，任憑活人擺弄。

尹懷福想到尹苦海的兒女、媳婦們都是黨政幹部，不會哭，也哭不出喪心來，就請了村裡四個婦女幫哭。這四個婦女在四十歲左右，是吹鼓樂隊的哭喪能手，哭起來雖然沒有眼淚，但哭得慘聲驚天動地，哭得有節奏好聽。四個婦女輪換哭道：

335——332——6 6 6 5 3 —2——

老人呀　老人呀 我的苦老 人呀

柯天任接到報喪時正在縣委會開會。他立即宣佈休會，悲痛起立，率眾向著尹東莊方向默哀三分鐘。柯天任指示成立「尹苦海同志治喪委員會」，自任主任，縣長李建樹任常務副主任，南柯村支書任尹家兵任副主任。「治喪委員會」在縣電視臺、報紙發表訃告，通知縣直機關、鄉鎮一、二把手都要去瞻仰遺體、參加追悼會。

訃告發出後，市、縣各級領導陸續來瞻仰尹苦海遺體，慰問家屬。尹東莊頓時車水馬龍，川流不息，直到出殯時熱鬧到了高潮。

出殯這天，尹東莊哀樂驚地，鑼鼓喧天，爆竹震屋，煙火騰空；村裡各處場地、草坪、樹林停滿了各種車輛。尹苦海的靈柩停在公屋大堂前第二重，棺木上覆蓋著中國共產黨黨旗。人們一群群到靈前弔念，有行默哀致敬禮的，有行三跪九叩禮的。

柯天任的弔念方式特別，先帶領縣常委委員到靈前獻花圈，行默哀致敬禮；再帶領鄢豔、學優重新從大門進，放萬響鞭炮，送私人輓軸花圈，到靈前，整冠，擰衣，行三跪九叩大禮。柯天任此舉令人讚不絕口，流為美談。

一些來得早的人，弔念完後，離開靈堂，到車裡、草坪、樹下打起麻將、撲克來，賭錢玩樂，消磨時間。

一時間，靈堂裡充滿悲哀氣氛，尹東莊四周卻充滿歡樂氣氛。

弔念完後吃喪飯。喪飯不是農村原來的「老八套」菜，而是四十九套全葷菜，酒也高檔，吃得弔客們肚圓冒油汗，喝得送葬人臉紅喘酒氣。這實在是下雉縣縣委的一次喪飯改革開放創舉。

吃過喪飯開追悼會。八腳們把靈柩抬到大屋場，靈柩兩旁擺著花圈、輓軸。花圈擺成了個八腳螃蟹形狀，左右各延伸十來丈遠，螃蟹的前腳彎曲向前，包圍了整個追悼會場；輓軸懸掛在花圈週邊。花圈中以柯天任私人送的最大，放在中心，中間一個大「奠」字，掛著一副挽聯：「尊亞父尹公諱苦海大人仙游，義晚柯天任率媳婦鄢豔、義孫學優頓首拜泣」。在許多輓軸中，要算尹苦海兩個女婿的輓軸醒目，軸上的字都用人民幣貼成，小字用十元幣，中字用五十元幣，大字用一百元幣，每個軸子貼了一萬多元紙幣。孝男孝女們跪著，白皚皚一片。追悼場上五彩繽紛，錦簇繁榮，只嫌那白紙上寫的「喪」字沒換上紅紙上「喜」字。

追悼會先由尹苦海的孝子們做「起碼祭」。九個禮生站在各自的位子上，唱著：「起杖」，「下杖」、「稽首」，「上香」……唱了一個多小時，讀祭文。擴音器播傳出哭讀聲，那聲音有哭無哀，有慘無悲，晦澀不清，不通古文的人只聽到「之乎者也焉矣哉」，通古文的人聽到的是千篇一律的應酬文，只不過換了死者的姓名。「起碼祭」留下「起柩」一項，待縣委追悼會開過後再進行。

追悼會開始了，儀式簡潔。

柯天任穿著孝服致悼詞：

「各位同志，各位來賓：今天在這裡，我代表下雉縣縣委、人大、政府、政協和全縣共產黨員以及全縣廣大人民沉痛追悼尹苦海同志！與尹苦海同志在一起工作和生活過的人，都瞭解尹苦海同志：平凡！偉大！

尹苦海同志的一生，是革命的一生，戰鬥的一生。從清匪反霸到現在，在黨的歷次運動中，他總是率先響應黨的號召，站在前線，為革命衝鋒陷陣。他不愧是位偉大的共產主義戰士！

尹苦海同志的一生，是把革命理論與實踐相結合的一生。他有洞察事物的敏銳目光，有識別真偽的金睛火眼，善於思考，善於分析，在大風大浪中從不迷失方面。他不愧是位革命的思想家、政治家！

尹苦海同志的一生，是為人民服務的一生。他從不謀私利，從不向黨向人民伸手，克己為人，急人所急，兩袖清風，廉潔奉公。他不愧是位毫不利己、專門利人的人民的好公僕！

尹苦海同志的一生，是維護黨的團結的一生。他服從領導，聽從指揮，自己的不同意見未被組織採納，也能忍辱負重，以黨的團結為重心。他不愧是位黨的衛護士！

尹苦海同志的一生，是為革命培養接班人的一生。他不僅把自己的畢生精力獻給黨，還為黨的事業的後繼有人日夜操心；他誨人不倦，教人有方，親手為黨培養和造就了一大批領導幹部。他不愧是革命晚輩的導師！

尹苦海同志雖然不是在槍林彈雨中壯烈犧牲的，但他在平凡的革命工作中表現出了偉大的精神，死得重於泰山。他是我們每個黨員和幹部的楷模！

現在，尹苦海同志與我們永別了，我們再也看不見他的慈容，再也聽不到他的教誨，但他給我們留下了寶貴而巨大的精神財富。尹苦海同志的逝世，使黨失去了一位好戰士，使人民失去了一個好公僕，使革命晚輩失去了一位好導師，使革命蒙受了巨大損失！縣委號召全縣黨員、幹部，不管在職的還是退休的，都要學習尹苦海同志的六點精神，擁護黨的領導，維護黨的團結，為黨的事業作出貢獻和犧牲，以此來沉痛悼念尹苦海同志，以此來安慰尹苦海同志的英靈！

願尹苦海同志在地下安息！」

柯天任一邊用手帕擦眼淚，一邊嗚咽著聲音讀悼詞。

全場鴉雀無聲，在悲痛中，在激動中，在讚許中。

追悼會開完了，九個禮生一齊大叫：「起——柩——」。

八個腳夫一齊吆喝：「喲——夥夥——。」

靈柩抬起了，向前緩行。白色引路幡在前頭，舉花圈、扛輓軸的緊跟其後，柯天任親扶靈柩走著。靈柩後是端靈牌的孝子尹家新和端遺像的尹家中，孝男孝女跟著。縣、鎮戴著白花的車隊跟在後面。送葬隊伍有五、六里長。俗云：「拉喪拉柩，任意選路。」送葬隊伍所經處，菜園、田地裡的莊稼被踏出一條極寬的綠色通道，被糟蹋的蔬菜、莊稼有十幾畝。

靈柩到了墓地，柯天任不懂裝懂地察看墓穴、向旨，連讚「好風水地」。他指示尹家兵把尹苦海的墓地擴大為兩畝地，建造一個陵園，以便後人紀念、受教育。

暫不表尹苦海的靈柩落字造墓，也不表尹苦海的兒女們為安葬費收支、禮品和遺產分配爭吵得你死我活，單說柯天任、鄢豔回家後閒話尹苦海的死和殯葬。

「人死了，一切都空了！看來，人不必那樣殘酷地鬥來鬥去的。」鄢豔歎息著。

「你這是宿命論，虛無主義，婦人之仁。」柯天任批判說，「不錯，人總是要死的，不能萬歲。夭折是死，活八十歲老死也是死；自殺是死，他殺也是死；戰死是死，病死也是死；一個人死是死，成萬人一齊去死也是死……都是沒命了，空了。這是自然規律，是天理人道，合唯物辨證法，沒什麼值得歎息的，沒什麼靈魂鬼神。但是，人人都怕死，都想活，還想活得幸福，活得榮耀，活得富貴，就產生了鬥爭。在鬥爭中，人人都想戰勝別人，鬥死別人，奴役別人，『寧可我負天下人，不可天下人負我』，殺人如麻，血水成河，『一將功成白骨堆』。極少數智多力強者得到了榮華富貴，芸芸眾生的愚昧善弱者丟了生命，活著的成了強者的魚肉、牛馬。這也是自然規律，是天理人道，合唯物辯證法，正如眾多的低級動物是少數高級動物的食物一樣，沒什麼殘忍作惡可言。『弱肉強食』、『優勝劣淘』，沒什麼值得歎息的。所謂『扶弱鋤強』、『揚善除惡』，是一些失敗的強者想取勝用來蠱惑弱者的口號，是違背自然規律的，是反天理人道的，不合唯物辯證法。我知道自己總有一日要死，但我不願去想死，只想活著做個強者，活得幸福，活得榮耀。讓天下人都為我活得好去死吧！」

鄢豔畢竟是個婦人，少不了有點婦人之仁，聽著柯天任這番高論，雖然反駁不了，卻心裡發怵，目瞪口呆，說不出話來。

「鄢豔，你怎麼傻了？聽見我說話沒有？」柯天任看著發傻的鄢豔問。

「啊，啊，我聽著哩。」鄢豔回過神來，還心有餘悸。

「我這次可把尹苦海當著下雉縣的陳毅來辦喪事了，給那些有怨氣的老傢伙一顆定心丸了。」柯天任繼續說，「我還想在尹苦海的墓陵上做點工夫。我已經指示尹家兵給尹苦海造陵園，讓縣財政撥點款子資助。那些老傢伙就羡慕極了，爭相效法，提出一個個要樹碑造墓的提案，我就一個勁地批准，讓老傢伙們有事幹。」

「那不是勞民傷財麼？對你有什麼好處？」鄢豔問。

「真是婦人之見！」柯天任說，「你知道全國建了多少烈士陵園、造了多少像座、立了多少紀念碑麼？那要勞多少民、傷多少財呢？難道那些高級領導是為了真心紀念死者麼？不！是用死人壓活人，借鍾馗打鬼，借屍還魂，從而來鞏固自己的特殊地位，穩定自己的奢侈生活。在下雉縣，前幾任書記只知撈權撈錢，在這方面沒有什麼大作為，給我一個機會。我今天就學著那些高級幹部的政治手段，在下雉縣大興烈士陵，用實際行動回答那些攻擊我的老傢伙：為烈士建造陵園、緬懷先烈，是不是繼承革命事業？為革命老前輩樹碑立傳、宣傳前輩的革命精神，是不是接共產黨的班？幹好這件政治大事，既能取悅上級，又能化解那些退休老傢伙的怨氣，你怎說對我沒有好處呢？」

鄢豔聽了，心裡在嘀咕：「不知後人要費多少人力財力來清除那些陵園和紀念碑啊？」但她又佩服柯天任能及時抓住政治契機，進行政治投機的能力，就說：「你分析得對，這事應該幹。」

柯天任就對大造烈士陵和大建老前輩紀念碑進行謀劃。他召見了郭邦國、瞿思危、李信群等老幹部，指示他們先寫一個〈尹苦海同志墓陵建造的提議〉，交縣長李建樹撥款十萬元；再向人大、政協寫個議案：建造「江南烈士陵園」和一些烈士小陵園、紀念碑。瞿思危等人聽後，想到自己死後也有個小陵園，並且能趁機撈一筆錢，就十分高興，去忙碌起來。很快，兩個「提案」得到了批準。柯天任對第二個「提案」作了部分修改，指出：「凡在革命戰爭年代的烈士和在建設年代逝世的縣局級、鄉鎮級領導幹部，由縣政府統一建造、題詞，縣財政統籌撥款；凡縣局以下逝世的領導幹部，由機關

和鄉鎮政府建造、題詞，自籌經費。」柯天任指示成立「江南革命烈士陵園建造領導小組」，自任名譽組長，李建樹任組長，瞿思危任常務副組長。縣人大、縣政府、縣政協分別下了紅頭文件，縣電視臺每晚開闢了「緬懷革命烈士」的二十分鐘特別節目，全縣進行大宣傳，稱讚這是下雉縣改革開放的一項大舉措，是全縣人民頭等喜事，表達了全縣人民的心聲。

「江南烈士陵園」落成典禮大會很隆重熱鬧，有中央、省、市領導出席，有下雉籍在縣外黨政領導、專家、歌星、名人，還有下雉籍僑胞。下雉縣在中央級別最高的一位中將和一位原國民黨高級將領——現在大陸投資的台商，共同剪綵。兩位昔日互相鬥殺的敵對將軍，今日握手言歡，真是：化干戈為玉帛，熔階級鬥爭為一爐。這個難得的鏡頭被電視臺記者抓住了，拍攝下來，在縣、市、省、中央電視臺播放。

建造陵園和紀念碑工作進行了近兩年，下雉縣各級黨政領導都多少不一致地發了一筆財。郭邦國、瞿思危、李信群等老幹部趁機為自己劃出了「生基」（注：活人的墓地），打好了墓陵基礎。當然，名利收穫最大的是柯天任：不僅消除了老幹部們的怨氣，還得到了老幹部們的誇讚，得到了中央、省、市領導的表揚，神不知鬼不覺地撈到了五十多萬元。柯天任實在要感謝尹苦海大伯，死後還給他那麼大的恩賜。

趙月英沒有參加尹苦海的葬禮和修墓陵，邀請了教友李寡婦、柯和義、張愛清，關起大門和房門，在十字架前為南湖人的靈魂祈禱：

「主呀！我們沒有能力去制止那些南湖活人折騰尹懷德的靈魂，有罪呀，有罪呀！我萬能的主呀，您救贖了尹懷德的靈魂，也會救贖那些折騰尹懷德靈魂的南湖人的靈魂。這人間罪孽深重，連那純潔的南湖靈魂也蒙冤污垢。我們願接受我主為我預備的救法，願主赦免我的罪，帶領我一直行在你的話語上。奉耶酥基督的名。阿門！」

祈禱後，又唱起《讚美詩》：

一、耶穌獨自禱告歌

耶穌獨自為我禱告，在客西馬尼園，
他為我獨償苦杯，面上汗流如血。
耶穌為我獨自受審，在彼拉多庭前，
他獨自戴荊棘冠冕，為世人所輕看。
耶穌獨自為我受死，在各各他山上，
聽他口中高聲呼喊：「成了！成了！成了！」
為我！為我！他為我釘十字架！
捨身流血還我罪債，他傷心是為我！
為我！為我！

（阿門！）

二、受難歌

至聖至首受重傷，稀世痛苦難當；遍壓荊冠皆恥辱，譏評、嫌怨、憂傷；仰瞻慈容何慘澹？想見滿懷悽愴！此刻愁雲掩聖範，當年基督輝光。

眼見我主英勇力，戰爭中間消盡；眼見冷酷的死亡，剝奪主身生命；嗚呼痛苦又死亡！因愛萬罪身當！懇求施恩的耶穌，轉面容我仰望。

將來與世長別時，懇求迅速來臨；賜我自由與安慰，昭示寶架光明；凡百守信而死者，因愛雖死猶生；願我微心起大信，與主永遠相親。

（阿門！）

三、審判日要來歌

審判大日要來，那日就要來，不知何時那日就要來。到那時聖徒、罪人必要分列左右隊，此日要來，你有否預備？

審判大日要來，那日就要來，不知何時那日就要來。愛主者在主面前可以享榮耀富貴，此日要來，你有否預備？

審判大日要來，那日就要來，不知何時那日就要來。那時主要把作惡的人一齊都定罪，此日要來，你有否預備？

審判日必來！

（阿門！）

四、求主潔清我心歌

求主潔清我心，除去一切罪愆，寶血洗滌汙穢，罪孽主全赦免；耶穌賜我永生，心中充滿平安，主必保守導引，直到見主那天。

求主潔清我心，使我常想主言，眼前明燈永亮，生命嘛那日添；我要儆醒祈禱，在世作光作鹽，主必保守導引，直到見主那天。

求主潔清我心，我心為主聖殿，懇求永居其間，保守聖潔完全；終身榮神益人，直到見主那天，主必保守導引，直到見主那天。

（阿門！）

又有古詩〈仰止歌〉：

未畫開天始問基，高懸判世指終期。
一人血注五傷盡，萬國心傾十字奇。
閶闔有梯通淡蕩，妖魔無術呈迷離。
仔肩好附耶穌後，仰止山巔步步隨。

（阿門！）

國家圖書館出版品預行編目資料

湖魂藕情 / 柯美淮著
--初版-- 臺北市：博客思出版事業網：2014.11

ISBN：978-986-5789-36-7（平裝）

857.7 103018447

現代文學 17

湖魂藕情

作　　者：柯美淮
編　　輯：張加君
美　　編：林育雯
封面設計：林育雯
出 版 者：博客思出版事業網
發　　行：博客思出版事業網
地　　址：台北市中正區重慶南路1段121號8樓之14
電　　話：(02)2331-1675或(02)2331-1691
傳　　真：(02)2382-6225
E—MAIL：books5w@yahoo.com.tw或books5w@gmail.com
網路書店：http://www.bookstv.com.tw 、華文網路書店、三民書局
http://store.pchome.com.tw/yesbooks/
博客來網路書店 http://www.books.com.tw
總 經 銷：成信文化事業股份有限公司
劃撥戶名：蘭臺出版社 帳號：18995335
香港代理：香港聯合零售有限公司
地　　址：香港新界大蒲汀麗路36號中華商務印刷大樓
C&C Building, 36,Ting, Lai, Road, Tai,Po, New,Territories
電　　話：(852)2150-2100　傳真：(852)2356-0735
總 經 銷：廈門外圖集團有限公司
地　　址：廈門市湖裡區悅華路8號4樓
電　　話：86-592-2230177　傳 真：86-592-5365089
出版日期：2014年11月 初版
定　　價：新臺幣430元整（平裝）
ISBN：978-986-5789-36-7